孤高の悪女は
堅物旦那様に甘やかされたい

―悪妻ですがあなたのことが大好きです―

JN121995

藍 川 竜 樹

T A T S U K I A I K A W A

一迅社文庫アイリス

CONTENTS

アルベルト

マルス伯爵。辺境を統べる名門貴族マルス家の若き当主。堅物の騎士で、領地を守るため戦場を駆け巡っていることが多く留守がち。

ヴァネッサ

魔導師の一族、ドラコルル家の娘。魔導師としての力をかわれ、アルベルトの妻となった。周囲からは悪妻と噂され嫌われている。

用語

ルーア教

空高くにおわす唯一神ルーアを崇める。シルヴェス王国を含む大陸の西部の国々の国教。

シルヴェス王国

聖王シュタールを開祖とする王国。大陸の内部に位置する。国全体が東西文化交流の窓口となっている。

KOKOU NO AKUJO HA KATABUTSU DANNASAMA NI AMAYAKASARETAI

{KOKOU 5} CHARACTERS PROFILE

ウームー

ドラコルル家と契約をしている魔物。白い肌に艶やかな漆黒の髪の麗しい青年の姿をしている。

ウシュガルル

ドラコルル家と契約をしている魔物。褐色の肌に淡い金髪の麗しい青年の姿をしている。

ダヴィド

アルベルトの秘書官で剣も使える文武両道な人物。女性にもてる甘い顔立ちの青年。

タチアナ

アルベルトの従妹。夫が亡くなり故郷に戻ってきた。可憐な容姿の女性。

ロゴス夫人

マルス家の家政婦で白髪の老婦人。タチアナとアルベルトの元乳母。

ザカール

タチアナの従者。野性味あふれる美丈夫で威厳ある異民族の戦士。

ミロシュ

ブラスク辺境伯。タチアナの元婚約者で名門を鼻にかけたところのある優男。

ジェローム

北方の老族長の息子で野心家。年上だがタチアナの義理の息子にあたる人物。

アレクサンデル

シルヴェス王国の第二王子。快活で有能な人物。

ヒルディス

イノシシ魔物。マルス伯爵領の森に棲む魔物たちの首領格。

イラストレーション◆くまの柚子

孤高の悪女は堅物旦那様に甘やかされたい

―悪妻ですがあなたのことが大好きです―

KOKOU NO AKUJO HA KATABUTSUDANNASAMA NI AMAYAKASARETAI

序章　始まりは、森番小屋の死に戻り魔女

マルス伯爵夫人ヴァネッサは息をのんだ。目の前の光景が信じられない。

城の庭園を散策する、美男美女の一対がそこにいた。

「嘘《うそ》、でしょう……」

儚《はかな》げな銀髪の少女と、その腕を支え、慈しむようにエスコートする黒髪の偉丈夫。

お似合いの二人だ。そして、そんな二人を少し離れたところから笑顔で見守る城の者たち。

ふくよかな家政婦の夫人に、令嬢の従者である逞《たくま》しい異国の青年。

仲睦《なかむつ》まじい恋人たちの日常だ。ヴァネッサも微笑《ほほえ》ましく見守らなくてはならないのだろう。

これは見た者すべてが幸せを感じる、心温まる光景なのだから。

だができない。この二人を見守るなんて無理だ。

なぜならあの偉丈夫はこの地の領主で、ヴァネッサの〈夫〉であるアルベルト。

少女は彼の従妹《いとこ》でともに育った幼なじみのタチアナ嬢。二人は政略で引き裂かれた悲劇の恋人たちなのだ。タチアナはこの地を侵略から守るため、敵である異教徒のもとへ嫁がされた。

が、二年がたち、老齢だった夫が病死したことでようやく愛する人のもとへ戻ることができたのだ。だから皆、嬉《うれ》し涙を浮かべて奇跡のような再会を祝福している。

だが〈妻〉であるヴァネッサからすれば夫の不義を見せつけられるようなものだ。

「あっ」

タチアナがこちらに気がついた。怯《おび》えたようにアルベルトに身を寄せる。

未亡人となったとはいえタチアナはまだ十代の少女だ。ヴァネッサとは同じ歳《とし》。夫婦でもない男女なら、従妹でも不適切な距離だ。人前で、いや、愛のない形だけの関係とはいえ、妻の前でとる態度ではない。

なのにそれを咎《とが》めもせず、夫が優しく彼女をなだめる。

「大丈夫だ、もうなにも怖がることはない。これからは私が守ると言っただろう？」

そしていつもの謹厳な顔に戻ると、こちらに目を向けた。眉《まゆ》をひそめながら言う。

「なにか用か？」

二人の邪魔をしたことを咎めるような、冷たい、事務的な口調だった。彼女にかけたのとは全然違う。

ぎゅっと胸が痛んだ。

これ以上、見ていられない。ヴァネッサは背を向けた。その場から駆け去る。

領主の問いを無視する無作法な行為に、二人に付き従う家政婦のロゴス夫人が眉をひそめたのがわかった。また、「平民出の魔女がタチアナ様をねたんでいた」と悪評をたてられるだろう。

だが今のヴァネッサはそれどころではない。頭の中は、なぜ、なぜ、と、答えの出ない問いでいっぱいだ。

(だって、この光景は前にも見た……！)

混乱しつつ駆け込んだのは追われるように城を出て一人で暮らす森番小屋だ。

粗末な木卓に置かれた日記を見る。まだ新しい紙の最後に書かれた字をふるえる指でなぞる。

――聖王シュタール暦三十一年四月八日。

この小屋で暮らすことになって一月《ひとつき》。ここでの暮らしにもずいぶん慣れた。異国に嫁がれたタチアナ嬢が戻られて、私が居るとタチアナ嬢が落ち着かないからとロゴス夫人に言われての引っ越しだったけど、森には可愛《かわい》い魔物たちがいて故郷を思い出す。それにここにいるのは私だけ。城でのように他《ほか》の目を気にしなくていいから落ち着く。ただ誰《だれ》とも話さずにいると言葉を忘れそうだから、日記は毎日、書き続けようと思う――。

一年も前の日付だった。

だが、後の空白部分からすると昨日、書いたことになっている。

（そもそも私はどうしてここにいるの。だって私は死んだのに！）

『そなたに怨《うら》みはないが、これも〈契約〉だ。この地の魔導結界の要たる魔女、そなたの存在が我が契約主にとって邪魔らしい』

そう言われて、魔物に身を裂かれて死んだ。生々しい痛みの記憶がある。

誰も助けてくれる者のいない城で、騎士たちや夫すらがタチアナに付き添い隣領に出払った中、ただ一人、絶望を抱いて死んだのはつい先ほどのことだ。

（なのに。さっき見たのはこの日記の日付と同じ、私が死ぬ一年前の光景だった……）

彼と結婚してから三月《みつき》後の場面だ。

結婚式の途中で出征した彼が二月《ふたつき》の留守の後、タチアナを連れて戻ってきて、ヴァネッサが城から追い出された、孤高の悪妻になっているときの出来事で。

ヴァネッサは呆然《ぼうぜん》とつぶやく。

「……やっぱり、私は」

死んで、中の魂だけが過去の自分の体に戻ったのだ――。

第一章　再戦を挑むため、先《ま》ずは夫の秘書官の死亡フラグを折ります

1

「ドラコルル嬢、どうか我がマルス家に嫁いでほしい。その魔導の力で、私とともに伯爵家領を守ってもらいたいのだ」

そう乞《こ》われてヴァネッサが辺境に領地を持つ貴族と結婚したのは十七歳のとき。

始祖王シュタールの建国から三十年がたち、王の死とともに国内外の均衡が乱れ、国境線や各貴族家の領地の境が不安定になった、混乱の時代のことだった。

ヴァネッサは魔導師の一族、ドラコルル家の娘として生まれた。

ただし、落ちこぼれだ。

『さすがは我が巫女《みこ》の娘、素晴らしい力だ。ただ、知らぬ者を前にしたとき緊張のあまり顔もあげられぬのはいただけぬ。まともに交渉できねば正当な対価は得られぬぞ』

『その通りです。こつこつと研究を重ね、構築した貴女《あなた》の魔導陣はまさに芸術です。相手を気にする必要などないでしょう。ドラコルル一族以外の人間など魔導体系も解さぬ屑《くず》。気に入らねば骨まで溶かす焔《ほのお》の山に転移させればいい。いつでも手伝いますよ』

代々、一族を守護する高位魔物のウシュガルルとウームーがそう言ってくれるから、素質がないわけではないと思う。

魔物とは、この大陸に生息する不思議な生き物たちのことだ。魂核というもろい魂のみの姿で生まれる彼らは肉体をもたない。そのため、精気《メラム》に満ちた果実や動物の赤児に憑《つ》く。だからこの世界にはモモンガの姿やキノコの姿、ドングリ形に熊型まで、いろいろな姿をした魔物たちがいる。

とはいえ彼らは得た器を操り、動けるようになっただけ。わずかな魔力しかもたない無害な存在で、大気中のメラムを摂取して食物を必要としないこと以外は野の獣と変わらない。

が、中には高い知能と膨大な魔力をもち、自身でメラムを操り好きな姿をとることのできる位の高い魔物もいる。

彼らは気まぐれに人と契約を交わし、己を崇《あが》めることとひきかえにその力をふるう。

ウームーとウシュガルルはドラコルル家の祖先が契約した、人の姿をもつ魔物だ。しかも遠い昔には異国で神と呼ばれていたという、高位の存在なのだ。そんな彼らがヴァネッサを見て『素晴らしい力だ』と言ってくれたのだ。自信をもっていいのだと思う。

それでもヴァネッサの苦手意識は治らない。

幼い頃《ころ》に受けた心の傷が魂の域まで染みついている。

（かといってウシュガルルたちの言うとおり、依頼人をふきとばすわけにもいかないし。人として国に属する以上、魔導師もまた周囲とともに生きる必要があるもの）

とくに最近は大陸西方で起こった唯一神ルーアを崇める教えが都の貴族たちを中心に信者を増やしている。自然崇拝者の多いこの地に西方の文化をもたらす代わりに、土着の魔物を異端とし、魔女や魔導師の叡智《えいち》を未開の迷信と排斥しつつあるのだ。昔ながらの技をふるう魔導師は、自身の評判を守るため、今まで以上に立ち居振る舞いに気をつけなくてはならない。

なのに、ヴァネッサは依頼に来た外の人を見ると萎縮《いしゅく》して声も出なくなってしまうのだ。

魔導の技が駆使できてもこれでは魔導師として半人前だ。

母も父も「どんなあなたでも私たちの誇りよ」と愛してくれる。なのに報いることができない。そんな自分が悔しくて、せめてドラコルル家の娘の名に恥じない力を身につけようと部屋にこもり、魔導研究の日々を送っていたときのことだった。

「ヴァネッサ、あなたに求婚したいという殿方が来られたのだけど、どうする？」

母に聞かれた。その時のヴァネッサは十七歳。将来のことを考えなければならない歳《とし》になっていた。

お相手は辺境を統《す》べる貴族、名門マルス家を継いだばかりの若き伯爵アルベルト。わざわざ遠い北の地から、ドラコルル家まで本人が求婚にやってきた。

もちろん、政略だ。建国から三十年が経過した今、彼の領地がある北の国境付近は異民族である北の民が侵入を繰り返し騒がしくなっていた。当主の座を継いだばかりの彼は城の守りの要となる魔導師が欲しいのだという。

ヴァネッサは納得した。そうでもなければルーア教に帰依した爵位をもつ貴族が魔導師一族などといううさんくさい平民を妻にむかえるわけがない。

貴い騎士の家系に魔導師の血を入れる決断をするなど、よほど切羽詰まっているのだろう。彼が示した婚姻の条件は破格だった。本来なら必要な花嫁の持参金もなしでいい、身一つで来て欲しいと言われた。

それでも相手は貴族だ。住む世界が違いすぎる。先方より乞われての婚姻とはいえ、嫁げば苦労するのは目に見えていた。そもそもヴァネッサは貴族が苦手だ。

「断ってもいいいんだよ」

ヴァネッサの〈心理的外傷〉を知る父は言ってくれた。

だが、ヴァネッサは話を受けた。

「いいえ。このお話、謹んでお受けします」

引きこもりの役立たず、との汚名を返上できるのは、今しかないと思ったからだ。

その頃は国内貴族の力が増していて、ドラコルル家もまた近隣の領主たちから無理難題を言われることが多くなっていた。先祖伝来の土地を守るには貴族の後ろ盾が必要なのだ。

互いの損得から成り立った婚姻だった。

だからそこからは早かった。

早急に城の防備を固める必要があるとかで、夫となる人と初めて顔を合わせたのが秋半ば、来賓を前に聖堂で式を挙げたのが年が明けてすぐの冬だった。

婚姻の日、聖堂で改めて見た九歳年上の〈夫〉は、落ち着いた大人の男性だった。この人の妻になるのかと思うと、ヴァネッサは緊張のあまりふるえが止まらなくなった。

だが自分はドラコルル家を代表してここにいるのだ。頑張らないと、と前を向いた。

それでも列席した近隣貴族たちの品定めの目がきつくて。

ヴァネッサがうつむいてしまいそうになったときだった。

夫に出撃要請が来たのだ。国境を越えて北の平原に暮らす異民族が攻めてきた。

式次第を省略して婚姻証明書に署名だけして出ていく彼を見送って二月《ふたつき》。無事、争いを収め、戻ってきた彼は幼なじみである従妹《いとこ》のタチアナを連れていた――。

――閉じた目蓋《まぶた》の裏を、眩《まぶ》しい日差しが踊っている。

それから、耳朶《じだ》をくすぐる、愛らしい生き物たちの輪唱のような声。

『うきゅ？』

『きゅきゅきゅきゅっ！』

小鳥のさえずりならぬ魔物たちの、「起きて」「遊んで」という甘え鳴きが聞こえてくる。近い。外からではない。すぐ耳元からだ。

ヴァネッサは眠い目をこすりながら、身を起こした。

ヴァネッサが死に戻りに気づいてから三日後のことだ。机に突っ伏して寝ていたからだろう。広げた羊皮紙のインクがこすれてにじんでいるのが見えた。

次に視界に入ったのは机によじのぼり、ヴァネッサをのぞき込んでくる可愛《かわい》いリスやウサギの姿をした魔物たち。

正確には彼らのつぶらな瞳《ひとみ》と、頬《ほお》をくすぐる髭《ひげ》の毛先だった。

ここで暮らすうちに仲良くなって、小屋まで押しかけてくるようになった森の魔物たちだ。

ヴァネッサがなかなか起きないので、顔に鼻先をこすりつけて実力行使にでたらしい。

「……う。お、おはよう、皆。さっき寝たと思ったのにもう朝なのね」

人見知りをするヴァネッサだがこの小さな魔物たちが相手なら平気だ。ふつうに話せる。

まだ寝ぼけた頭で部屋を見回す。箱形の藁《わら》マットの寝台が暖炉脇《わき》のくぼみに収まって衝立《ついたて》で隔てられているほかは、料理ストーブも兼ねた暖炉も食卓のある食堂も一間でまとめられた、簡素な森番小屋の中だ。朝の日差しが薄い布地を下ろした窓から差し込んでいる。

いや、違う。

窓が布ごと盛大に開いて、そこから牛よりも大きなイノシシが顔をのぞかせていた。

この森の無害な魔物たちの首領格である、イノシシ魔物のヒルディスだ。

「あ……。それで眩しかったのね」

起こしてくれてありがとう、と言うと、人語を解する彼が『ブフッ』と自慢げに胸を張る。その鼻息でヴァネッサの髪がふわりとなびいた。

おかげで目が覚める。ヴァネッサは固まった肩をほぐしつつ、伸びをした。

森番小屋の朝は早い。気ままな一人暮らしだとつい夜更かしをしてしまうが、朝は頑張って起きることにしている。一人で暮らす以上いろいろとすることがあるからだ。

まず井戸から水を汲《く》んで、顔を洗ってからお洗濯。薬草の汁ですぐ袖《そで》を汚してしまうのでこまめに洗う。次に小屋の裏手に作った薬草園兼菜園に水をやって、窓を開けて部屋の空気を入れ換える。

それからやっと朝ご飯の時間だ。

今朝《けさ》のメニューは水やりついでに菜園で摘んだ春らしい香草の新芽のサラダ。魔物たちが届けてくれた菫《すみれ》の花で作ったジャムに、昨日《きのう》こねて寝かせておいたパン種を焼いたもの。

森番小屋に竈《かまど》はないから、暖炉の火を使ってパンを焼く。夏は暑くてさけてしまうから、ふっくらふくらんだ焼きたてパンを食べられるのは、今の季節の贅沢《ぜいたく》だ。

麦と酵母の香ばしい匂いに、食事の必要がない魔物たちまでもが鼻をうごめかし、身をすりよせねだってくる。

『きゅ』

『うきゅー』

「ふふっ、もう、私の分がなくなるから、少しだけよ？」

ふわふわの小さな毛の塊たちが鼻をつきだし、短い髭をひくひくさせる様が可愛くて仕方がない。口では「もう」と言いつつもヴァネッサは顔がにやけてしまう。

それぞれの体の大きさに合わせてパンをちぎってあげると、窓の外のヒルディスにも丸ごと一個、投げてやる。彼は見事、口で受け止めた。すごいと手を叩《たた》くついでになめらかなビロードめいた鼻先の毛をなでさせてもらって、にぎやかな朝食の時間は終わりだ。

食事がすむとお片づけ。

そして片づけが終わると、お出かけの準備だ。

今日《きょう》はちょっと気の張るところへ出かける。なのでヴァネッサは念入りに髪を梳《と》かした。

一枚だけ、なんとか森番小屋に持ち込めた貴重な鏡にうつる自分を見る。

森の緑が溶け込んだミモザの蜜《みつ》めいた琥珀《こはく》の瞳に、外仕事をするわりに日に焼けることのない白い肌と真《ま》っ赤《か》に溶けた銅色の髪。ドラコルル一族の特徴がよく出た姿だ。

（うーん、あいかわらず敵愾心《てきがいしん》を煽《あお》るというか、儚《はかな》さとは無縁の顔……）

ヴァネッサはいわゆる〈冷酷な悪役顔〉だ。愛らしい格好は似合わない。村娘たちが着る、若々しい裾《すそ》の広がった明るい色のスカートに紐飾《ひもかざ》りのついた胴衣、膨らんだ袖にフリルのついたブラウスなどをまとうと、何ごとかとかえって注目を浴びる。

しょうがないので黒一色の、足首までを覆うドレスをペチコートの上から着ける。胴と袖先の網目状のリボンを編み上げて幅を調節する、細身のドレスだ。袖は薬草を煎《せん》じるときに邪魔にならないように細く、熱い滴が跳ねたとき防御できるよう手の甲まである。

念のため、明るい窓際に移動させた鏡の前でくるりと回る。

正統派の魔女服だ。黒一色のコルセットドレスの胸元から白いシュミーズがふわりとのぞいて多少は印象をやわらかくしているが、怖い全体像は変わらない。

「……しかたないか。そもそも私は魔導師として雇われているのだし」

開き直ることにする。

最後に、フードのついた外套《がいとう》を羽織ろうと手にしてやめる。

今はもう春。さすがに毛織りのフードは暑い。

代わりに、幅広のつばがついたとんがり帽子をかぶる。

いかにも魔女めいているが、これはお洒落《しゃれ》ではなく実用品だ。

昼も部屋にこもって薬草を煎じる魔女の肌は総じて白く繊細だ。耐性がないから外の日差しにあたるとすぐそばかすができてしまう。魔女が売る秘薬には当然お肌を気にする女子向けの美容薬がある。売る側がそばかすだらけでは誰《だれ》も買ってくれない。なのでドラコルル家の女は見た目には気をつかう。徹夜はしても肌の手入れは怠るなというのが家訓だ。

と、いうのは建前。この帽子はヴァネッサの鎧《よろい》だ。

深くかぶればこちらの顔を隠してくれる、つばの大きな帽子は人と会うときの必需品。人が苦手なヴァネッサだが、目さえ合わなければなんとか話せる。

鏡の前でおかしいところはないか帽子の角度を点検していると、ウサギ魔物たちが『むきゅ？』『うきゅ！』となにかに気づいたように顔を上げた。床をぴょんぴょん跳ねて窓に群がる。

「どうしたの？　誰か来たの？」

警戒しつつ、彼らのひくひく動く長い耳の間からのぞいてみる。

窓の外に人影が見えた。

小屋から少し離れた、森の入り口のところだ。

逞《たくま》しい体躯《たいく》に簡素なシャツと革のズボンをつけ、太いベルトで矢筒や剣を固定した、異郷の戦士の装いの男が立っていた。巨大なイノシシ魔物が後ろ脚で立ち上がり、森番小屋の窓から顔を突っ込んでいる図は奇異に映るのだろう。立ち止まってこちらを見ている。

タチアナが従者として異郷から連れ戻った青年だ。

(ザカールさん、といったっけ)

森番小屋は森の入り口にある。森に用のある者はこの前にある道を使うしかない。が、今はヴァネッサが住んでいることもあり、城の者はめったに近寄らない。

だが北方の出である彼だけは城での暮らしが窮屈なのか毎日のように森に出入りしている。なので前の生でもよく見かけた。

王国の民よりも顔の彫りが深く背も高いので最初は怖かったが、さすがはこの国よりも自然崇拝が生きている北の地で育った人だ。森の作法をよく知っている。

魔物たちにも寛大だし、不必要な狩りはしない。戯《たわむ》れに木々を傷つけることもない。

それに彼は森を管理する森番にも敬意を表する。いつも森に入る許可を乞うように立ち止まり、こちらに顔を向けてくるので覚えてしまった。ある意味、隣人のような存在だ。

それでも彼はタチアナに仕えている人だ。味方ではない。

ヴァネッサは窓からそっと身を離すと、部屋の暗がりに身を隠す。

彼が森の奥に消えて、しばらく時間をおいてからようやく元の場所に出てくる。

持参品を入れた籠《かご》の点検が終わればいよいよ出発だ。

もう行っちゃうの？　と小首を傾《かし》げている魔物たちに声をかける。

「今日はお城に行くから皆は連れていけないの。ごめんね」

一般の民はそうでもないが、貴族をはじめとする富裕層の間では西方の奢侈《しゃし》とともに入ったルーア教を信仰するのが流行している。しかも夫の亡き母はルーア教の総本山〈聖域〉出身の淑女だ。ルーア教は魔物を異端とするから、彼らを連れていけば狩られてしまう。城には亡き前伯爵夫人がつれてきた司祭もいるし、貴族出の騎士もいるのだ。

そしてその分、魔女への風当たりも強い。気が重くなった。

だがいかなくてはならない。

「お留守番をお願いね。この小屋を守ってちょうだい」

言うと、まかせておけ、と魔物たちが胸を張る。そんな彼らに手をふってヴァネッサは深く息を吸った。勇気を奮い起こして歩みだす。


マルス伯爵家の居城は小高い丘を丸々一つ、敷地にしている。

丘のてっぺんに城主の館《やかた》である本館を含めた城の主要な建物があり、ゆるやかに下る斜面に輪を描くように一の郭、二の郭と外壁が築かれて、用途に合わせた建物が建てられている。そして城の正面の裾野に高い塀に囲まれた城下街があるのだ。

ヴァネッサが住む沈黙の森は、丘の裏手に広がっている。

深く、広い原始の森は大樹が連なり人の立ち入りを拒む。狼《おおかみ》など危険な獣も生息するので軍を動かすこともできない。壁など築かなくともそのまま後背の守りになっている。

なので、森番小屋を出たヴァネッサは築かれた土塁に沿って丘の斜面を登っていく。

斜面の草地にはこの季節、敵襲時の見晴らしをよくするための草刈りも兼ねて羊が放してある。青空の下、緑の丘に群れる白いもこもこした羊たち。ここが国境の城だということを忘れそうになる牧歌的な光景だ。

羊が逃げないように下ろされた道の柵《さく》を越え、騎士たちが集う馬場の隅を急ぎ足で横切り、やってきたのは領主一族が暮らす本館だ。

国境の城館らしく四方に物見櫓《ものみやぐら》をつけたスレート屋根の建物は、戦時には騎士や領民たちが籠城《ろうじょう》する砦《とりで》となる。見上げるような鋼鉄製の扉は優雅な中にも勇壮な雰囲気がありマルス家という建国前からの名家にふさわしい。素朴な南方の館で育ったヴァネッサには敷居が高い。

それでも頑張って石段を上った。

あれからいろいろと考えたのだ。起こったことを悩んでもしょうがない。それよりもこれからどうするかだ、と。

死に戻りのことは最初、夢かと思った。だが魔導師の感覚で自分の魂の色が変わったことがわかった。

(きっと魔力の逆流だ)

実家から持参した魔導書を片っ端から読み、魔力の痕跡《こんせき》を追ったヴァネッサは結論づけた。

こっそり城の様子を見にいくとしばらく留守のはずの夫がタチアナに付き添って散歩していたし、襲撃の際に吹き飛んだ城の北塔も健在だったのだ。他《ほか》に説明がつかない。

襲ってきたのが高位魔物だったこと。ヴァネッサが嫁ぐ際にウシュガルルとウームーから彼らの魔力のこもった護符を持たされていたこと。死の瞬間にそれらの魔力が反発、暴走し奇跡的にこの現象が起こったのだと高位魔物に代々親しむドラコルル一族の娘として理解した。

とにかく、ヴァネッサは死に戻ったのだ。死の一年前。夫がタチアナを連れ戻って一月《ひとつき》後の、タチアナを気づかう夫が珍しく外出を控え、城に滞在していた時期へと。

時の流れが川だとすると人は舵《かじ》の利かない船に乗って流されているようなものだ。そしてヴァネッサが乗る船は急流に巻き込まれ、転覆してしまった。その際、乗客である自分の魂がまだ転覆していない後方の船まで弾《はじ》き飛ばされた。ただそれだけ。川の流れは変わったわけではない。また同じ時点にたどり着けば急流に巻き込まれる。そして今度こそ死ぬだろう。魔導師として理解した時の流れとはそういうものだ。この先の未来は変わらない。

そしてあのとき、襲ってきた魔物は『そなたに怨《うら》みはないが、これも〈契約〉だ』と言った。つまりあの魔物には人の〈契約主〉がいる。一年後、この城はその契約主に占拠される。

それが北の民なら？

厳しい冬が地表を覆う北の地に暮らす彼らは過去に何度もこの国を襲っている。食料や奴隷として売る女子どもを奪うのだ。そしてこの城は王国の北の守りの要。突破されればドラコルル家はどうなる？　この国もろとも蹂躙《じゅうりん》される。

婚約時、ヴァネッサが辺境の現状を聞いても決意をひるがえさなかったのも、前の生で邪魔者扱いをされながらもこの地に踏みとどまったのも、故郷への思いからだ。そんな最悪の未来、許せるわけがない。

だから考えたのだ。自分にできることを。人に川の流れを止められないように時の経過も絶対だ。だが少しだけなら。押し寄せる流れに乱れをつくるだけなら可能ではと思った。

遺《のこ》された一年であの魔物がどこから侵入したか、守護陣を調べて特定することができたら。

（この城に来てから幾重にも守護の結界陣を張ったもの。実家の平和にもつながることだから、城の皆に邪険にされようと手は抜いていない。今からそれを強化すれば？）

自分の死を少しでも遅らせることができるかもしれない。

（もちろん死の運命までは変えられない。それでも一人では死なない。その瞬間を少しでも遅らせて、あの魔物を道連れにする。母様たちのところまでいかせない！）

妻として失敗した人生だった。それでも魔導師としての自分にまで失望したくない。それがヴァネッサの意地、ただ一つ残された矜持《きょうじ》だ。せめて貫きたい。

いよいよ城の石段を上り切り、扉の前に立つ。

ヴァネッサは城の防衛の要たる魔女らしく、堂々と見えるよう胸を張った。中に入れるよう門番に告げる。まずは自分が死んだ本館の広間を見たい。だが。

「申し訳ありません、奥方様。奥方様の館への立ち入りは三日前より禁じられております」

扉を守る門番たちに断られた。わざわざ「三日前より」と言うのは、死に戻り直後に庭園を覗いてタチアナを驚かせたことが原因か。

「タチアナ嬢の平安は乱さないわ。ドラコルルの名に誓って。約束する」

ヴァネッサは帽子を深くかぶり、虚勢を張って立ち向かった。だが無駄なあがきだった。

「とにかく。敷地内に入るのはご遠慮願います」

門番が言って、ヴァネッサの背を押す。石段を後退しご丁寧に目の前で門まで閉められた。

これでは館の中を調べられない。

(ちょっと待って、今までは城の防備のためなら立ち入れたのに！)

魔導師としての仕事もさせない気か。城の皆やタチアナの安全にもつながることなのに。

ヴァネッサが嫁いでこの時点まで城への襲撃はない。魔導の守護陣は剣や槍《やり》といった武具と違い物理的に見ることはできない。効果に懐疑的なのかもしれないが調査ができない。

せめて誰か一人、味方が城にいてくれたら。落ち込むと、小さな声がした。

『チュウッ』

見ると館で暮らすネズミに憑《つ》いた魔物だろう。小さな角が生えたふわふわのネズミたちが城壁の隙間《すきま》から顔を出していた。

「……なぐさめてくれてるの？」

ふだんは森や野山に住み、人とつかず離れず共存している魔物たちだが人の傍《そば》で暮らす生き物に憑くと逆に外では生きられず、そのままとどまることが多い。

初めて城に来たときのヴァネッサは、館にも小さな魔物たちがいることを知ってすべてを排除するのではなく、悪意を持つモノだけに反応する守護陣を張った。

ついでに、無害な分、無力な彼らが悪意ある魔物や野の獣から身を隠せるように守護陣に隙《すき》をつくってあげた。彼らはそのことを覚えていたのだろう。

非力で、人にも簡単に捕らわれてしまう小さな体では昼間に開けた場所に出るのは勇気がいっただろう。なのに彼らは元気を出してというようにヴァネッサの周りで輪をつくっている。

「ありがとう、ごめんね、皆……」

こんな健気《けなげ》な姿を見せられてはいつまでも落ち込んでなんかいられない。

くすりと笑うと、ヴァネッサは気分を切り替えた。

そうだった。人は無理でも自分には彼らがいるではないか。ネズミ魔物たちは館で暮らしている。彼らに手伝ってもらえば守護陣を調べ直すことだってできる。

「お願い、してもいいかな」

ヴァネッサはその場に膝《ひざ》をつくと、昨夜つくった守護陣点検用魔石を運ぶのに持参していた籠に小さな魔物たちを招き入れた。

この城に張った守護陣は、小さな円をいくつも組み合わせて最終的にすべてを覆う大きな円陣となるように構築した。籠に入れた点検用魔石には個々の守護陣を走査する魔導式が組み込まれている。ヴァネッサ一人でもすべての陣を点検できるように用意した魔道具だ。

「これをそれぞれの守護陣の上に五十数えるほどおくだけでいいの。お願いできる？」

『チュウッ』

元気な答えが返ってきた。

魔石はそれぞれ小さく軽い。どこに置くかを指示して彼らが戻るまで待たないといけないが、ネズミ魔物でも持ち運びは可能だ。

（さすがに人の来ない裏手なら、魔女が一人、隠れていられる物陰くらいあるはずよ）

そこに臨時の司令塔をつくることにしよう。

そう考えるとヴァネッサは大事な味方が入った籠を胸に抱いた。立ち上がり裏へと向かう。

そんな彼女を門の上から見下ろす影がある。

「これって、もしかして……」

〈彼〉はつぶやくと自分の推測を確かめるため、急ぎヴァネッサの後を追ったのだった。

2

マルス伯爵家の若き当主、アルベルトは多忙な男だ。

さいわいなことに留守を任せられる力をもつ魔導師の妻を迎えることができた。安心して休む間もなく戦場を駆け巡っている。

別に好戦家というわけではない。必要に迫られてだ。

北の国境沿いはもともと小競り合いが多い地だ。異なる言語と風習をもつ民が混在するうえ、東西の文化が交わる交易路の要所にあたる。おかげで国外だけでなく味方のはずの国内貴族からも狙《ねら》われる。従妹のタチアナが親を失った襲撃事件も、犯人は北の民だと結論づけられたが裏には近隣領主の手引きがあったのではと父は死ぬまで疑っていた。

そんな情勢の中、代替わりをしたのだ。なめられないためにも当主が常に前線に立ち、姿を見せつけなくてはならない。それで国境を駆け回っていたのだが。

「ちょっといいかな」

秘書官を務めるダヴィドに声をかけられた。城の裏手にある騎士館でたまった書類を片づけていたときのことだ。

ダヴィドはアルベルトとは同い歳の幼なじみだ。秘書官とはいえ剣も使える。

アルベルトがいくどこにもついてくる腹心の部下で辺境の男にしては線の細い甘い顔立ちをしている。女子どもに人気があるので領民をなだめるときに威力を発揮する優秀な緩衝役だ。

そんな彼が人払いをして、「話があるんだけど」と、真面目《まじめ》な顔をする。

「あのさ、奥方様のことなんだけど。彼女、自分が城に張った守護陣を調べたいみたいだけど、問題ないよね？　君、別に禁じたりしてないよね？」

「……魔導師として正当な要請だ。断る理由はない」

というよりいちいち許しを得なくても彼女に一任しているはずだ。なのになぜダヴィドを介してそんな話が出てくるのか。

首を傾げたが、続く言葉で眉《まゆ》をひそめた。

「だよねえ。僕もそう思ったんだけど。城の本館はロゴス夫人が仕切ってるでしょ？　入ることすらできなくて困ってるみたいなんだ。城主として口をきいてやってほしいんだけど」

城主夫人が自分の城に入れず困っている？　なんの冗談かと思った。が、ダヴィドは真剣だ。それで思い出した。タチアナが戻った際にロゴス夫人から聞いた苦情のことだ。

「そういえば。ヴァネッサが出戻った形のタチアナを皆が気遣うのが気に入らず、邪険に扱うので注意をしたら、あてつけのように城の者と口をきかなくなったとロゴス夫人が言っていた。タチアナが戻ってもう一月になるのに、まだもめているのか」

ロゴス夫人と顔を合わせるのが嫌で、ヴァネッサは城に入れないとすねているのだろう。

女同士の面倒くささに、つい舌打ちが漏れた。

「ヴァネッサからすればタチアナが女主人の座を脅かす泥棒猫に見えるらしいとロゴス夫人が言っていたが。城の女主人はヴァネッサだ。それは誰が来ようと変わらない。堂々としていればいい。そのうえで、つらい目にあった身内《タチアナ》を気にかけ、自由に過ごさせてやる度量が城主夫人になくてどうする」

「僕もそう聞いてたんだけど。ほんとうのところは奥方、ロゴス夫人にいびられてるんじゃない？　調べたら城主夫人なのに城を追い出されて森に住んでるよ」

「それは知っている。俺《おれ》が許可した」

ロゴス夫人から引っ越しの理由も聞いた。いびられているわけではない。

「彼女は城にいては息が詰まるそうだ。森番小屋は森にあってよけいな人間も来ない。無害な魔物たちも多いし、故郷に似ているから落ち着くのだろう」

ロゴス夫人は女主人として城に馴染《なじ》もうとしないヴァネッサが不満なのだろう。めずらしくきつい口調で告げたが、慣れない土地の、しかも家風の違う家に嫁いだのだ。彼女は頑張ると言っていたが、やはりつらかったのだろう。だから許可した。

「あそこであれば背後は森に前は城に囲まれ安全だ。城主夫人が居を構えて問題ない。求婚に訪れた際に彼女の両親から注意を受けたからな。彼女は知らない者が苦手だそうだ。とくに貴族の男が嫌いらしい。それに夢中になると寝食を忘れて研究にのめり込む傾向があるそうだ。そういうときはそっとしておくよう要請を受けている。彼女はもともと魔導師としてこの城に招いた。過ごしやすい環境があの小屋というのなら城に縛りつけることはない」

城主夫人が城で暮らさないのは外聞が悪いが、無理に伯爵家の色に染める気はない。それこそ嫁いびりになる。

（彼女のことは守ると彼女の両親にも約束した。それに……彼女が苦手とする〈貴族の男〉には俺自身も入っている）

アルベルトは苦い想《おも》いとともに、式の最中に出撃要請を受けたときの彼女を思い出した。

明らかにほっとしていた。繊細な、美しい雪の結晶のような顔を強張《こわば》らせ式の重圧に耐えていた彼女は、あの瞬間、確かに安堵《あんど》の息でヴェールをゆらした。

アルベルトは謹厳を絵に描いたおもしろみのない男だ。髪も重い黒。顔立ちも老けている。ダヴィドのように気の利く性格でもない。結婚相手としては外れの部類だろう。

（実家のためとはいえ、そんな男をいきなり夫にしたのだ。式の後に待ち受けるもろもろに怯《おび》えるのも無理はない）

だからこそ夫の出撃に安心したのだろう。今夜は夫婦の義務を強制されることはないと。

政略とはいえ良好な婚姻関係を結びたいと思っていたアルベルトが失望したことは確かだ。が、相手はまだ若い娘だ。無理もない心の動きだと納得もした。とはいえ夫婦になったのだ。

（彼女には悪いがいずれは跡継ぎを産んでもらわねばならない。それが貴族の結婚というものだ。彼女も理解して求婚を受けてくれたはずだが……。まあ、心の準備をする時間も必要だろう。婚約期間もろくにおかず婚姻をせかしたのはこちらの都合だ）

なのでせめて彼女が今の環境になじむまではと顔を合わせるのは避け、会ってしまったときは慎重に距離をおき、言葉を選んで話しかけている。アルベルトとしても嫌がる娘に無理強いをしたいわけではないのだ。

へたに歩み寄れば引かれる。引かれればこちらも人だ。頑丈に見えようと少しは傷つく。他人にどう見えようとこの距離は夫婦として必要なものだと思っている。アルベルトに妻を邪険にしているつもりはないし、気にかけていないわけでもない。

「彼女には城の守護に専念してもらえればいい。だからこそロゴス夫人に奥向きをまかせたままにした。そのことは彼女にも説明してある。『わからないことはロゴス夫人に聞け』と」

「そのことだけどさ、あの夫人、最初から奥方を色眼鏡《いろめがね》で見てない？　なのに女主人役を代行させてたら本来の城主夫人が萎縮しちゃうよ。もちろん夫人は忠義の臣だよ。戦《いくさ》の絶えない建国期に身を張って主《あるじ》一族を守ってくれた。だけど忠誠心がいきすぎてるっていうか、庇護欲《ひごよく》が強すぎて君とタチアナ嬢を大事な我が子、伯爵家を守るべき我が家と思ってる気がするよ」

「確かにロゴス夫人は意志が強い分、思い込みの激しいところがある。が、主を思う気持ちは本物だ」

彼女の背にはまだ幼いアルベルトをかばって受けた刀傷の痕《あと》が残っている。そんな夫人だからこそ父は嫡子の乳母に彼女を抜擢《ばってき》したし、タチアナの養育も任せた。子らが成長した後は家政婦として城の奥向きを仕切らせた。アルベルトも父の方針を踏襲している。

「こんな辺境の地で人をつなぎとめたいと願うなら、その心をつかむしかない。相手に信じて欲しいなら主たる俺が信じなくてどうする。それにロゴス夫人が真実ヴァネッサに厳しい目を向けているなら、それは伯爵家のためを思ってのことだろう」

彼女は大事な〈お坊ちゃま〉の妻にはふさわしい貴族の令嬢をと前から言っていた。自分が育てたアルベルトとタチアナを添わせたいと願っていたことも知っている。

（だが夢と現実は違う。貴族の血を引く者が自由な結婚などできるわけがない）

そのことはロゴス夫人も理解しているはずだ。そもそも異国に嫁ぐ前のタチアナには政略とはいえ、隣領の領主の嫡子という許嫁《いいなずけ》もいた。

「夫人にも理想とする伯爵夫人像があり、ヴァネッサにどこに出しても恥ずかしくない貴族夫人になってほしいとの思いがあるのだろう。そもそも俺がロゴス夫人を疑う真似《まね》をすれば他に示しがつかない。長年仕えた夫人でもこの扱いかと失望し、離反する者が出る」

「どうしてそう難しく考えるかな。確かに主としてロゴス夫人を信じなきゃいけない面もあるけど、夫としてはどうなの」

ダヴィドが髪をかき回しながら言った。

「貴族じゃなくても奥方は何不自由なく親元で暮らせてた子だろう？　それがこんな遠くまで嫁いでくれたのは夫だけは妻の味方をしてくれるって信じたからじゃないの？　君たちが結婚して三月、忙しさにかまけて城主夫妻の私生活にまで気を回さなかった僕も悪いけどさ。妻より家政婦の言い分を信じて放置って夫婦としてどうなの。彼女、まだ十代の少女だよ？」

ダヴィドは腹心の部下であるだけでなく同じマルス一族の血を引いている。争いの絶えない辺境で一族の結束を固めるために婚姻を繰り返した血筋のため従兄弟《いとこ》と言うにはややこしいが同族だ。なので二人のときは容赦がない。

「そもそも君、奥方に愛の言葉をささやいたことある？　大の男が求婚に行くのに付き添ってもなあって一人で行かせたけど。君のことだから婚姻の利点と不利益を正直に本人より先に親に会って説明したんでしょ。相手に誠意を見せなくちゃって、可愛い花束の一つもなく」

「なぜ知っている」

驚くと、はあ、とダヴィドが深いため息をついた。

「一度、ちゃんと話したほうがいいよ。僕も君の予定見直して時間をつくるから。それ、家同士の同盟締結には完璧《かんぺき》かもだけど、年頃の娘さんには最悪だから。頭の出来が残念ってわけでもないのにどこかずれてるんだから。そもそも奥方、君がどうして城に帰らず前線を駆け回ってるかも知らないでしょ。新婚早々ほったらかしだって絶対、泣いてるよ」

城主の日程管理もおこなうダヴィドが、真剣な顔で予定を記した表を手にする。

「もちろん僕たちはわかってるよ。それは奥方の安全確保のためにも必要だって。だけど奥方に伝わってる？　『君を守るため、一刻も早くこの地の安定を取り戻すために戦っている』ってちゃんと話せばたいていの女の子はぐっときてほだされるものだよ？」

「……それでは相手の情につけ込むようで卑怯《ひきょう》ではないか」

そもそも妻に『夫が戦場を駆け回っていないと城の安寧を保てない』などと不安の種を与えてどうする。女性をなだめるには百戦錬磨のダヴィドが言うと説得力があるが、妻を安心させるのも夫の勤めだ。弱みを晒《さら》すなど男のすることではないと思う。

「今時、そんな硬派は流行《はや》らないと思うけどなあ」

ダヴィドはまだブツブツ言っているが、ロゴス夫人の忠誠だけでなく、この男の友情もアルベルトは信じている。ふだんは部下の手前、血縁の親しさを表には出さないダヴィドだ。

(なのにわざわざ人払いをしてまで話すとは、それだけこの件が重要だと判断したからか)

ダヴィドに予定の調整をされるまでもなく、ロゴス夫人から、「あまり留守にされてはタチアナ様が不安がられます」と苦情を受けている。しばらく城にとどまるつもりでいたから、その間に物陰から様子をうかがうくらいなら貴族嫌いの彼女も怯えたりはしないだろう。

「……わかった。忠言を取り入れ、奥方の様子も見ることにする」

アルベルトは謹厳な口調で友に誓った。ちょうどこの後、ロゴス夫人からタチアナのドレスの仮縫いに立ち会うように言われている。感想も聞きたいので一緒にお茶をしようと。

はっきり言ってアルベルトにドレスの善し悪しはわからない。が、いるだけでタチアナが安心するのだと説かれれば断れない。仮縫い室にいく前に少し寄り道をするくらいはいいだろう。

タチアナもロゴス夫人もそれくらいでめくじらをたてたりしないはずだ。

「で？　奥方は今どこにいる？」

ダヴィドにヴァネッサの居場所を聞く。

城の裏手と言われて、なぜそんなところにいるのかと首を傾げつつも席を立つ。部屋を出て「あそこからなら見やすいから」とダヴィドに指定された回廊までいき、窓から見下ろす。

そこにあるのは城壁に囲まれた裏手の庭だった。

春らしい若草に萌《も》えた草地だが裏手だけにひと気がない。無骨な男の目から見ても殺風景な場所だ。年頃の娘がこんなところにいる理由がわからずますます首を傾げる。それでも妻の姿を探してアルベルトの目が点になった。

（……なにを、している？）

そこに、〈妻〉がいた。

ダヴィドが言ったとおり、ふんわりとドレスの裾を広げて草地に座っている。

結婚前と変わらぬ嫋《たお》やかな肢体に漆黒のドレスが映えていた。角度的に顔はよく見えないが、つばの広いとんがり帽子からあふれ出る深紅の髪はまさしく彼女だ。

だが、その周囲に見慣れないものがある。

目をこらすと、それらは無数の小さな灰色の生物だった。

ヴァネッサは、輪になったネズミの群れに取り囲まれていたのだ。

◇◆◇　◇◆◇　◇◆◇

そのころ、ヴァネッサは困っていた。

寂しさは胸の底に押し込め頭の中を切り替えた。魔導師としての仕事に専念した。

「でも。どう考えても、守護陣に抜かりはないのだけど」

ネズミ魔物たちが持ち帰ってくれた点検用魔石の色はすべて澄んだ青。正常ということだ。

当然だ。一年前、まだ結婚直後のやる気満々だったヴァネッサが渾身《こんしん》の力を込めて張った守護陣だ。そしてヴァネッサはこの国有数の魔導師一族、ドラコルル家の直系なのだ。

（なのに、あの夜、魔物は陣をすり抜けて入ってきた）

宝物庫前の広間で実体化するまでなにも感じなかった。だから不備があったかと見直したのに不備がない。人為的に陣が壊されたというのもない。壊されれば感じる。そういう機能も守護陣にはつけてある。

（となると、後考えられるのは、あの魔物が契約主となった者の影に潜んで入り込んだということだけど）

高い知性と魔力をもつ魔物は代償と引き換えに人と契約を交わすことがある。契約により使い魔となった魔物は契約主の影に潜めば、その気配を人の気に隠され、魔導師にも探知できなくなる。守護陣も反応しない。

ただ、それではあの夜に魔物を潜ませた契約主がこの城にいたことになる。

(あのころはタチアナ様が戻られて一年たっていて。もう落ち着いたのではと求婚者も現れて。ドレスや装飾品を売り込む商人が出入りして人が入り込みやすかったのは確かだけど)

ヴァネッサの願いを聞いて点検用魔石をすべての守護陣に置き、持ち帰るという偉業を成し遂げたネズミ魔物がすり寄ってくるのを順になでてやりつつ考える。

あのころのヴァネッサはすでに城を出ていた。誰が出入りしていたかは見ていない。が、にぎやかだったのは覚えている。

「あの日はタチアナ様がご領主様と一緒に隣領に出かけて留守だったから、商人たちは来ていなかった。買い手がいないもの。そもそも出入りの商人は夜は城下の宿に泊まるわ」

つまり夜には城に居ない。となると城に務める身内に裏切り者がいることになる。が、自分が暮らす城を失って喜ぶ者がいるだろうか。順当に考えれば怪しいのは何度もこの地に攻め入ろうとしている北の民だ。

(そうなるとタチアナ様が従者として連れてきたザカールさんが怪しい)

ザカールを疑うなら主であるタチアナも怪しいことになる。が、彼女は魔物を異端とするルーア教徒だ。二年前の政略結婚時も改宗しないことを条件に嫁いだというし、魔物と契約するとは思えない。そもそもここは彼女が生まれ育った城だ。ようやく帰れた故郷を敵の手に落とす意味がない。

なによりタチアナもザカールもあの夜、城にはいなかった。二人は招かれ、泊まりがけで隣領に出かけていた。隣領とは距離がある。抜け出して戻ってくるのは無理だ。あの夜、城に残っていた者から調べるべきだろう。旅の準備や供回りの人数はこういう際の仕切り役である女主人として城に呼ばれなかったから把握できない。が、マルス家の力を誇示するため主な者は連れていったはずだ。

（とはいえここは前線の城よ。留守役として騎士も含めそれなりの人数が残ったはず）

その中から敵と通じた者を洗い出すことになるが、城の本館に出入りできるのは夫やロゴス夫人の信頼を得た者に限られる。身内を疑うのは後味が悪い。そもそも内部の裏切り者を探すとなると城内を、つまりタチアナの周辺を調べることになる。

（それは無理。私は城の皆に嫌われているもの。タチアナ様に近づけば危害を加える気かと反発を買うわ）

お手上げだ。ヴァネッサはため息をついた。ほんとうにどうしてこんなことになったのだろう。自分はこの城での過ごし方のなにを間違えたのか。

タチアナは悲劇の女性だ。

たった十五歳で異民族である北の民の長の一人、イーゴリに嫁がされた。

建国から間もないこの国の辺境では小競り合いが絶えない。マルス伯爵家の領地はその最前線だ。タチアナも親を争いで失い、伯父である前マルス伯爵に引き取られた。

以後はアルベルトと兄妹《きょうだい》のように育ったが、嫡男であるアルベルトが騎士となるため王都へ出た最中にことは起こった。アルベルトの父である前伯爵が国境の戦闘で重傷を負ったのだ。もう前線には立てない。戦闘を早急に終わらせねばならず、前伯爵は焦った。

そんなとき、北の民の中では王国に友好的だったエゴール氏族の老族長イーゴリがタチアナと自身の婚姻を持ちかけたのだ。

イーゴリはこのとき六十歳。タチアナの祖父といっていい年齢だ。完全に和平を結ぶための婚姻でタチアナは人質同然だった。だが傷を負い、他に増援を得られる見込みもなかった前伯爵はこの申し出を断れなかった。

平和は戻った。が、タチアナを犠牲にしたという負い目が皆の心に残った。

それから二年がたち、前伯爵が傷がもとで亡くなり息子のアルベルトに代替わりした今、偶然だが老族長イーゴリもまた病死し、彼の遺言で未亡人となったタチアナがこの地に戻されることになったのだ。皆、罪滅ぼしをせねばと、こぞってタチアナを気づかいなぐさめた。

だからヴァネッサも優しくせねばと思った。結婚した以上、ヴァネッサも伯爵家の一員だ。身内をいたわるのは当然のこと。しかも同じ女として政略の犠牲になった彼女には同情する。努力した。知らない人の前に出るのは苦手だが必死に気をつかった。

が、すべて裏目に出た。

この地に来て日が浅く、勝手がわからないこと。貴族ではなく平民の出であることが障害になった。タチアナをいたわりたくとも貴族の機微がわからず、城の奥向きを取り仕切る家政婦のロゴス夫人に眉をひそめられた。

ロゴス夫人は貴族家に不慣れなヴァネッサの指南役でもあった。夫直々に「わからないことはロゴス夫人に聞くように」と言われている。が、なにが正解の作法か教えを乞う間もなく、「あなたがいるだけでタチアナ様のお心が安らぎません」と遠ざけられた。

そのときだ。夫とタチアナが相愛の仲であると聞かされたのは。タチアナが戻ることはないという諦観の中で彼はヴァネッサを娶《めと》る選択をしたという。「相愛の人がいない今せめてタチアナ様の犠牲で守られた地を維持したいと願われたのです」ロゴス夫人に言われた。

夫はルーア教徒だ。教義により死別以外の離縁は認められていない。

「あなたさえいなければ、お二人は正式に添うことができるのに」と、ロゴス夫人に嫌みを言われ、最終的に「森の番小屋にお移りいただきますよう」と要請された。

以来、城の敷地ではあるが沈黙の森と言われて誰も足を踏み入れない深い森の森番小屋に住み、夫とは別居している。日記では「落ち着く」とごまかしているがていのいい追放だ。

そうして一年が過ぎたときだった。「タチアナ嬢もそろそろ落ち着かれたのでは」と、彼女に恋していた隣領の領主が熱心に求婚してきたのだ。

「政略結婚でつけられた心の傷を癒すには幸せな再婚が一番でしょう。その気にはまだなれないというならそれでもいい。気晴らしも兼ねて遊びに来ませんか」

彼はマルス家より格上の辺境伯家の当主で、タチアナの許嫁だったんだ。正式に招かれては断れない。しかたなく、タチアナはアルベルトに付き添われて隣領へ出向いた。護衛にと騎士たちも付き従い城が手薄になった。

その隙を突かれた。魔物が入り込んだのだ。

実家のウシュガルルたちに匹敵する、高位の、人の姿をもつ魔物だった。

膨大な魔力をもつ相手に、ヴァネッサが張った結界は無力だった。高らかに笑う魔物を食い止めようとして、ヴァネッサは命を落とした。魔物の鋭い爪《つめ》で腹を裂かれ、手足を引きちぎられた。だが今考えると皆が出払うことになった隣領の領主の招きも偶然か疑問だ。

隣領の領主ミロシュ・ドウシャンはブラスク辺境伯。裕福な家と聞くが、近隣領主にもこの地が狙われていると求婚の際に夫の口から説明を受けた。動機はある。隣領との距離にしても魔物の力を使えば移動は可能だ。

(でも。招待主が客人をほうってここまで来るのは無理がない？　そんな長時間、席を外せば怪しまれる。ブラスク辺境伯様だって貴族なのだからルーア教徒よね？)

魔物を使って城を堕《お》としたとなれば外聞が悪い。契約主であることは秘密にしているはずだ。そんなあからさまなことをするだろうか。それに魔物が契約主を運べるのは影から出ている時のみだ。つまり守護陣の外まで。その後は自力で忍び込まなくてはならない。城には兵も残っていた。そんなことができるだろうか。

それでも彼は重要な契約主候補だ。敵か味方か。彼の人柄を知る必要がある。

（でも。森番小屋に追放されて城にも入れない私がどうやって隣領の領主に接触できるの？）

うーん、とヴァネッサは考え込んだ。

◇◆◇　◇◆◇　◇◆◇

そのころ、アルベルトは食い入るように妻を見つめていた。目が離せない。

緑の草地に座り込み、つばの広いとんがり帽子をかぶって小さなネズミたちを従えた赤毛の少女はお伽噺《とぎばなし》の女王のようで、愛らしくも勇壮だ。つい見ていたくなるが、違う。あれはネズミではない。魔物だ。彼女が多数の魔物に囲まれている。

魔導師の一部は魔物と親しみ、契約を交わして使役すると聞いたことがある。彼女の実家、ドラコルル家は高位の魔物を五体も所有していることで有名だ。

だが今、窓下にいるネズミたちは勇猛な使い魔には見えない。なら、彼女とは関係のない魔物だ。つまり敵だ。そして、そんな魔物たちを妻は追い払えずにいる。

（……どういうことだ。彼女は当代でも有数の魔導師ではなかったのか）

だからこそ、渋る親族を説き伏せ妻に迎えた。なのになぜこんなことになっている。

しかも彼女は顔をうつむけ、頭を抱えるようにしている。

そういえばダヴィドが彼女が城の守護陣を調べようとしていると言っていた。

(もしや、反撃を受けたのか⁉)

魔導の知識のないアルベルトに守護陣や魔物のことはわからない。が、守護陣の点検をしようとして、いつの間にか巣くっていた魔物たちの反撃を受けたのなら。一見か弱く見えるあのネズミ魔物たちに魔導師を攻撃する力があるのなら。

魔物の一匹が、彼女の膝に前脚をかける。そのまま駆け上がれば人体の急所の一つ、彼女の首筋が丸見えだ。黒いドレスのせいで白さが際立つ、あの華奢《きゃしゃ》な喉元《のどもと》に嚙《か》みつかれたら。

「くそっ」

なぜ、ふりはらわない！　無防備な妻に舌打ちしつつ、アルベルトは飛び出した。

◇◆◇　◇◆◇　◇◆◇

「え？　ご、ご領主様⁉」

ヴァネッサは驚いた。考え事をしていたら、突然、夫が上から降ってきた。

婚約以降、式と出撃準備の合間に、「教えを乞うように」とあわただしくロゴス夫人に引き合わされて以来、ヴァネッサに近づいたこともない彼がなぜここに。

驚いていると彼がヴァネッサの腕をつかみ、強引に立たせた。叱《しか》りつける。

「馬鹿《ばか》、なぜなすがままになっているっ」

そして彼は剣を抜き、ネズミたちに向かってふるおうとした。

「や、やめてくださいっ」

一瞬呆然《ぼうぜん》として、ヴァネッサはあわてて止めた。貴族が苦手だなどと言っていられない。大事な友だちが蹴散《けち》らされてしまう。

謹厳を通り越して怖くすらある顔の夫に説明する。

「〈守護陣の定期点検〉をしたくても本館には入れなかったので、この子たちが手伝ってくれていただけです」

信じてはくれたようだ。彼が剣を鞘《さや》に収める。が、険しい顔は崩さない。問いかけてきた。

「そういう事情なら、なぜ私に助力を乞わない」

「え？」

「門番に拒まれ城に入れなかったというなら私に要請すればいい話だろう。なぜ、そこを飛ばして人ではなく魔物に助勢を乞う」

（……城内にいるご領主様に、城の中に入れない私がどうやって要請しろと）

つい、白い目になってしまう。手紙を出せばいいと言われるかもしれないが、書いても届けてくれる人がいない。そもそも夫に話しかけるのはロゴス夫人と対する以上に壁があるのだ。なにしろまともに話をしたのは彼が求婚に訪れたときだけだ。

そのときも父母を交えて一言二言話しただけで、次に会ったのは結婚式。実家を発《た》ちこの地についたとたんに式だった。招待客がもう揃《そろ》っていると聞かされて急いで衣装を替えて聖堂にいくと彼はすでに祭壇前で待っていた。私語を交わす暇もなかった。

（しかも式の途中で出陣して、帰ってきたらタチアナ様につききりだったのですけど）

その後はすぐヴァネッサが城から追われた。一つ屋根の下で暮らしたことさえない。

領の防衛に近隣領主との同盟交渉にと留守がちな夫からは「忙しい、話しかけるな」な空気がすごかったし、そもそも彼はロゴス夫人を信頼して後をまかせている。なのに夫人との不和がうかがえる要請をすれば「魔導師として見込んで妻にしたのに問題ばかり起こしている」とますます疎まれるだけだ。タチアナが戻った今、ヴァネッサはお邪魔虫でしかないのだから。早まって結婚などをしなければ、彼は戻ってきたタチアナの手を取れたのだ。

現に彼は結婚以来一度もヴァネッサに伯爵夫人としての義務を求めたことはない。最初から魔導師としてのヴァネッサしか求めていない。婚姻時に交わした結婚契約でも、ヴァネッサがこの地を守ることと引き換えに、マルス家がドラコルル家の後ろ盾になる、としか書かれていなかった。そうなるとせっかく得られた貴族の後ろ盾を失う真似は、実家を愛するヴァネッサにはできない。そんな相手にどう言って対話の時間をもてと。

（そんな状況で相談なんてできるわけないでしょう。城内に敵がいるかもなんて言ったら気を悪くする。調査もさせてもらえない。だって根拠が〈私が死に戻ったから〉だけだもの）

帽子のつばに手をかけ、ヴァネッサは警戒して身を固くする。そんなことを言って誰が信じる。それ以前に死に戻りのことを知られるわけにはいかない。どう言い訳をしても魔物の侵入を許したのはヴァネッサの不手際だ。妻としてだけでなく、魔導師としても力不足だと知られてしまう。

そうなれば彼は実家にどんな文句を言うかわからない。教義により離縁はできないから代わりの、もっと腕の立つ魔導師を寄こせと言うかもしれない。魔導一族といっても無尽蔵に使い手がいるわけではないのだ。無理を通されたらドラコルル家が立ちいかない。

警戒心でハリネズミのようになっていると、ぐいと帽子のつばを持ち上げられた。

「顔が見えない」

いや、見られないように深くかぶっているのだ。

あわててつばを下ろす。

が、また上げられた。しかたなく、またヴァネッサはつばを下ろす。

しばらく、上げて、下ろしての無言の攻防が続いて、彼が盛大に眉をひそめた。

「その帽子になにか意味があるのか」

「……ま、魔女は日焼けしてはいけないのです」

かろうじて答える。目さえ合わなければ彼ともなんとか話せる。が、帽子がなくなれば終わりだ。ヴァネッサは自己弁護もできず、森番小屋に強制送還されるだろう。

「夫に、顔も見せてくれないのか？」

彼が言った。少し傷ついたような響きが合った。

それを聞いて思った。彼とこんなに長い時間向かいあっているのは初めてだ。目の前に立ち塞《ふさ》がるこの人が夫だという事実が不思議な感じがする。

彼がため息をついた。

「……夫としてだけでなく、城主としても私はそんなに信用に値しない男か。ダヴィドの言うとおりだな。私たちは互いの時間をとらなすぎた」

そのときだ。

「ご領主様、こちらにおられたのですか」

城の侍女らしきお仕着せの娘が小走りにやってきた。

「タチアナ様とロゴス夫人が先ほどからお待ちです。もう仮縫いは始まって……」

そこまで言って彼女はヴァネッサに気づいたのだろう。はっとしたように足を止める。

気まずい沈黙が下りた。

それを破るように、アルベルトが言う。

「ヴァネッサ。今夜は私と食事をともにしてくれないか。二人で話そう」

「え？」

「今はタチアナのところへ向かわなくてはならない。君と話すのは無理だ」

堂々と「タチアナ」と従妹を優先させて彼が言う。

「だからその後に時間を作る。いろいろと立て込んでいるので最速で夕食時になると思う。今ならまだ厨房《ちゅうぼう》も仕込みに入っていないだろう。メニューの変更にも対応できる。なにか希望はあるか？　食事をとりながらの会話は心もほぐれる。最適な会談法だと思うが」

どうだ、なにか意見は？　と問いかけられた。

「この件はそのときに聞こう。君が城や私を苦手としていることは知っているが、さすがに夫婦……いや、城主と城主夫人として今の有り方はおかしい。互いに歩み寄る姿勢が必要だと思う。話す時間を作ろう」

きっぱりと言いつつ、時の経過を気にするように空の陽《ひ》を見上げる。昼の垂直な日差しが、彼の彫りの深い鼻梁《びりょう》に陰りをつくり、顔色を悪く見せた。彼がつかれているように感じて、ヴァネッサは、ああ、そうかと思った。

(私、自分だけがこの結婚の被害者だと思っていたけど、この人だってそうだ)

ロゴス夫人からさんざん聞かされた。彼がいかにタチアナを愛していたかを。なのにこの人はヴァネッサがいるからタチアナとは結ばれない。彼もまた悲劇の人なのだ。

それでもこちらの話を聞こうと言ってくれる。この地を守る領主として。夫としてどうかと思うが城主としては真面目な人なのだ。

なら、自分も魔導師として大人《おとな》にならないといけないと思った。どちらにせよ〈敵〉に立ち向かうなら今のままでは駄目なのだ。

今まで人と向かい合うのが怖くて逃げてばかりいた。この地に来てからもロゴス夫人に言われるがままに森番小屋に引きこもっていた。そのつけが今来ている。

（これは政略結婚。夫に愛されない寂しさなど覚悟していたはずなのに）

どんな手段でもいい。城内に人間の味方も作らなければなにもできない。そうなるとこれは好機だ。城主からの正式な招きならロゴス夫人も拒めない。堂々と城に入れる。それどころかこの感触からして城の防衛のためと説明すれば〈契約主〉探しに便宜をはかってくれるかもしれない。この城には彼の大事なタチアナもいるのだ。彼女を守るためだと言えばきっと協力してくれる。

（だって私は魔導師としての腕をかわれてこの城に招かれたのだから）

勇気を出さないと。

ヴァネッサはこくりとうなずくと、正餐《せいさん》の席への出席を受諾したのだった。

3

「まあ、タチアナ様、もっとお食べにならないと。ねえ、アルベルト様」

「ああ、そうだな」

「料理長のニコルが好物ばかり用意したのにすっかり食が細くなられて。お好きな雉肉《きじにく》も用意しようとザカールに獲りに行かせたけど、間に合わなかったんです。あの男は従者のくせに気まぐれで。ふらっと森にこもると数日帰らないこともざらで。役に立たないったら。タチアナ様、雉は明日《あす》には用意させますからね。ああ、こんなに痩《や》せてしまわれて」

「泣かないでロゴス夫人、私まで哀《かな》しくなってしまうわ。頑張ってもう一口食べるから」

「まあ、なんてお優しい、ニコルも喜びますわ。ねえ、アルベルト様」

蝋燭《ろうそく》がふんだんにともった豪奢《ごうしゃ》な城の食堂で、席に着いたタチアナと給仕として控えたロゴス夫人が和やかに話している。そしてそれを見守る夫の姿。他の給仕たちも主一族のやりとりを微笑《ほほえ》ましげに見守っている。一枚の幸せな家族の絵だ。

その分、同席しているヴァネッサの場違い感が半端ではない。さすがに室内での帽子着用は無理なので、隠しようのない怖い魔女顔が盛大に引きつっているのが自分でもわかる。

グラスに入った水をとる。が、とっくに空だ。給仕たちはすべて長い卓の上座側に控えているから、末席のここまでは来てもらえない。しかたなくヴァネッサはグラスを卓に戻した。

(早く帰りたい……)

居心地が悪すぎて気分まで悪くなってきた。どうしてこんな家族劇を見ていなくてはならないのだろう。ヴァネッサはそっとため息をついた。

ネズミ魔物たちといるところをアルベルトに見つかって、正餐の席に招待されてから時が過ぎ、今は夕刻となっていた。正餐の時間だ。

半刻ほど前、ヴァネッサはせいいっぱい着飾り本館を訪れたのだ。アルベルトの指示が届いていたのか門番に入城を拒まれることもなく食堂に到着すると「あ」と声がした。

タチアナだ。

彼女がすでにそこにいた。ヴァネッサが来るとは思わなかったのか目を丸くしてこちらを見ている。

「あ……」

どう言葉をかけていいかわからなかった。二人で話そうと誘われたはずなのに、なぜタチアナがいるのか。それに久しぶりに間近で見る彼女は見覚えのある淡いピンクのドレスを着ていた。

（あれ、私のドレス……！）

思わず顔が強張った。

異国から戻った彼女が身の回りの品が揃っていないと仕立屋を呼んだのは前の生でも知っていた。普段使いのものはともかく仕立てに時間のかかる正装用のドレスは数が足りていないのだろう。だからだろうか。彼女はヴァネッサが実家から持参したドレスを着ていた。

毛先を巻いた長い銀の髪が、彼女を儚げな少女めいて見せている。ふるえる睫《まつげ》に覆われた大きな緑の瞳、わななく薔薇《ばら》の蕾《つぼみ》のような唇。老年の異郷の族長がぜひ妻にと望み、彼女が他の男に嫁いだ後も独身のまま帰りを待つ許嫁がいる。そんな背景も納得できる、庇護欲をそそる美しさだ。これが生粋《きっすい》の貴族令嬢というものか。

(私と全然違う)

異郷の地での暮らしがこたえたのか、この地に戻って一月経《た》ってもまだ健康を取り戻せずにいる彼女が、また、あ、と小さく言って倒れかかる。

「お嬢様っ」

一瞬、自分が呼ばれたのかと思った。ドレスから連想して、実家のことを考えていたから。だが違った。ロゴス夫人だ。花台の点検をしていた夫人があわててタチアナに駆け寄った。かばうように腕を広げて、ヴァネッサをにらみつける。

「お嬢様になにをするつもりです、この性悪な魔女めがっ」

なにもしていない。目が合ったので固まっていただけだ。そもそも大事なドレスを勝手に着られた自分こそ、タチアナに「なにをするの」と言いたい。

(だってあれはお母様が仕立ててくれたものよ?)

こんな明るい色のドレスなんて似合わないと言ったのに、「一着くらい流行のドレスを持っていきなさい、あなただって若い娘なのだから」と、わざわざ王都の仕立屋に注文してくれたプリムローズ色のドレス。大事な収入源である薬や南方特産のアルパカの毛を売ってつくったお金で貴族家に嫁いでも見劣りしない嫁入り支度を揃えてくれた。

高価だから、流行のドレスだから、そんな理由で惜しんでいるのではない。ドレスに詰まった父母の想いを踏みにじられたようで言葉が出ないのだ。怒りたい。

なのに現実のヴァネッサは、ただ手を握り悔しさのあまりふるえているだけだ。声を出しても、立場が悪くなるだけと学習したから。

顔を強張らせて立ち尽くすヴァネッサは他からは冷酷な魔女にしか見えないのだろう。

「まあ、不服ですか？　タチアナ様は嫁ぎ先から身一つで戻られたのですよ」

ロゴス夫人が信じられない、と非難の声を出した。

「たかが一枚、貸してあげようという気にもならないなんてやはり性悪な。すぐに返しますよ、こんな下品な安物。れっきとしたマルス家の令嬢であるタチアナ様にふさわしくありません。今、仮縫いしているドレスが届いたらすぐ返しますよ、ええ、返しますとも」

声高に叫ぶ夫人に、何事かと他の使用人たちも集まってくる。返すと言ってもサイズを合わせるためにドレスには鋏《はさみ》を入れられている。元に戻すことはできない。失われてしまった。

そこへ「すまない、遅くなった」とアルベルトがやってきた。

もめている女たちを見て戸惑ったような顔をすると、彼は皆に席に着くようにと言った。

「料理が冷める。給仕の者たちも困っている」

帰るきっかけを失い、そのままヴァネッサは気まずい正餐の席に着いた。そして今に至る。

もちろん上座の領主の席にはアルベルト、その斜め隣の女主人の席にはタチアナが座った。

空いているのは彼らから離れた末席の、客人用の席しかなかった。タチアナが迷わず席に着いたことからして、ふだんから二人は隣り合って食事をとっているのだろう。

(ほんとうに、どうしてご領主様が私を招いたのかがわからない)

ここにお前の居場所はない、身の程を知れ、と見せつけたいのだろうか。最悪だ。

(……うまく話せないかもと思ったから手紙も用意したけど。これじゃあ渡す機会もない)

ヴァネッサが呆然としている間にも、ロゴス夫人が和やかに二人に話しかけている。

「今日のドレスは間に合わせですけど、先ほどの仮縫いのドレスは急いで仕上げるように言いました。届き次第お召しいただきますからね」

「ありがとう、アル兄様。さっきのドレス素敵だったわ。早く着て見せたい」

「ああ、楽しみにしている。今のものも似合っているが」

タチアナのはにかんだ笑みと甘えたような可憐《かれん》な声にアルベルトが答える。彼は彼女が着ている〈間に合わせ〉のドレスがヴァネッサのものとは知らないのだろうか。

確かにヴァネッサは彼の前でこのドレスを着たことはない。正餐の席で夫と同席したことはないし、正装して出かける機会もなかったからだ。そもそもエスコートしてくれる夫が不在続きで、地域社会へのお披露目もないままだ。

それに可憐なタチアナには、薄い花弁を重ねたような桃色のドレスが似合っていた。彼女のために仕立てられたのだと信じられる愛らしさだ。

対してヴァネッサは昼と同じ黒いドレスだ。城での正餐だから見劣りしないようにと、魔物たちが摘んできてくれた菫の花を飾ったが、それでもふだん使い感が失せない。

城の領主夫人の部屋に行けば実家から持参したドレスがまだあるはずだ。が、あの部屋は今はタチアナが使っている。取りにいくのは無理だ。そもそもヴァネッサは城内には入れない。

うつむき、唇を噛むとロゴス夫人が空々しく話しかけてきた。

「あら、またお食べになりませんの?」

言われて、目の前に置かれた皿を見る。これも問題だ。肉と野菜の盛り合わせ。遠目に夫とタチアナに饗《きょう》された皿を見てみるが、どう考えてもそれらとは違う。

ロゴス夫人が腹だたしいとばかりに鼻を鳴らす。

「まったく好き嫌いばかり。料理長がなにを作っても食べてもらえないと嘆いていましたよ。少しは下の者も思いやっていただかないと。ああ、アルベルト様、奥方様に言ってくださいませ。この地の料理はお口に召さないらしくいつも残されるのですよ。もう三月もたつのに少しもこの城になじんでくださらなくて。これ見よがしに森番小屋にこもられて」

大仰に嘆かれた。さすがに見かねたのか、ロゴス夫人の言葉に合わせるためか夫が口を挟む。

「……食べたくないなら無理に食べることはなかろう。この地の料理が口に合わないというなら、故郷の料理をニコルに作らせればいい」

すぐニコルを呼べ、と彼が言う。絶妙のやりとりだ。それに食卓に並べられた皿やカトラリーの数は最初から三人分。やはり二人で話そうというのは嘘《うそ》だったのか。

「……やめてください。料理人を呼ぶ必要はありません。今夜はもう失礼しますから」

とうとうヴァネッサは口を開いた。もう限界だ。これ以上ここにいて晒し者になりたくない。

だがここに来た目的だけは達したい。ドレスの隠しポケットから出した手紙を卓上に置く。

「二人で話すのは無理そうですし小屋に帰らせていただきます。こちらの用件はここに書いておきました。もうお忙しい中このような時間を設けてくださらなくてけっこうです」

きっぱりと言うとさすがに気まずかったのだろう。彼が言った。

「その、すまない。そんなつもりではなかった。ただ……」

「待って、お二人とも。ごめんなさい、私が悪いの。今夜だけはお二人で過ごす予定だと聞いたのに一人の食事は寂しいなとつぶやいてしまったからっ」

言い訳をするように立ち上がるアルベルトをとどめるように、タチアナが叫んだ。

「だから皆が気をつかってくれて、私の席を用意してくれて……、退席するなら私のほうだわ。ごめんなさい、すぐ出ていくから……。うっ」

そこでタチアナが胸を押さえた。興奮したことで弱っていた心臓に負荷がかかったのだ。

テーブルクロスを握りしめ、床に倒れる。

「タチアナ様っ」

「タチアナっ」

ロゴス夫人が悲鳴をあげ、アルベルトが駆け寄る。クロスがずり落ち皿が床に散って割れた。

破片が飛び、料理のソースやグラスのワインが床に染みを作る。ヴァネッサもあわててテーブルを回り込んだ。魔導師には薬師としての心得もある。

が、途中で足を止めた。

タチアナを痛ましげに抱き上げる夫の姿があった。すがりつくロゴス夫人の姿も。

ヴァネッサが手を貸す隙はない。いや、近づけばかえって「お嬢様をこんな目に遭わせた元凶のくせに、まだ危害を加えるつもりか」と警戒されるだけだろう。

とりあえず隣の、横になれる長椅子《ながいす》がある客間に運ぶことになったようだ。毛布や枕の用意を命じてアルベルトがタチアナを抱き上げる。そしてヴァネッサとすれ違いざまに言った。

「君も。着替えたほうがいい」

言われて、ヴァネッサは自分を見た。ドレスの前面にワインがかかり濡《ぬ》れていた。

夫がタチアナを抱いたまま食堂を出ていく。ロゴス夫人も後を追う。控えていた給仕たちもそっと顔を見合わせて食堂を出ていく。

ヴァネッサは一人、残された。

びしょ濡れになったドレスを見下ろす。リボンの結び目に飾った菫もすべて台無しになっている。手紙も床に落ち、踏まれたのだろう。くしゃくしゃだ。

そっと拾い上げ、ヴァネッサはつぶやいた。

「……ごめんね、皆。手伝ってくれたのに、私、手紙を渡すこともできなかった」

◇◆◇　◇◆◇　◇◆◇

アルベルトはタチアナを客間まで運び、医師を呼ぶよう命じながら内心ため息をついていた。

(どうして、こうなる……)

城の裏手で、魔物たちに囲まれている妻を見た。

襲われていると勘違いして飛び出したが、おかげで言葉を交わすことができた。彼女がなにか悩みを胸に抱えているのも察せられた。が、聞き出そうとすると邪魔が入った。

結婚式の途中で出撃して以来、ようやく向かい合って話せた妻だ。ダヴィドの言葉からも彼女が城に用があるのはたしかだ。なのでもう少し親交を深めたく思い食事に誘ったが。

前より関係が悪化した。

ダヴィドのように女心を解せない自分でもわかる。タチアナを長椅子に横たえ、もしや彼女がまだ待ってはいないかとロゴス夫人に後をまかせて食堂に戻る。

誰もいない。彼女はもう森に帰ったのだろう。

ふと、ヴァネッサが卓に置いた手紙のことを思い出した。探してみる。が、どこにもない。

(持ち帰ったのか)

この騒ぎでは読んではもらえないと判断したか。倒れた椅子を起こして座る。床に割れた皿が散らかったままだ。給仕たちもタチアナが倒れたことに動揺し、水だ、気付け薬だとバタバタしていたから片づけられずにいるのだろう。殺伐とした部屋だ。

（これでは彼女が頼りにならないと、夫を見限るのも当然だ）

いわゆる〈幸せな家庭〉からほど遠い。自嘲《じちょう》の笑みが漏れた。

（……もっとも、俺は〈幸せな家庭〉などというものはよく知らないが）

だからこうなるのだろうか。自分に欠けたところがあるから。

アルベルトの両親は政略結婚だった。父は西方の技術と富、聖騎士たちの助勢を期待して結婚した。母も同様だ。聖域育ちの彼女はルーア教布教の足がかりにするため父の求婚を受けた。

夫婦の仲は最初から冷え切っていた。母を亡くしたときも父は聖域とのつながりが断たれることを嘆きはしても妻を失ったことには涙一つ見せなかった。

そんな二人を見て育ったからかアルベルトは家族というものに飢えていた。自分はああはなるまいと思っていた。だから親を亡くして引き取られたタチアナのことも可愛がったし、そんな彼にタチアナはなついてくれた。ロゴス夫人も乳母としておしみのない愛情をかけてくれた。

自分にとって家族とはまずタチアナとロゴス夫人だ。それから城に仕える者たち。

だから彼らを守る力をつけるために王都の騎士団に入った。不在の間にタチアナを犠牲にした父に反感を抱いた。

だがこの地に戻り、当主の座を継いで知ったのは、父の行為を非道とは言いきれない、自領の防衛力のもろさと、近隣領主の協調性のなさだった。

都で知識をつけ、改めて自領を見ると父の苦労がわかった。父がルーア教に帰依してでも国内派閥のしがらみがない異国の妻を迎えたのは領地を守るためだ。そして今の自分にタチアナを取り返すだけの力がないことも理解した。

領主として強くならなければと思った。タチアナだけでなく今までに散った騎士たちの命を無駄にはできない。そして領主となった以上、よけいな争いを招かないためにも、後継者を産んでくれる妻が必要だった。

そうして手を尽くし、見つけたのがドラコルル一族の娘、ヴァネッサだった。

近隣領主の息が一切かからず、戦力となる魔導の腕を持ち、この地の苦境を知っても断らずに嫁いでくれるであろう身分差のある相手。彼女は理想の妻だった。それを得られたのだ。これで後顧の憂えはなし。安心して城をまかせた。

(なのにこの有様か)

食堂の惨状を見て思う。ダヴィドの指摘通り、自分はロゴス夫人への信頼からヴァネッサに酷な暮らしを強いていたのだろうか。アルベルトとしても妻と距離を置いたままでいることを望んでいるわけではないのだ。ただでさえ問題が山積みの領主職だ。これ以上、悩みを増やしたくない。できればこれからの人生を夫婦手を取り合って、歩んでいきたい。

だから今夜はとことん話し合えるよう、料理長に夫婦二人分の食事を指示した。ゆっくり時間を過ごせるように、一皿の量は少なくていいから、皿数を多くしてくれとも頼んだ。

だが書類の処理が手間取り、遅れて食堂に入ってみると席は三人分用意されていた。

ヴァネッサと食事することを知ったロゴス夫人が、「タチアナ様をのけ者にするなんてお可愛そうすぎます」と泣いていたから、独断で追加したのだろう。

（……しかたがない。ヴァネッサとの会談は、また別の機会を設けるか）

さすがにここでタチアナに退席をうながすことはできない。タチアナを傷つける。食事の後、ヴァネッサを別室に誘ってそこで話そう。そう考え、席に着いたが、結果はこれだ。

「夫の信用は完全になくなったな」

こんなことがあったのだ。彼女はもうこちらに心を開こうとはしないだろう。もともと彼女は貴族の男が苦手だ。

いや、最初から期待などされていなかったのか。手紙を用意していたくらいだ。

だが、なぜここまで夫婦仲がこじれた。そもそもなぜ彼女はあそこまで頑《かたく》なになっている。

一月前、タチアナを連れ帰った際には女主人の役を果たさなければと健気なまでに意気込んでいるように見えた。その前の式の途中で出撃することになったときも初夜が延びたことには安堵の息をもらしはしたが、留守をまかされたことに妻としての責任感に満ちた顔をしていた。

それが、今日見た彼女は諦観に満ちていた。深い、絶望に染った瞳。まるで別人だ。外観はそのままに中の精神のみが一気に年老いたようにすら感じた。

それもあって食事に誘ったのだ。城の守護陣を調べたいのに拒絶されていたというダヴィドの言葉も気になったが、それ以上にその言葉で様子を見ることにした妻があまりにこちらも拒絶する態度をとったから。自分のなにが彼女をそこまで頑なにさせるのかが気になったからだ。

またため息をついたときだった。もう一つのダヴィドの言葉を思い出した。

『奥方、ロゴス夫人にいびられてるんじゃない？』

顔を上げると、ちょうど戻ってきた給仕が床を片づけようとしているところだった。

「待て」

声をかけ、床に散らかった彼女の皿を見る。

（これは……？）

見慣れないものが入っている。彼女のために別にあつらえた料理かと思った。だが違う。

ぱっと見た目は自分やタチアナに供されたものと同じだ。肉に、付け合わせの野菜。だが床に転がり断面を見せた肉は明らかに生肉だ。付け合わせの野菜も形を整えてはあるが生のままだ。

（どうりで食べないはずだ……）

人に出す料理ではない。これをロゴス夫人は「我儘ばかり」と嘆いてみせたのか。

アルベルトは愕然《がくぜん》とした。奥向きを取り仕切るロゴス夫人が彼女に出された料理の内容を知らないわけがない。夫人自身が料理長にそう指示したのだろう。

「彼女の席を一人だけ離したのもそのためか……」

ここにきてようやく彼は妻がされていたいじめの実態を知ったのだ。

◇◆◇　◇◆◇　◇◆◇

その頃、城から森番小屋に戻ったヴァネッサは着替える気にもなれず戸口の石段にうずくまっていた。ぼんやりと夜の森を眺める。

(貴族なんてあんなものと、わかっていたはずなのに)

思った以上に落ち込んでいる。あの魔物を倒すために強くなろう。そう思ったばかりなのに。

(でも、落ち込んでいるということは、私、あの人に期待していたの?)

落ち込む、つまり失望したということはその前に彼に期待したということだ。自分の甘さに自嘲の笑みが漏れる。自分は自分。城の皆などほうっておけばいい。わかっている。だが強くなりたい。彼らへの苦手意識を克服したい。そう思うから気をそらせないのだ。

(私だって昔から貴族が怖かったわけじゃない)

原因はわかっている。初めて街につれていってもらったときのことだ。

そのときのヴァネッサは七歳だった。とある貴族家から母が退魔の依頼を受けたのだ。

外の世界に好奇心を持っていたヴァネッサは無理を言って同行させてもらった。そして母が依頼をこなすのを待つ間に許しを得て、その家の庭園を散策したのだ。そのとき、高い木の枝に玩具《がんぐ》の矢を撃ち上げてしまった少年に会った。彼は怒って使用人にあたり散らしていた。だからヴァネッサは魔導の力で風を操り、枝から矢を落としてあげたのだ。その少年も最初は感謝していた。が、ヴァネッサがドラコルル家の娘とわかったとたん、態度を変えたのだ。

「魔物使いの一族か」

さげすみの目で見て、硬貨を投げて寄こした。

「これが欲しかったんだろう」

お金目当てなんかじゃなかった。硬貨を投げつけられた頬と心の痛みは今でも覚えている。ヴァネッサは皆に愛されて育った。悪意には慣れていない。以来、外の人たちが怖くなった。

求婚のためドラコルル家を訪れたアルベルトのこともほんとうは怖かった。あの少年と同じ貴族だからだ。だが彼は形式的なものとはいえ、ひざまずいて求婚してくれた。

だから思ったのだ。この人となら自分の弱さも克服できるのではないかと。

相手が貴族ということに不安はあった。だが彼は自分をさげすんだ少年とは違うと感じた。礼を尽くしてくれた彼のように、貴族にだっていろいろな人がいるのかもしれないと思えた。

断っていいと父母に言われた結婚を承諾したのは家のためだけではない。ヴァネッサ自身が望んだからだ。彼と一緒に、自分が変わることを。

ため息をつくと、ころん、と膝にドングリが転がってきた。森の魔物たちだ。いつの間にか集まっている。

彼らはヴァネッサが死に戻りをしたことにも気づいているだろう。魂の色が違うのだから。それでも傍にいてくれる。寂しい心を慰めてくれる。それはつらかった前の生でも同じだ。深い森の傍でただ一人暮らしていけたのも、彼らがいてくれたからだ。

「ありがとう……」

膝に上ってきた、小さな体をぎゅっと抱きしめる。頬をなめてくれる舌が温かかった。

どれくらいそうしていただろう。声が聞こえた。

「これはすごいな。森中の小型精霊が集まったか」

いつの間にか日が昇り、辺りが明るくなっていた。

夜明けの光を受けて、集まった魔物たちを見ているのはザカールだ。

タチアナが異郷の地から連れ帰った従者。異国情緒あふれる北の民の戦士がそこにいた。

（え？　どうして？　どうしてここにこの人がいるの？）

彼が森に入るのはいつももう少し遅い時間だ。それに前の生では話しかけてきたことはなかった。顔をこちらに向けるだけですぐ森に入っていく。

よく見ると彼の周りには魔物たちがいて、その服の裾をしきりにひっぱっていた。

（あ、それで）

ヴァネッサを心配した魔物たちが連れてきたのだろう。それに彼は腰に狩りの獲物らしき雉をぶら下げている。そういえばロゴス夫人が「雉肉を用意しようとザカールに獲りにいってもらった」と言っていた。狩を終え、森から帰ろうとしたところを魔物たちに捕まったのか。

彼は泣いているヴァネッサを前に、困ったような顔をしている。あわててヴァネッサは顔を袖で拭《ぬぐ》った。もう大丈夫だと、頭を下げてみせる。

だが彼は立ち去らない。こちらをうかがうように立っている。

昨夜の席に彼はいなかった。ヴァネッサとタチアナの間になにがあったかを知らない。が、こんな早朝から戸口に座り込んでいるのだ。なにかを察して、泣いている女を一人にはできないと騎士道精神を発揮しているのかもしれない。

ここは感謝するべきだろう。だが彼はタチアナの従者で、王国に侵入を試みる北の民だ。魔物たちが連れてきたとはいえ、彼の立ち位置がわからない。

思い切って聞いてみる。

「……私に話しかけてもいいのですか。あなたはタチアナ様の従者でしょう？」

少しひねくれた問いになった。感じが悪いと反省していると、彼が言った。

「……この国の〈従者〉という概念はよくわからん。我らの地にそういったものはない」

「え？」

「我らとこの国は違う。あのタチアナという女に仕えるのは、俺が〈イーパスヴィ〉だからだ。あの女を守ると主に誓った。我々北の民にとって誓いは絶対だ。だから傍にいる」

イーパスヴィ？　聞き慣れない言葉だ。ヴァネッサの疑問は顔に出ていたのだろう。彼が顔をしかめる。

「すまない。よく使う言葉は覚えたが、そうでないものはこの国の言葉に当てはめるのが難しい。娘？　忠誠？　どう言えばいいかよくわからない」

懸命に言葉を探す彼からは敵意は感じない。蔑視《べっし》もだ。ヴァネッサは城の者からは異端とされる魔女なのに。

「この城の者がなぜ貴女を虐《しいた》げるかわからない。貴女は〈アパジァーニ〉だろう。我らは精霊を敬う。だから精霊に愛された貴女も敬う。ただそれだけだ」

彼が言うアパジァーニという言葉もわからない。が、文意からすると精霊とは魔物のことか。

（そう、か。彼は自然を崇拝する北の民だから）

彼らにとってメラムをまとった不思議な生き物たちは異端の魔物ではないのだ。ルーア教に帰依していない、この国の素朴な地方暮らしの者たちと同じで、よき隣人扱いなのだろう。

嫁ぐ前に母から聞かされた、異郷の知識を思い出す。確か北の地では魔物は精霊で、善き精霊と悪い精霊がいるという解釈だった。彼らからすれば魔物と仲良しのヴァネッサは森の精霊使いといった立ち位置なのかもしれない。

（ではアパジァーニというのも魔物使いや魔女という意味？）

そう考えると急に肩の力が抜けていく。ヴァネッサは自分がひどくつかれていることに気がついた。この異境の地に来て、ヴァネッサはずっと緊張していたらしい。

魔女は異端だと敵意を見せる人たちの中で、魔導師として存在意義を示さなくてはと肩肘《かたひじ》を張っていたのだろう。初めて見つけた同じ価値観をもつ人、この地では自分と同じく異邦人である彼を前にして、警戒しなくてはならないと思うのにどんどん心が緩んでしまう。

そんなヴァネッサの心は彼にも伝わったのだろう。少し驚いたようだが傍にいてくれた。なにも話さない。ただ、そこにある。変わらない空や大地のように。

それがどれだけの安心感か。そっと寄り添うように立つ彼の気配が、太い幹と木陰を持つ大樹のようでヴァネッサはこの地に来て初めて心が落ち着いた気がした。故郷の風を思い出す。

「……帰りたいか」

聞かれた。こくりとうなずきかけて、それはできないとこらえる。帰れるわけがない。自分にはやるべきことがある。だから逆に尋ねる。

「あなたは？」

「俺は帰る場所がない」

それはどういう意味だろう。問い返すことをためらう、深い孤独と喪失を感じた。

彼がなぜタチアナについてこの地に来たのかはわからない。が、たった一人故郷を離れて、言葉も風習も違う国に来ているのだ。感じる孤独はヴァネッサ以上だろう。

その時だった。下草を踏む蹄《ひづめ》の音がして、騎乗の影が一つ現れた。

「なにを、している？」

見ると、夫がいた。馬上からこちらをにらみつけている。

謹厳な顔をさらに険しく強張らせて、なぜかタンポポの花を添えた牧歌的な籠を抱えて、彼は前の生では訪れたことのない森番小屋の前に、佇《たたず》んでいた。

◇◆◇　◇◆◇　◇◆◇

（なぜ、ここにザカールがいる）

アルベルトは森の魔物たちに埋もれた妻と、その傍に護衛よろしく立つ異郷の戦士を見た。が、彼が腰に下げた雉を見て察した。ロゴス夫人の要請で狩りに来たところで、見るからに落ち込んでいるヴァネッサを見つけてほうっておけず、足を止めたのだろう。

当然だ。今のヴァネッサは泣いていたのだろう。淡い朝の光の中でも赤く染まった目元が見て取れる。肩を落とした彼女の姿はおぼつかなく、たよりなげで、思わず駆け寄って抱きしめ、夫婦だけに許された方法で慰めたくなった。男ならこんな彼女を放っておけるわけがない。が、今の自分がそんな慰め方をすればますます毛嫌いされることはわかっている。この場で間男《ザカール》に天誅《てんちゅう》を加えるのも論外だ。

「……ご苦労だった。もう戻っていいぞ」

領主としての威厳と余裕を取り繕い、言下に下がるよう言ったが異国出の彼には通じない。

席を外せ、城主夫妻を二人きりにしろという空気も読まず、そこに立っている。

いらだったが、時間が惜しい。なにより早く彼女を慰めたい。

ザカールにじろりと威圧の目を向けてから馬を下り、ヴァネッサに歩み寄る。

「これを」

籠を差し出す。開けろと目顔で示すと怪訝《けげん》そうな顔をしながらも彼女が受け取ってくれた。

中にあるのはつい先ほど城の厨房で四苦八苦しながらつくった〈夕食〉だ。整然と同じ幅に切られたパンとハム、それに野菜のピクルスがきっちり詰め込まれている。

「予測したより作業が難航した。遅くなってすまない」

あの騒ぎで正餐はお流れになった。そもそも彼女に出された料理は食べられたものではない。

厨房を訪れ、料理人に話を聞き、事実を確認したうえで肝が冷えた。とにかく謝罪せねばと焦ったが、古くからの格言に食べ物の怨みは恐ろしいとある。飢えた狼相手に話はできないとの言葉もある。謝罪するにしても腹をふくらませてからでないとと思い、急ぎ用意した。

誠意を見せるため素材を洗浄するところから自分の手でおこなった。妙な嫌がらせがおこなわれていないと証明するため、パンに野菜と肉だけを切ってはさんだ安全食だ。用意に思ったより時間がかかったため朝食になってしまったが、ここへ来る途中、ダヴィドに言われた女性への気づかいも思い出し、道ばたに咲いていた黄色い花もとってきた。

「すまなかった。ロゴス夫人には厳重に注意した。もう二度とあんな真似はさせない」

真《ま》っ直《す》ぐに、彼女の目を見て謝る。

「今度こそ謝罪にきた。すべて私の監督不行き届きだ。謝って許されることではないがせめて謝罪をさせてくれ。頼む」

これで少しは話を聞く気になってくれただろうか。不安を感じつつも花も差し出し言う。

「不快だろうが今すぐロゴス夫人を降格するのは無理だ。引き継ぎができていない。なるべく早く次席に職権を移し、ロゴス夫人にはタチアナの専任侍女を務めてもらうことにする。今後、女主人の職権に関わる真似は一切させない。私の名において誓う。もちろん君がこの三月の間にされてきたことは無にできない。謝罪してすむことではないがそれでも謝る。再発はないと誓う。ほんとうにすまなかった」

膝を折り、頭を下げると勢いに押されたのかヴァネッサがのけぞった。固まっている。

妻にどう謝罪するのが正しい方法かわからなかったので、自分は真剣だとの心を示すため、馬上試合で槍を構えて突進するときの気合いを込めてみた。が、逆効果だったようだ。ヴァネッサは抜き身の剣を突きつけられたような青い顔をしている。またやらかした。

(怯えさせてどうする！)

アルベルトは自分の頭をそこに立つ木にぶつけたくなった。これは話に聞く夫の最終兵器、東方の敬意の示し方である土下座とやらをするしかないか。そう思い詰めたが、やはり彼女の態度が腑《ふ》に落ちない。別人を前にしたような違和感がある。

（……式以来、顔を合わせることを避けていた俺に、こんなことを言える義理はないが）

彼女と顔を合わせたのは数えるほどだ。が、妻と望んだ相手だ。逢瀬《おうせ》の時間が短い分その姿を目に焼き付けている。浮かぶ表情も見逃さないよう凝視した。

そのうえで言える。おかしい、と。

求婚をしたときの彼女も、式のときの彼女も確かに緊張していた。知らない男を前にした恐ろしさからか、体を硬くしていた。

だが同時に、妻にと乞うとおそるおそるだが興味を示してくれた。式のときも居並ぶ貴族たち相手に顔を強張らせながらも、懸命に花嫁としての自分の役割を果たそうとしてくれた。

そんな彼女に「自分はマルス家に嫁ぐのだ」という決意めいたものを感じて、夫としてその隣に立つことが誇らしく、胸がむずがゆくなったのを覚えている。

（タチアナを連れ帰ったときも、彼女は気づかってくれていた）

傷ついた同族の娘を前に、女主人としての責務を果たさねばと初々《ういうい》しい気概をもっていた。

それが今は一切ない。

あれはたった一月前のことなのに。

今の彼女からは諦観しか感じない。深いあきらめ。夫になにも期待していない。それどころかさっさと立ち去れという無言の圧というか、どこか投げやりな厭世観《えんせいかん》すら感じる。

まるでもう自分には未来などないと絶望しているような。

戦場で何度か見たことがある。家を焼かれ、家族を失い、捕虜とされた男がこんな目をしていた。まるで生きた屍《しかばね》だった。今の彼女はそれと同じ目をしている。

そして彼女にこんな目をさせることになったのは明らかに自分の不注意が原因だ。

（あんな幸せそうだった少女を、権力ずくでこんな場所に連れてきたつけがまわってきたか）

アルベルトはまた立木に頭をぶつけて叫びたくなった。

彼女とは政略結婚だ。もとより二人の間に愛も信頼も存在しない。

だがこんな冷めた関係を最初から望んでいたわけではない。

他人同然の父母を見て嫌悪していたからだ。自分は決して政略結婚などしない。そう思っていた。なのに結局父と同じことをするはめになった。

それでも自分は父とは違うと示したかった。少しでも相手に誠意を見せたいと思った。始まり方がどうであれ、相手を愛したいと。だから求婚のときも代理人にはまかせず、時間をやりくりして自身でドラコルル家を訪れた。

そこで見たのはアルベルトが理想とし、夢見ていた家族の姿だった。

互いをいたわり合う妻と夫、そして愛し愛される娘。

実際に目にするまではドラコルル家のことを愛より損得を考える、よくある郷士の家と思っていた。結婚話を持ち出せばすぐに飛びつく格下の家だと。だがその予想は裏切られた。

彼女の父母は娘をその場に呼び、彼女にどうするかを決めさせたのだ。子の意志に関係なく親がすべてを決める貴族ではあり得ないことだ。

自身で求婚に来てよかったと思った。代理人をよこしていたらこの親たちは娘に話を通すまでもなく、この話を断っていただろう。

それだけ娘の幸せを願っているのだ。貴族の怒りに触れても子を守ろうとしていた。

そして娘もまた家族のために話を受けた。

親と娘の間に流れる温かな空気に、アルベルトは頬を張り飛ばされたような新鮮な刺激を感じた。この娘と結婚すれば自分もこんな家庭を持てるのではないかと期待までわいた。

だからだろうか。ドラコルル家から戻り、彼女を城に迎える日を待つ間もよくあのときのことを思い出した。激務が片づいた夜半など、ふと、彼女がこの城に来てからのことを考えた。

彼女ならどうあの温かな家庭を再現してくれるだろうと自分でも驚くようなことまで考えた。

だが結婚式の日、再会した彼女は顔を強張らせていた。式の途中で夫が戦に行かなくてはならなくなると、ほっと息をはいた。

思った以上に衝撃だった。自分はいつの間にか彼女に愛のない政略結婚相手にはあり得ない期待を抱いていたのだ。

寂しく思ったが彼女を守ると求婚の際にドラコルル家の父母に誓った。自分も彼女を傷つけたくないと思っている。この地に来てくれただけましではないか。そう思い、そっとしていた。

魔導師として迎えた建前上彼女の負担にならないよう敵を城に近づけないため転戦した。そのため彼女との時間を取れなかったが血まみれの男を見ても怖がるだけと思っていた。ロゴス夫人から彼女が城を出たと聞いても夫と一つ屋根の下にいるのが嫌だったかとあきらめた。が、そんな彼女が自分から本館に顔を出したとダヴィドに聞いた。

話を聞けば魔導師としての責務からの行動だ。だから期待してはいけない。そう思いつつも久しぶりに彼女と言葉を交わした。しかも彼女は夕食をともにとることを承知してくれた。これで要望を聞く間は傍にいられる。少しは夫の義務を果たせる。そう安堵した。なのに。

「……すまない。正餐に誘ったのはこちらだというのに」

深く息を吐き、もうどうしようもないのかと彼女を見る。

謝罪すら受け入れてもらえないなら立ち去るべきだ。彼女もそうしてもらいたがっている。だが未練だ。ここから離れたくない。今が夫婦としての分岐点だということが本能でわかる。あきらめたくない。だがどうすればいいのか。焦りともどかしさだけが胸に募っていく。

重い沈黙がまた下りて、耐えきれなくなったのか、それとも早く追い返したいと思ったのか、彼女が口を開いた。

「もういいですから」

視線をそらせたまま言う。

「今後、気をつけてくだされば」

「今後？」

つい問い返してしまったが、これはつまり。

思わず笑みが浮かんだのが自分でもわかった。

「では、私たちにも先があると、挽回の機会を与えてもらえるということだな」

ほっとした。関係修復の接ぎ穂が見つかって。ここは鉄は熱いうちに打てとの格言通り、すぐさま挽回の日時を決めるべきだ。が、残念ながらできない事情がある。

「すまない。急だが出かけなくてはならない。街道沿いのカザフ砦で厄介ごとが起こった」

先ほど城を出るときに使者が来たのだ。騎士館では騎士たちが出立の用意をしている。自分はその隙をぬい、すぐ戻ると伝言してここに来た。もういかなくてはならない。

戻ってからまた会談の場を設けると言いかけて、これは言い訳だと思った。

今までも忙しさにかまけて彼女を放置していた。その怠慢がこの沈黙を招いた。なのに「許してくれ」と言った舌の根も乾かないうちにまた彼女を置いていこうとしている。今ほど自分の領主としての立場を呪《のろ》ったことはない。またまた立木に頭をぶつけたくなった。

だが時間だ。彼女の傍からまだ去らないザカールも気になるが、丘の斜面に迎えに来たらしきダヴィドの騎乗の影がある。とにかくなにか言わねば。

「……なるべく、早く戻る」

出立の際の定番の言葉を口にすると、アルベルトはきびすを返した。

戻ったときには今度こそ、気まずいままの妻との関係修復をしようと決意して。

◇◆◇　◇◆◇　◇◆◇

夫が背を向け馬に跨《また》がると、来た時と同様あっという間に去っていく。

後には場違いなまでに明るい小さなタンポポの花と食べ物のつまった籠、それに呆然と立ち尽くすヴァネッサが残された。

ぼんやりと、先ほど起こったあれこれを頭の中で反芻《はんすう》する。

（そういえば。あの人は「挽回の機会を与えてもらえるということだな」と言ってなかった？）

改めて気づいて、ヴァネッサは思わずうめき声をもらした。

しまった、あの言い方ではそうなるのか。彼に機会を与えてしまったらしい。断れば斬《き》られる、との重い圧迫感から、これは一応、表面上は受けるしかない、と、「今後、気をつけてくだされば」と言っただけだ。夫のことはまるで信用していない。なのにまた彼との時間をつくることになるのか。

昨夜のロゴス夫人とのいざこざを思い出した。またあんな目に遭わされるのかと思うと吐きそうになる。

なのに。またしょうこりもなく、彼に期待を抱いている自分がいる。

さっきの謝罪や機会の約束はご破算になった正餐を気にしての言葉だ。わかっている。なのに気づかわれているように感じて、ヴァネッサは腕に抱いた籠をどうしていいかわからない。

百面相をしていると、くすりとザカールが笑う声がした。

「まるで嵐《あらし》だな。貴女の夫は」

確かに。こちらを翻弄《ほんろう》するだけ翻弄して、怨み言を言う間もなく去ってしまうところがそっくりだ。

「だがよかった。貴女には帰るべき場所がないわけではない」

言われると、なぜか頬が熱くなる気がした。落ち着かなくてあわてて弁解する。

「そ、その、そういうのではないと思うの。異国からこられたあなたがご存じないだけで、私たちは政略結婚をしただけの間柄で……」

「それはきっかけにすぎないだろう？　運命の番《つがい》なら、自然と出会うものだ」

運命の番？　それはロマンチックな解釈すぎはしまいか。

「ただ、精霊が騒いでいるな」

彼が空を見上げて言った。

西の方向だ。

「感じないか。ゆがめられ、苦しむ気配がする、あれはアポカリプスだ」

ザカールがつぶやく。文意からしてそれは異国語で悪い魔物、悪霊の意味だろう。

そう言われると気になって西の方角になにがあったかを思い出す。この地の地図は嫁いだときに頭に叩き込んだ。領内すべてに結界を張れないかと馬で街道沿いを巡ったこともある。

それで地理は覚えた。偶然だろうか。西には彼が行くと言っていた、カザフ砦がある。そのときだ。あの高位魔物のことを思い出した。

ヴァネッサがその存在を知ったのは今から一年先となる夜のことだ。が、アレがすでにこの国に入り込んでいないとどうして言える？

国境も含め、守護の要となるために娶られたヴァネッサだが、結婚から三月しかたっていない今は、まだ城館の周辺にしか満足のいく守護陣を張れていない。そもそも人と契約し、その影に潜む魔物には結界は反応しない。入り込んでいても不思議ではない。

ザカールが〈アポカリプス〉と呼ぶ悪霊、そして西の方角。そちらにはなにがある？　なぜ夫が向かった今このときに悪い精霊の反応がある？

必死に前の生での記憶を探る。この時期にこの地でなにがあった？

「……そう、よ。確か崖《がけ》が崩れて腹心の部下が亡くなったと葬儀がおこなわれたわ」

頼みとする部下を失った彼は陣営を立て直すため、先方からぜひにと乞われたこともあり、タチアナと彼女の元許嫁である領主との婚姻締結に向かって踏み出すのだ。

先方からの招きを受けてタチアナと騎士たちを連れ、この城を手薄にした。

「それで私は一人であの魔物と対峙《たいじ》することになった」

思い出した。ある意味、今のこの時点は、未来への流れの分岐点だ。

（阻止しないと！）

だが今の時点でヴァネッサは彼を追う手段をもっていない。前の生で領内を見回った馬は、自分の足がほしくて実家から送ってもらった愛馬だ。今はまだいない。

夫は騎馬で砦に向かっている。走って追っても間に合わない。

どうしようと青くなったところで、付き添ってくれていた森の魔物の王、イノシシ魔物のヒルディスが、ふっ、と牙《きば》の覗く口元をゆがめて起き上がった。

身震いをして体についた落ち葉を払うと、俺の背に乗れと、くい、と顎《あご》を動かす。

「ありがとう！」

彼の男気が嬉《うれ》しい。ヴァネッサはヒルディスの背に跨がると、見送るザカールに手を振り、アルベルトの後を追いかけた。

（間に合って……！）

猪突《ちょとつ》猛進、イノシシ魔物ヒルディスが土煙を上げながら街道を驀進《ばくしん》していく。

ヴァネッサの耳元で風がうなり、しがみついた腕から地響きが伝わる。すごい速度と勢いだ。

おかげで半刻もしないうちに前方に騎馬の群れが見えてきた。城の騎士たちだ。

「おい、なんか土埃《つちぼこり》が見えないか？」

「え？　うわ、巨大猪、いや、魔物か?!」

ふり返った後衛の騎士が驚き、隊列を乱している。ざっと見たところまだ怪我《けが》人はいない。

崖崩れに遭う前のようだ。ヴァネッサは安堵の息をついた。間に合ったのだ。

「止まって、この道は危ないの……」

ヒルディスの背から伸び上がり、呼びかけたときだった。

遅かった。ヴァネッサに気づき速度を落とした隊列の上に、街道の右手にのびる崖から大きな岩が次々と落ちてくる。

「うわっ」

「なんだ、地崩れがっ」

隊列が乱れる。それを呑《の》み込むように崖の断面がさらに崩れた。岩と土砂が一気に騎士たちに襲いかかる。

しかもなぜだろう。前の生では無事だったはずの夫の頭上にまで、土砂が迫っている。

（どうして？　前は隊列の後尾を襲われただけと聞いたのに……！）

前の生では一度も接触のなかったザカールが話しかけてきたり、夫が森番小屋まで来たりと、ヴァネッサが死に戻り、行動を起こしたことで未来が変わってきているのか。

どちらにしろこのままでは夫まで死んでしまう。

「くっ」

ヴァネッサは爆走するヒルディスの背を膝でしめつけ、身を起こした。鬣《たてがみ》を握っていた手を離し、空中に防御の魔導印を切りつつ、胸に下がった首飾り型の護符を握りしめる。

膨大な魔力を持つ高位魔物と違い、自身ではろくな魔力すら持たない人にできることは限られている。これればかりはいくら魔導の技を極めようと越えられない壁だ。だからこそ魔導師は魔物との契約の仕方を研究し、使い魔を使役する。その魔力を借りるために。

だがヴァネッサに使い魔はいない。一方的に使役する関係が嫌で研究すらしなかった。なによりドラコルル家には代々、ウシュガルルとウームー、それにフシュ、ムシュ、シュフという高位魔物が守護神としてついてくれている。ヴァネッサが今、手にした首飾り型の護符は、この地に嫁ぐ際に彼らからもらったものだ。

彼らの守護を離れ、遠い異郷に嫁ぐ娘を心配して、彼らが魔力を込めてくれた貴重な滴形の水晶がついた首飾り。

(私があの時死なずにすんだのは、この首飾りがあったから)

ヴァネッサが一度死んだときに相手の魔力を相殺しきれず砕け散った護符だが、死に戻ってみると無事、傷もなく胸元に下がっていた。

前の生ではあの時までこの護符を一度も使わなかった。だからあのとき対抗できた。今使ってしまえばヴァネッサは最大の切り札を失うことになる。命を落としても死に戻りはできないし、あの魔物を止めるにも苦心するだろう。

でも、それでも。あれだけの量の土砂を防ぐには、これを使わなくては無理だ。

「力を貸してっ」

叫ぶなりヴァネッサは護符の魔力を解き放った。光の奔流が生まれ、爆発し、落ちてきた岩を粉々に砕き、吹き飛ばす。

「な、なんだ、これは」

「いったいなにが起こった、雷か？」

九死に一生を得た騎士たちが、呆然とえぐれた崖と四散した土砂を見ている。

中にはこれが魔導の技と気づいた者もいるようだ。が、さすがに魔導師が、しかも女がその力をふるうのを見たのは初めてだったのだろう。恐ろしがるような、今まで軽視していた魔導師に命を救われたことを恥じるような複雑な目でヴァネッサを見ている。

どちらにしろヴァネッサはこの地に来てようやく魔導師の力を示すことができたのだ。

(後はこれで城の皆の間で魔導師の地位向上ができればいいけど)

そうなればヴァネッサの契約主探索の道は大いに進む。いや、進んでくれないと困る。ヴァネッサは一年先の戦いで切り札となる力を使ってしまった。もう奇跡は起こせない。

が、とにかく、危機は去ったのだ。

緊張が解けて、ヴァネッサはへなへなとヒルディスの背から地面に崩れ落ちた。気づかうようにヒルディスが鼻先を押しつけてくるが立ち上がれない。

そんな彼女の前に、アルベルトが馬を近づける。

「……君の力、なのだろう？　私たちを救ってくれたのは」

馬から下り、ヴァネッサの前に膝をつき「感謝する」と頭を下げる。が、そこで終わらない。

「ただわからない。なぜ追ってきた？」

彼が言った。ヴァネッサははっとして彼を見る。

「ここで崖崩れが起こると知っていたのか？　この辺りの岩盤は頑丈だ。マルス家がこの地に根付いてから一度も崩れた話は聞かない。そもそも岩自体が硬い。人が崩すのは無理だ。それこそ魔導の力がなければ。それが、君が追ってきた日に限って崩れた」

ヴァネッサはごくりと息をのんだ。冷や汗が背を伝うのがわかる。

(……もしかして、これは私の自作自演だと疑っているの？　わざと崖崩れを起こして皆を救ってみせたと？)

それはそうだろう。崩れたことのない崖下をいくところに嫌われ者の魔女が駆けつけた。とたんに崩れてきたのだ。恩を売るための芝居と疑われないほうがおかしい。

アルベルトがさらにたたみかける。

「それになぜ地理がわかった？　私が向かうカザフ砦がこの街道の先にあると。君が城に嫁いできたときに通った街道はもっと東だ。城に入ってからは一度も外へは出なかったと門番にも

聞いている。領内の地図を見せたこともない。どうしてこの道を知った？」

どうしよう。追いかけるのに夢中で言い訳を考えていなかった。人に、とくに貴族の男に苦手意識のあるヴァネッサはうまく口を動かすこともできない。

そんな彼女に、ため息をつきながら彼が言った。

「別に自作自演などと言っていない。君はそんなことをする人ではない。それくらいは私でもわかる」

だが、と彼がヴァネッサと目線を合わせる。

「君は変わった。自分から城館に近づき、前はしなかった目をする。私が知るヴァネッサ・ドラコルルとは違う。いや、外見は同じだが、中身が違う。まるで別人だ。それはなぜだ」

ヴァネッサは目を見開く。まさか彼は気づいたのか？　今までろくに顔を合わせなかった妻なのに。

「もちろん私は君のことを知らない。知ろうともしなかった。式の最中に城を出て二月も帰らなかった悪い夫だ。だが式のとき、祭壇の前で君を見た。あのときの君と今の君は違う。一月前に城に戻ったとき出迎えてくれた君ともだ。たった一月で人とはここまで変わるものか？」

言って、彼が嘘は許さないとばかりにヴァネッサの目をのぞき込む。

「君は、いや、ヴァネッサの中にいる〈君〉は何者だ」

ヴァネッサは固く目をつむった。夫の視線から逃れる。駄目だ、これ以上ごまかせない。

夫に死に戻りしたことが、ばれたのだ。

第二章　精霊たちの来訪

1

「くっ」

苦痛の声が漏れる。城に魔物が出現したのだ。それを封じようとしてヴァネッサは出会い頭に攻撃を受けた。よけきれなかった。

『そなたに怨《うら》みはないが、これも〈契約〉だ。この地の魔導結界の要たる魔女、そなたの存在が我が契約主にとって邪魔らしい。だから、死ぬがよい』

褐色の肌に銀の髪、異国情緒あふれる衣装を身につけた高位の魔物だった。人の姿をとり、人知を超えた力を持つ。シルヴェス王国は大気に漂う精気《メラム》が濃い。それに惹《ひ》かれてきたのだろう。そして誰《だれ》かと〈契約〉した。

だがヴァネッサもただの人間ではない。代々、魔導師を輩出する家系に生まれ、高位魔物を遊び相手に育った、いわば純血種の魔女だ。

「負けて、たまるものですか……！」

半ばちぎれた腕で必死に魔導印を描いた。城の各所に仕込んだ防衛魔導陣を発動させる。毎日こつこつと溜《た》めた魔力が炎となって吹き出し、魔物に襲いかかる。

だが彼我《ひが》の魔力の差は明らかだ。ヴァネッサは圧された。そのときだ。

ふわりとヴァネッサを包んだ光があった。実家の守護神である高位魔物のウシュガルルと、ウームーが持たせてくれた護符の力だ。

『その力まさか、お前はいったいっ……』

魔物がうめいた。ヴァネッサが自分と対等な高位魔物の加護を受けているとは思わなかったのだろう。苦しげによろめく。隙《すき》ができた。が、ヴァネッサも限界だ。これが最後の一撃になる。

ひときわ激しく魔力がぶつかり合い、体が宙に浮いた。すでに踏みとどまる力はない。致命傷を受けている。四肢はもげ、裂かれた腹からは臓物がのぞく。あふれ出す血が思ったより熱く、体が冷たくなっていくのをどこか遠くの出来事のように感じた。

（私、ここで死ぬのね）

壁に叩《たた》きつけられ、冷たい床にずり落ちながらヴァネッサは思った。

脳裏に故郷の父や母、それにヴァネッサを実の娘のように可愛《かわい》がってくれたウシュガルルやウームーたち魔物の顔が浮かぶ。これが走馬灯というものか。

なにも考えずとも、幸せでいられた娘時代。あのころは父母や魔物たちがヴァネッサを守ってくれていた。だから魔導研究に専念できた。魔導を使えても人の力など知れている。人は一人では生きられない。そんな単純なことにも気づかなかった。親の庇護《ひご》を受けている間に他と生きるすべを身につけておくべきだったと、こんな死の間際に理解するなんて。

会いたいな、と思った。

もう一度、ドラコルル家に帰って大好きな皆に会いたい。温かな母の腕に抱かれたい。

(役立たずのまま死んで、ごめんなさい……)

それが、前の生でのヴァネッサの胸に浮かんだ、最後の想《おも》いだった。

ヴァネッサは抵抗を止《や》め、自分を呑《の》み込む魔力の奔流に身をゆだねた。共に闘うべき夫も、後背を守ってくれる騎士もいない皆が出払った城で。ただ一人、敵に立ち向かって破れて。

相手がどうやって城内に入り込んだかもわからないまま、ヴァネッサは目を閉じた。意識が暗転する。そして。

「……え?」

目を開けると、ヴァネッサはいつもの森番小屋の寝台に横たわっていた。

窓の布地を通して淡い暁《あかつき》の光が差し込む中、仲良しの森の魔物たちが『朝なのにまだ起きないの？』といわんばかりにのぞき込んでいたのだ――。

朝の光が降り注ぐ。人家もない街道脇《わき》の森は春の気配が濃厚で、漂う大気すらが清々《すがすが》しい。が、ヴァネッサの心中は少しも爽《さわ》やかではない。

互いの温もりが伝わるほど近くに〈夫〉がいるからだ。

ヴァネッサは事故現場だった崖脇《がけわき》の街道から騎馬で連行、もとい、離れようとしていた。

周囲にはまだ岩の欠片《かけら》や土砂が散らばっている。先ほど皆の点呼をとり、怪しい者が潜んでいないか、再度の崩れはないか点検したばかり。負傷者の応急処置もすませ、カザフ砦には遅着の使者を出した。城へも折り返し兵の一隊をよこすよう、文を送ったところだ。

ここは領民や隊商も使う主要な街道の一つ。皆が無事、通行できるように主な瓦礫《がれき》を取り除き、再度の崩れはないか警戒しなくてはならないそうだ。

そしてヴァネッサは怪我人《けがにん》たちを警護しつつ城へと戻る一行に同行していた。

イノシシ魔物のヒルディスは馬が怯《おび》えるからという理由で別行動だ。ヴァネッサは「予備の馬がない」との理由で険しい顔をした夫の前に同乗させられている。

（い、居心地が悪い……）

何日かかろうと自分の足で歩いて帰るほうがましだ。背後から押し寄せる圧がすごい。あまりの気まずさと沈黙の長さに耐えきれず、ヴァネッサは小さく言った。

「崩れた岩から魔力を感じました。あの崖崩れは自然現象ではありません」

立ち去る前にイノシシ魔物のヒルディスに手伝ってもらい、岩が崩れてきた崖上に登った。

周囲を探ると濃厚に〈あの魔物〉の気配がした。

「そうか。では君の言った〈契約主〉がからんでいるということか」

目の前にあるアルベルトの手が、ぎゅっ、と手綱を握ったのが見えた。

結局あれから。ヴァネッサは自身が死んだことだけはふせてすべてを白状させられていた。

事情を受け入れたらしき夫に改めて聞いてみる。

「……その、ほんとうに信じるのですか、こんな話を」

「？　信じない根拠はない。領主として可能性のすべてを検討するにこしたことはない」

〈領主〉として合理的に判断したらしい。

(個人的に、私の言葉を信じてくれたわけじゃないのか)

鼻で笑われなかっただけましだが、苦く感じるのはなぜだろう。事態の推移についていけない。

前の生での彼と今の言動がかみ合わず収まりが悪いし、ここには帽子がない。とっさに小屋を出たので持ち出す暇がなかった。彼の表情を確かめに後をふり返ることもできない。

体を強張《こわば》らせ、ひたすら馬の歩みを見つめるヴァネッサに、夫がぽつりと問いかける。

「君は隣領のブラスク辺境伯ミロシュを疑っているそうだが」

「え？　あ、はい、あの方でしたらあの夜、城を手薄にできましたから」

あわてて答える。

「ただ、領地間の移動は魔物に頼むにしても、影に入ったままでは守護陣が反応するので城内まで侵入するのは無理なんです。守護陣の手前までなら転移できますが」

高位魔物の力の行使には得手不得手がある。例えば実家のウシュガルルは雷撃を放つ派手な技が好きで天候を操ることもできる。もう一柱の魔物、ウームーは空間を操る。一瞬で場所を移動する転移の技が得意で、視界内であれば宙に断層をつくりあらゆるものを切断できる。

ヴァネッサが時を飛ばされたのは魔力の反発が起こったための偶然だから、あの魔物が得意とする技がなにかをまだ知らない。つまりあの魔物が転移の技を使えたとしても不思議はない。

ただあのとき、あの魔物は存在をヴァネッサに感知されたあとも宝物庫前から中に移動できずにいた。そのことから考えて、通常空間の転移はできても、ウームーのような結界も守護陣も越える転移はできないのだと思う。城の宝物庫には家令がかけた鍵《かぎ》もある。ヴァネッサも城の守護陣とはまた別に封印結界をほどこしていた。それで足止めされたのだろう。

「あのころの私は守護陣を城下街までのばしていました。城に忍び込むには契約主自身の足で進むしかありません。が、あの夜は騎士が不在とはいえ門番も巡回の兵も残っていました」

守護陣に異変を感じ、急いで本館に向かったヴァネッサも途中、何度も誰何《すいか》された。

「それに魔物の気配を感じたのは城内の奥、宝物庫前の広間でした。目的が宝物庫にあるなにかだったとすれば、城内をよく知っていなくてはならなくて……」

答えつつも気まずい。一年先の話を信じてはもらえたようだが、内容がタチアナにアルベルト以外の求婚者が現れた、というものなのだ。タチアナへの嫉妬《しっと》から、ヴァネッサがこんな話をでっちあげたと責められてもしかたがない。

が、さいわい夫は「信じない根拠はない」と発言したとおり、私情は交えず受け止めてくれた。冷静にあらゆる可能性を検討してくれているらしい。

自分の考えをまとめるため言葉にしたような、独り言に近い口調で彼が言う。

「その点なら大丈夫と言うべきかわからんが。隣領の領主ミロシュ・ドウシャンはマルス家の内部を知っている。昔、城で私たちと兄弟《きょうだい》のように暮らしたことがあるからな」

「えっ」

「古くからの風習だ。この国の貴族の子弟は十歳前後になると他家や他領の騎士団に小姓や見習いとして入り、領地の采配のしかたや騎士としての作法を学ぶ。遠く、離れたままでは会うことのない貴族仲間で交流をもち、人脈を広げるのだ」

タチアナとミロシュの婚約もそのときの縁がもとで親同士が決めたそうだ。

「あのころと城の構造は変わっていない。同じ城主の立場なら兵の巡回時間も予測が立つ。人も減っていたならミロシュなら忍び込もうと思えばできるだろう」

「ですが辺境伯様はあの夜、ご領主様たちを自身の城に招待なさっていたのですよ」

「そのことだが。招待したからといって領主が常に客の傍《そば》に張り付いているわけではない。滞在は泊まりがけだったのだろう？　領主には日々の業務がある。執務中は家令や親族などに接待役をまかせることは多い。仕事があると席を外し、移動したのであれば私たちも気づかない。

そもそも今回の急なカザフ砦《とりで》行きはミロシュに誘われてのことだ」

　ここ一月《ひとつき》ほど、盗賊に襲われる隊商や富裕層の館《やかた》が増えているという。

「そのせいでこちらを回る隊商が減った。交易税の減少は我々辺境領主共通の悩みだ。で、その一味らしき者を捕らえたがそちらでも検分しないかと使者が来たのだ」

「辺境伯様ならここに罠をしかけることができたということですか」

　むちゃくちゃ怪しいではないか。

「だがミロシュは君と城を襲った〈契約主〉ではない。決定的な理由がある」

「どういうこと、ですか」

「一年先の彼はタチアナに求婚していたのだろう？　なら城を襲ったりしない。順序がおかしい。タチアナはマルス一族の直系だ。我々夫婦が子をなさずに死ねば次の相続権をもつ。つまりミロシュの場合、タチアナと正式に婚約もしていない段階で君を襲うわけがない」

「あっ」

「タチアナが嫁ぐ前、婚約者だったミロシュは彼女にぞっこんだった。だから未《いま》だに独身だ。

彼女を他《ほか》の男に嫁がせたことでマルス家を憎み、疎遠になっていたくらいだ。彼はマルス家への私怨《しえん》がある。が、彼はタチアナを招待し、俺《おれ》はそれを受けたのだろう？　タチアナと再び縁を結ぶよい機会だ。そんな微妙な時期に騒ぎを起こすとは考えられない。……その、そのときに君が私の後継者を身ごもっていれば話は別だが、話を聞くとその可能性もなさそうだしな」

話題が愛するタチアナのことだからか。彼の言葉の後半は小さく、消え入りそうな声になってよく聞こえなかった。が、確かにそのとおりだ。襲うなら法的にタチアナを手に入れてからだ。

タチアナは身を挺《てい》してこの地を守った悲劇の女性であり、英雄だ。領民も彼女が新しい領主夫人となることに異を唱えない。今の城主夫妻が死ねば問題もなく彼はこの地を受け継げる。なら、誰が〈契約主〉なのか。

ますますわからなくなった。考えていると彼が言った。

「まあ、契約主が偵察だけですますつもりのところを魔物が先走ったということもあり得る。ミロシュを警戒しておくにこしたことはない。が、一つ君に言っておきたいことがある」

そこで彼が口調を改めた。背後からヴァネッサに顔を近づける。耳朶《じだ》に息がかかってヴァネッサはびくりとふるえた。

「なぜ、今まで黙っていた」

他に聞こえないようにだろうか。ヴァネッサの髪にふれるほど近くで彼がささやく。

「過去から戻ったことだ。君が時戻りとやらをしたのはもう十日も前のことなのだろう？」

ヴァネッサは自身の死を彼には伏せた。魔物と戦った際に魔力の反発が起こり過去に飛ばされたとだけ話してある。だから彼は死に戻りのことを〈時戻り〉と口にする。

「城の守護が関わる以上、私の問題でもある。報告は義務だ」

「そ、それは。魔導師でもない人には信じてもらえないと思ったからで」

「だから相談もせず一人でなんとかしようと思ったのか？　確かに君とは話す時間を取らなかった。それが今回の報告の妨げになったことは予測もつく。その点は謝罪するし改善を約束する。が、これからは夫婦として隠し事はなしにしてもらいたい。業務に支障が出る」

理路整然とこちらにも非があるように言われて、むっとした。

（……私が黙ってすべて自分でしなくてはと思うようになったのは誰のせい？）

しかも続けて彼は言ったのだ。

「城内の出来事に素早く対応してもらうためにも同居が望ましいと思う。城に戻らないか」と。

ヴァネッサは息をのんだ。どの口が言う、と思う。

確かに一理ある。今後を考えると城に住んだほうがいい。領主とのやりとりも誰かを介してでは行き違いが起こりやすい。ヴァネッサがいつでも彼と話せる環境をつくるのは重要だ。

だが城にはロゴス夫人がいる。

彼はロゴス夫人に厳重に注意したと言うが、ヴァネッサは信じられない。

「……せめて通いにしてください」

「ヴァネッサ？」

かろうじてできる範囲の妥協を示す。夫が理解不能といった顔をするが同居は無理だ。

（この人は皆に嫌われた〈悪妻〉だったころの私を知らない、〈過去〉の人だから）

この後、孤立を深めてヴァネッサは死ぬ。彼は一切気づかず、ロゴス夫人の言い分を信じた。

（私は過去に戻った。今のこの人はロゴス夫人の裏表にも気づいてくれた。だからあのころを忘れてやり直せるかもしれない。そう考えるべきだろうけど）

もやもやする。前のヴァネッサは苦しかった。日々、生きるのが苦痛だった。あの夜、魔物に襲われて死んだとき、どこかほっとしたところもあったのだ。やっと楽になれると。そこまで追い詰められていた。

（あの時間をなかったことにされるの？　とおり一遍の謝罪だけで？）

ロゴス夫人や城の皆にされたことを帳消しにされて。覚えているのは自分だけになって。

ヴァネッサは身を固くした。彼が知らないこの先一年のことを思い出す。

何度も、何度も、こちらから歩み寄ろうとした。貴族が怖い、権力に属する人たちが怖い。そんな劣等感に満たされた体に鞭《むち》打って、自分はこの家の人間になったのだからと頑張った。そのたびに拒絶されて、ぶつかるたびに傷つけられて。最後にはすべてをあきらめることでしか自分の心を守れなくなっていた。あの絶望感。

彼にとっては未知の未来だ。記憶にないのだからしかたがない。だがそんなに軽々しく「謝罪するし改善を約束する」なんて言わないでほしい。それでは過去にこだわり、新たな関係構築を拒絶しているヴァネッサ一人が悪いようではないか。

彼が反省して態度を変えようとしているのはほんとうかもしれない。だがロゴス夫人が考えを改めたりしていないのは見なくてもわかる。そう簡単に人は変わらない。彼の夫人への信頼もゆらいでいないし、タチアナへの愛も変わらない。それでいきなりこれからはこちらの言い分を聞くから話せと言われても信じられるわけがない。

（また、信じて裏切られるのは嫌）

信じれば期待してしまう。そして期待すればするほど潰《つい》えたときの衝撃は大きい。なら、最初から信じないほうがいい。

そもそも自分たちは政略結婚の間柄だ。割り切った関係でいるほうが正しい。

（ただ、この夫の申し出は今後の私に必要なこと。私は隣領の人たちのことだけでなく、城の人たちのこともなにも知らないから）

式を挙げた直後から留守だった夫に引き合わされたのはロゴス夫人だけ。夫人にはそのころからよく思われていなかったから、紹介された城の使用人は数人だ。他にどんな人が城にいるかも知らない。そのうえタチアナが戻った今は状況はさらに厳しい。

城の使用人にはタチアナがここで暮らしていたころを覚えている者が多い。彼らからすればタチアナを差し置いて大事なご領主様と結婚したヴァネッサは邪魔者だ。怪しい者がいないか聞いてもまともに答えてくれるわけがない。夫の助力は必要不可避だ。

仕事に私情を挟んでは駄目だ。怒りを押し殺してヴァネッサは息を深く吸った。

「……死に、いえ、時戻りのことを黙っていたのは確かに城の防衛上、私の独断がすぎました。その点は謝罪します」

ですが、と彼のほうをふり返り、目に力を込めて見る。

「夫婦として私のすべてを話す必要などないでしょう？　城主と魔導師、お互い仕事に対する理解と信頼があればじゅうぶんのはずです」

彼がとまどったような顔をする。が、安心して欲しい。自分の立場くらいわきまえている。お貴族様が言う夫婦とヴァネッサが知る夫婦の在り方は違う。ただそれだけだ。

「改善を約束するとおっしゃるなら今後、私が城内を自由に歩ける許可をいただけますか？」

これは城の魔導師として当然の権利だ。城に立ち入れない今の状態こそおかしいのだから。まずはそこをなんとかして欲しい。

要求の後半はつい嫌みっぽくなってしまったがヴァネッサだってすべてをなかったことにできるほど大人《おとな》ではない。自分の一年間の頑張りと絶望はそこまで安くない。

そもそも状態は全然、改善されていない。せめてイノシシ魔物に頼らなくては城外にも行けない今のヴァネッサの立場からしてなんとかして欲しい。話はそれからだ。

ちょうど城の騎士館前にある馬場に到着した。

ここからなら森番小屋も近い。歩いて戻れる。

ヴァネッサは馬から下りると夫に向かって折り目正しく一礼した。そしてそのまますたすたと、一度もふり返らずにその場から立ち去ったのだった。

◇◆◇　◇◆◇　◇◆◇

前を向き、一度もふり返らずに去っていく妻を、アルベルトは困惑しながら見送った。

まだまだ聞きたいことがあった。事態を知った以上城の防備を固める必要もある。居を城に戻してくれと、当然の要請をしただけなのになにが逆鱗にふれたのか。

(……過去、いや、未来で襲われたと聞いたが。一人で小屋に住むのは怖くないのか、彼女は)

それだけ夫に関わるのが嫌なのか。そういえば先ほどの馬上でも身を固くしてふり返ったのは最後の一度だけだった。未練がましくイノシシ魔物が去ったほうばかり見ていた。

(俺の馬の乗り心地はあんなイノシシに劣るのか?!)

騎馬を持っていないと聞いたので、魔物しか乗騎がない身を晒《さら》すのは恥ずかしいだろうと、二人乗り用でもない鞍《くら》に乗せたがよけいなお世話だったのか。

(俺は嬉《うれ》しかったが……)

結婚以来、ずっと疎遠だった妻だ。それが自ら救援に駆けつけてくれたのだ。感動した。

あの時の彼女は勇壮だった。危険の中我が身を省みず、城の皆を救おうと来てくれた。彼女の勇気と気概に胸が熱くなった。貴族の中にはアルベルトを身分卑しい平民を妻にした馬鹿《ばか》な男と蔑《さげす》む者も多い。だがあの瞬間、妻の雄姿に見惚《みほ》れた。騎士の家系にふさわしい女性を妻にできたと誇らしかった。

興奮したせいか、獣魔物が相手でも彼女を他の手に委《ゆだ》ねたくなく、自分の馬に同乗させた。鞍に乗せるべく抱き上げたときには、彼女の、男とは違う軽さに驚いた。

こんな華奢《きゃしゃ》な体で来てくれたのかと、彼女の柔らかな感触に年甲斐《としがい》もなく身の奥が疼《うず》いた。彼女が気まずく思っている気配は察したが、思いのほか彼女が腕の中にしっくりきて、このまずっと二人で馬に揺られていたいとさえ思えた。

だが、初めての妻の感触に驚いたということは、今までふれたことがないということだ。

式では誓いの接吻《せっぷん》すら省略した。そのことに気づき彼女を怯えさせないよう細心の注意を払って適切な距離をたもったが、香草だろうか。花のような優しい香りが彼女からして柄にもなく胸が躍った。

だがその後がまずかった。彼女から口を開いてくれたことが嬉しく、夫婦の会話を試みたが喧嘩《けんか》になった。最後には彼女は涙のにじんだ目でにらみつけ、拒絶してきた。

（失敗した……）

それほどに彼女の絶望は深かったのか。察することもできず、無神経な言葉を口にした自分を呪《のろ》いたくなった。

今の彼女は一年先から戻った彼女だ。それが事実なら自分はロゴス夫人の嫌がらせに気づかず、彼女を一年もの間あのひどい状態に置いていたことになる。それは確かに夫など信じなくなる。あの暗い目と拒絶はそのせいかと納得もできた。

彼女を追い詰めた一年後の自分を殴ってやりたくなった。

しかも自分たちを助けに来てくれたきっかけが、ザカールが精霊が騒いでいると言ったから、というのだ。

（ちょっと待て。あの男は北の民だぞ。城に魔物が入り込んだのなら最優先で疑う相手だ）

なのにその言葉を夫より信用して行動に移すとはどういうことだ。

ザカールは北では〈ヴォロトの灰色 狼《おおかみ》〉と異名をとる戦士だった。が、氏族同士の戦いで捕虜となりタチアナの従者を務めるようになったと、今は亡き老族長イーゴリから聞いている。最初は北の民である彼を城に連れ帰るのは反対だった。城内に入れ、北と内通されてはまずいと信用しきれなかったからだ。

が、死別したとはいえタチアナの〈前族長の妻〉という肩書きは母系の血族主義が強い北の民の間では重みを持つ。タチアナは〈母〉として新氏族長に発言権を持つのだ。離縁し、実家に戻ったとはいえ、他氏族からも狙《ねら》われる。安全が確保できるまでザカールを護衛にしたいという老氏族長の死の床からの頼みを断りきれなかった。

「だから連れ帰った男だが……」

彼女はザカールのことを契約主ではないと思うと言っていたが、信じていいのだろうか。

魔導師である彼女が言うなら確かだろう。が、気になる。今朝、自分が出かけた後に二人で談笑をしていた事実を知っただけによけいにだ。なにしろ彼女が城の者と話している姿を見たことがない。夫と話すときでも帽子で顔を隠し、身を固くしているくらいだ。なのにいつのまに夫より仲良くなっている。

貴族の男が苦手な彼女からすれば自然と共に生きる北の民であるザカールは同じ価値観をもつ相手で落ち着くのかもしれないがもやもやする。

とはいえアルベルト自身、彼らを憎んでいるわけではない。攻め入られるから戦うが、個人的な感情からすれば仲良くやっていきたいと思う相手だ。彼らが侵入を繰り返す事情もわかるからだ。

この地はもともと誰のものでもなかった。住まう者は好きなときに馬を駆り、家畜に草を喰《く》わせて生きてきた。ここは北の民の土地でもあったのだ。

そんな中、当時、耕作面積を広げつつあった王国の民を守るため、王が国境をつくった。北の民からからすれば自由に往き来していた土地がいきなり立ち入り禁止になったのだ。理不尽だと憤るのも当然だ。

もともと住まう地も近く交流の多かった相手だ。遠い王都にいる王侯貴族より隣人という呼び名がしっくりくる。

とはいえ領主の立場からすれば入植を果たした民を守る義務がある。気が重くとも剣を抜き南下する北の民を防がなくてはならない。

相手が同じ人と思えば剣が鈍る。だからわざと〈異民族〉と蔑称《べっしょう》を使い部下を鼓舞する。

そんな事情を知れば彼女が心を揺らすのはわかりきっていた。

（だから。なるべくこの地の事情を話さないようにしていたのだが……）

聖地から嫁いだ母は田舎《いなか》の事情など興味がないと聞こうともしなかった。だが彼女は違う。真摯《しんし》に城主夫人としての役割を果たそうとしている。ならば話したほうがいいのか。それはそれで重荷を押しつけるようで卑怯《ひきょう》な気がする。

悩んでいると、帰還の指揮を執っていたダヴィドが手配を終わらせやってきた。

「あーあ、森番小屋へ帰しちゃったんですか、奥方様。城へ連れ戻すいい機会だったのに」

違う。わざと帰したわけではない。売り言葉に買い言葉だ。いや、彼女はほとんど黙っていたわけだから、こちらが一方的に喧嘩を売ったのか。

後悔しつつ小さくなった彼女の背を目で追うと、森の入り口にザカールが立っていた。彼女が出立した事情が事情だ。心配で待っていたのだろう。人として当然の行動だが、少しも怖がらず歩み寄る彼女の姿にむっとなった。

「……あいつはなんだ。タチアナの従者の分際で何を勝手に城主夫人に近づいている」

「そりゃ、城の皆が近づかないからじゃないですか。奥方だって話す相手が必要ですよ」

「話し相手が欲しいなら俺がいるだろう。夫だ」

「夫らしいことなにもしてないじゃないですか」

　あきれたようにダヴィドが突っ込む。事実なのでぐっとアルベルトは喉《のど》を詰まらせた。

「手を取り合ったのも式の宣誓のときだけ。それからはほったらかしで声をかけることすらしてない。その点、ザカールはよく森に行くから奥方も慣れてるんでしょ。門番に聞いて確かめました。ザカールの日課は森の散策で毎朝、森番小屋に一礼してるって。奥方も早起きだそうだし、こちらからは見えないけど窓越しに挨拶くらいしてるんじゃないですか」

　それを聞いて、「なんだそれは」と思った。朝の挨拶《あいさつ》など夫婦がするものではないか。どういうことだと口を挟もうとしてやめる。自分が式以降、彼女をほうっていたのは事実だ。その後も忙しくして城に帰らなかった。同じ寝台どころか一つ屋根の下で眠ったこともない。当然、朝の挨拶もしたことがない。まさに形だけの夫婦だ。

　改めて思い起こすとダヴィドの言うとおりすぎて、アルベルトはため息をついた。

「……ひどい夫だな」

「わかったなら挽回の努力をしてください。まずは奥方様に馬と外出時に従う専属護衛の手配をすること。自分の馬も騎士も持たない伯爵夫人なんて聞いたことないですよ」

「わかっている……」

「ほんとうにわかってるんですか？　出撃から戻ればタチアナ嬢の帰還もあって奥方の存在が薄いのは当然な空気ができていて。流されてしまった僕も悪いですけど。貴族の結婚とは式で婚姻証明書に署名しただけじゃ駄目なんですよ。その後、妻としてその女性を貴族社会に紹介し、身も結ばれてこそ、〈伯爵夫人〉として奥方も城の内外に認められるんですからね？」

なにもしていない。身を結ぶ件はあえて先延ばしにした。が、他は貴族社会への披露どころか領民、いや、城内の者たちへのお披露目すらしていない。

アルベルトはようやく妻がこの城で重きを置かれるためのあれこれをいっさいしていなかったことに気がついた。聖堂で式を挙げた後、城の広間に場を移して妻を披露し、最初の円舞曲を踊る貴族の慣習すらこなしていない。

「……お披露目も。早急におこなう必要があるな」

「ですね」

自身も反省したのか神妙な顔をしたダヴィドが、懐から城主と城の行事予定表を出す。

「最短だとロゴス夫人がタチアナ嬢帰還の祝いと称して近隣領主を招いた宴《うたげ》の準備を進めてます。それを流用するなら半月後には奥方の披露も可能です」

タチアナの宴を流用すれば昨夜の今日《きょう》だ。気まずいことになる。が、ヴァネッサの立場を強めるには早いにこしたことはない。今までなにもしなかったほうがおかしいのだ。それに。

「タチアナに、まだ宴への出席は早いだろう」

昨夜の正餐《せいさん》の席でも倒れていた。体調が戻っていない。

「ロゴス夫人としてはタチアナの健在感を周囲に示したかったのだろうが時期尚早だ。夫人や城の者にはタチアナ主役の宴はもう少し体調が戻ってからにすると言い添えろ」

でないとヴァネッサがまた悪女のそしりを受ける。アルベルトにもようやくそういった女の事情が理解できてきた。

「じゃ、奥方お披露目の宴は開催決定でいいですね。すぐ準備に入ります。街道に送る兵の手配や砦への代理出席は僕がしときますから、ご領主様は奥方様へのお知らせをお願いします」

言われて、思わず渋い顔になる。

「……なにを困惑を顔に出してるんです。奥方と気まずくなったのは自業自得でしょう。女性は男と違って夜会に出るとなれば準備に時間がかかるんです。それにあなただって今回のことの始末にすぐ城を出ないといけないでしょう？　早く言わないとよけいにこじれます。仕立屋の手配も言われる前にあなたがしてくださいよ。当夜は必ず奥方様をエスコートすること。わかってますね？」

当然だ。アルベルトはうなずいた。

ダヴィドが一礼して去って、アルベルトはため息をついた。妻との関係修復をしたいのはやまやまだが、いざとなると先ほど見た彼女の涙のにじんだ目を思い出し気が重くなる。

（あんな顔をさせたばかりなのに、どう言えば事態を悪化させずにすむ）

何度も脳内で妻に会話を挑み、そのたびに玉砕しながら騎士館の執務室まで戻ってくる。椅子《いす》に座るともう立ち上がれない。わかっている。今すぐ、いや、遅くとも午後中に彼女に会いに行かなくてはならない。出かける予定がある。

またため息をつき、執務机の横を見る。衝立《ついたて》の陰には訪問者には見えないようにして鏡が置かれている。ダヴィドが「笑顔装備」と称して人と会う前の表情点検用に設置したものだ。

じっと鏡を見る。我ながら老けた顔だと思う。同じ歳《とし》のダヴィドは若々しいのになぜだろう。やはり「笑顔」のせいか。ちょっと笑ってみる。よけいに怖い顔になった。

（……そういえば。ドラコルル家へ求婚に行く前もこの鏡で予行演習をしたな）

こんな顔で求婚して受けてもらえるかと悩みつつ、せめてもと練習した。彼女が先ほどこちらをふり返りもしなかったのは自分の今までの言動もあるがこの外見も一因だろう。

よけいに気分が落ち込んだ。

（……直接話すのはやめて書状にしよう。それなら何度も書き直せるから安全だ）

もちろん誠意を見せるなら顔を合わせて話すべきとわかっている。が、気まずく別れたばかりだ。こんなときに相手を追いかけ、会話を申し込んでも逆効果だ。

とはいえ書状を書き、仕立屋の手配をするにも気分転換が必要だ。今の心のまましたためても、最後まで読んでもらえる文が書ける自信がない。

アルベルトは立ち上がると騎士館付属の診療所と厩《うまや》を見にいくことにした。

ヴァネッサのおかげで岩の下敷きになるのは免れた。

それでも騎士の何人かは飛び散った破片で傷を負ったし、馬も同様だ。その場で処置はしたが領主として心配だ。なので経過確認にいくことにしたのだ。

2

「では俺は城に戻る、また森に行くときこちらに寄ろう」

「ええ、ありがとう。待ってるわ。今度は今日の御礼にお茶をごちそうするから」

森番小屋の手前でザカールと別れ、ヴァネッサは手をふった。前の生では接触のなかった相手だ。なのにいつの間にかふつうに会話できるようになっている。それどころかお茶会の約束までしてしまった。そんな自分を不思議に思いつつ小屋に入ると、珍しい客人たちが待っていた。

『遅いではないか、遅いではないか、我が巫女《みこ》に婚家に姿を出すなと厳命されたし、そこのイノシシから必ず戻ると聞いた故、おとなしくしていたが待ちかねたぞ』

『その通りです。イノシシが無事だと言い張るのになかなか戻らない、もしやなにかあったのかと、探しにいきたい気持ちを抑えるのにどれだけ苦労したか貴女《あなた》にわかりますか!?』

扉を開けるなり、暑苦しいばかりの声と勢いで抱きつかれた。

ウシュガルルとウームー、実家のドラコルル家を守護してくれている高位魔物たちだ。

その横では今度は裏窓から顔を突っ込んだイノシシ魔物のヒルディスが鼻を鳴らしている。

森の魔物たちも『接待役、頑張ったんだよ』と言わんばかりに胸を張っている。

そんな森の魔物たちをねぎらい、ヴァネッサは己に抱きついている二柱の魔物たちを見た。

浅黒い肌に淡い金の髪、きらめく黄金の首飾りに腕輪、複雑な柄を織り込んだ亜麻布をまとったウシュガルルと、同じく異国風の衣装と人の青年姿をとっているのは同じだが、月の光を思わす白い肌と漆黒の髪をもつウームー。

対照的な容姿をもつ二人だ。いや、過去に遠い異国で神と崇《あが》められていた彼らは一族の中では敬意を込めて、人、ではなく、柱、と呼ぶ。だから二柱、だ。そんな彼らがここにいる。

心配性でヴァネッサの結婚時、嫁ぎ先まで押しかけてきそうだった彼らには、「嫁ぎ先に身内がついていくのはヴァネッサのためにもなりません」と母が叱《しか》って、絶対、様子を見に行かせないから安心してと言っていたはずなのに。

「ど、どうして」

後ろめたいことがあるので、尋ね声がうわずっている。

『護符を使ったであろう、我らが感じまいと思うてか。それになんだ、その魂の色は！』

『ああ、もう、なぜそんな色になっているのです!? ほら、新しい護符です。貴女を待つ間にたくさん作りましたから肌身離さず持ち歩いてくださいい、いいですね』

まずい。高位魔物である彼らには魔力の流れや魂の色が見えるのだ。

(あー、だから会わないようにしてたのに)

死に戻り、不安でたまらない中でも実家に連絡を取らずに頑張っていたのは彼らに会えばすぐにばれるとわかっていたからだ。

マルス家と実家のドラコルル家との間には距離がある。それに身分差婚を禁じる貴族法があるからヴァネッサはドラコルル家と取引のある南方貴族の養女格で嫁いできた。式に付き添ったのは養父母となる侯爵夫妻で、ドラコルル家の面々はヴァネッサの婚家での立場が悪くなってはまずいと領内に入ることすら遠慮している。

さすがにそれでは寂しいのでこっそり転移の魔導式をつかって、手紙のやりとりをしているが、城を出されても手紙は森番小屋に置かれた文箱の中に届くようになっている。手紙の内容も皆を心配させないように明るいことしか書いていない。だからドラコルル家の皆にはばれていない。そう思っていたのに。

『それは浅はかというものだ。我が巫女は娘がなにやら隠しておると文面から察していたぞ』

『そのとおりです。ただ貴女が自力で頑張ろうとしている気配を感じたので、子の自主性を重んじると言って、私たちにもいくな、と言い聞かせていただけで』

「そうだったの!?」

故郷の父様、母様、ごめんなさい。ばれていないと思っていたのは自分だけだったのか。しかも。

『当然であろう。そもそもここはなんだ。そなたは貴族に嫁いだのではなかったか』

『そこの魔物から聞きましたがほんとうにこんなせせこましい小屋で暮らしているのですか』

まずい。嫁いびりを受けていたことまでばれそうだ。あわてて取り繕う。

「その、お城は慣れなくて居心地が悪くて。慣れたらそのうち移る予定だから」

嘘《うそ》ではない。城に戻らないかと、さっきご領主にも言われた。

『……我らには話してくれぬのか。我らはそんなに頼りにならぬ存在か』

『すでに先ほど護符が使われた場所は見てきましたが。魂の色が変わった件とは関係ありませんよね。ではなぜです。聞くまではここを動きませんよ』

「やっぱりそうなる?」

あいかわらずこの二柱は過保護だ。しかも嘘は通じない。結局、問い詰められ、嫁いでから今までにあったことをすべて話すはめになった。アルベルトにしたようなぼかしはいっさいなしだ。

とたんに二柱の怒りをかった。ウームーが頭を抱えて叫ぶ。

『私の貴女になんという！　その未来とやらがくつがえされるまでは私もここにいますから

ね！』

『我らが巫女の娘にいじめだと？　いい度胸だ。そのロゴス夫人とやら、褒めてやる』

ぜんぜん褒めているようには見えない顔でウシュガルルも黒いオーラを放っている。外までどんより曇ってきた。

ウシュガルルの怒りに反応しているのだ。あわててなだめる。

「黙ってたのは悪かったわ。でも早く一人前になりたかったの。これも成長の試練と思って」

『だからといってそなたが死ぬ未来など認めんぞ』

ウシュガルルが腕を組み、尊大に鼻を鳴らす。

『そうと知ればもう一度、あの崖を見にいくぞ。あのときはそなたの気配だけを追って他はおざなりにしたが、事情を知った以上、捨て置けん』

「ごめんなさい、でも移動の馬が」

ご領主に借りる約束をしたがまだ用意されていないだろう。さっき帰ってきたばかりだ。

『私の力を忘れましたか』

そこでもう一柱の魔物、ウームーが恭しくヴァネッサの手を取った。そうだった。高位魔物である彼らは様々な力を行使するが、ウームーの得意技は転移だ。結界も守護陣も関係ない。目的地がどこであろうと瞬時に移動できる。

今なら騎士たちも城に戻っている。後続の兵が出発するのもまだ先。現場には誰もいない。

『よし、ではいくぞ』

「ひゃっ」

ウシュガルルにぐいと腰を引き寄せられたと思ったら、次の瞬間にはあの崖の上にいた。

ウームーの転移だ。あいかわらず便利だが心臓に悪い。

「そ、外なのに帽子を忘れたわ」

『何を言っている。今までそんなもの必要としていなかっただろう』

確かに。日焼けを口実にしているがほんとうのところはヴァネッサの帽子は対人用だ。実家にいたころは帽子など長時間外仕事をするときにしかかぶらなかった。

この一年でいろいろ妙な癖ができている。それでご領主にも不審をかったのかと改めて思う。彼とはほとんど顔を合わせなかった。だからこそ、変化の間が飛んだ形になって違和感があったのだ。納得した。

ウシュガルルが周囲の地面を調べて言う。

『ふむ、そなたらが来たとたん発動したというわりに魔導式を使った気配がないな。直接か』

「直接？」

『つまり直に目でそなたらの到着を確認し、崖を崩したということだ。人の通行を感知して作動する魔導技も組み込めんことはないが、我ら魔物は本来自身の力で直接、世に干渉する』

『細かな時間差の罠をつくるのは苦手ということですよ。ここにはいたのだと思います。貴女が言う魔物自身が。そしてその手で崖を崩してから、姿を消した』

ぞっとした。ではあのとき近くにアレがいたのか。

蒼白《そうはく》になったヴァネッサをそっとウームーが抱きしめる。

『大丈夫です。これからは私たちがいます。ことが片づくまでは貴女の傍にいますよ』

それはありがたいがその分、実家の守りが手薄になる。ドラコルル家にはまだフシュ、ムシュ、シュフという三柱がいるが、彼らはウームーたちと同じ高位魔物でも人の姿はとれない。元は一柱だったのを引きちぎられた存在だとかで完全ではないから精神も幼いところがある。

『ドラコルル家のことは気にするな。護符のことを聞いた巫女自身が娘のところへいってくれと頼んできたからな。親が子を思うのは当然のことと堂々と受け止めておけ、親がいなくなっては頼れんぞ。それでも気になるというならさっさとこの件を片づけてしまえ』

ぽんとウシュガルルも頭に手を置き励ましてくれる。

『ただこの力の感触、時の流れの逆行、まさかな……』

「心当たりがあるの？」

『昔、我がいた地にいたモノの力に似ている。が、あれはもうこの世にいないはずだ』

ウリディンム、とウシュガルルがその魔物の名を教えてくれた。

『人の心の闇《やみ》につけ込むのが得意な奴だった。我らと同じく神と崇められたモノであったが、我らとは根本のところで好みが異なっていてな』

『アレは人の憎悪や妬《ねた》み、自己憐憫《れんびん》など陰の感情を好むのですよ。趣味の悪いことに。それだけではなく、自分好みの想いを捧げられないとなると人の耳に不和をささやく。好みの感情を増殖させるのです。……おかげで国が乱れました。思い出したくもありません』

吐き捨てるように言うウームーの顔はつらそうに歪《ゆが》んでいた。

そういえば聞いたことがある。彼らがいた東方では太古の昔に神々をも巻き込む戦いがあったと。彼らが今ここにいるのはその戦いで傷つき、逃れてきたからだ。

(つまりアレはウシュガルルたちがこの地に逃れる原因になった争いを起こした魔物なの？)

そして。彼らと同じくらい大きな力をもつ魔物ということだ。

怖くなった。

ヴァネッサは魔物には慣れている。高位魔物でもウシュガルルたちは怖くない。生まれたときから変わらぬ姿で一族を守護してくれていたからだ。魔物でも親戚《しんせき》のお兄さんめいた存在だ。だから一緒にいても平気なのだ。

そんな優しい彼らを追う原因となった魔物。

怖い。戦って敵《かな》うのだろうか。

それに今まで考えもしなかった。ウシュガルルたちは遠い異国でどんな生を送っていたのだろう。家族と思うものたちがいたのだろうか。ヴァネッサのように彼らを慕う人間も。それらとの別れを彼らはどう思っているのだろう。

(私はそんな哀《かな》しい別離のうえに、ウシュガルルたちと暮らす幸せを築いてる)

……申し訳なくなった。彼らの別れがなければ自分はこの二柱と出会えなかった。

そっと腕を伸ばし、ウシュガルルにも抱きつく。ウシュガルルはヴァネッサの行為を、里心がついたのだと判断したらしい。目を細めて言った。

『どうした、寂しくなったのか』

「うん、ちょっと……」

ウシュガルルの腕に顔をこすりつけるとしょうがないなと苦笑しながら抱き返してくれた。

『大丈夫だ。我らはそなたらの傍にいる。だからそう寂しがらずともよい』

寂しいのは彼らのほうだろうに慰めてくれる。優しい彼らはいつもドラコルル家の者に寄り添ってくれる。嬉しいけれど切ない。短命の人という種に生まれた自分たちは彼らに寄り添い続けることができない。それどころか彼らとずっと一緒だと信じていたヴァネッサでさえ、人の事情で他家に嫁いでしまった。もう傍にはいられない。そっと口に出す。

「ごめんね、ウシュガルル。私、あなたに仕える巫女になれなかった」

『気にするでない。もともと太古の昔に我らは消える運命だった。それを救ってくれたのはそなたらの祖だ』

『そうです。それに貴女が思う以上のものをすでに私たちは受け取っていますよ。幼いころの貴女は実に愛らしかった。あの笑顔だけで守護百年分の対価になります』

人と魔物との縁にはいろいろな種類がある。使い魔として召喚主の魂を死後に与えることを代償に結ぶ絆《きずな》もあれば、供物を捧げ〈お願い〉を叶《かな》えてもらう原始的な祭祀《さいし》もある。中には互いの血を媒介に魔導式にのっとった正式な誓約書を交わし、契約不履行があれば死をもって償う恐ろしいものまである。どれも〈代償〉を条件に結ぶ〈契約〉だ。

ドラコルル家の祖がこの二柱と結んだ繋がりは、それらとは少し違う。

異国で神として崇められていた彼らは、その存在を保つために〈人の想い〉が必要となる。

故に、ドラコルル家の祖となった女性が代々一族の直系を彼らに仕える巫女として差し出し、彼らが宿り傷ついた魂魄《こんぱく》を癒《い》やす器となる像と香や季節の果実などの供物を用意することを条件に、一族の守護を願ったのだ。それが彼らが言う〈契約〉だ。

といっても正式に契約書を交わしたわけではない。互いになんの強制力もない、ただ心と心をつなげただけの、相手への信頼にもとづく危うい、それでいてなにより強固な結びつきだ。

以来、彼らはつかずはなれず一族の者と友情めいた思いを育み、守ってくれている。

外の人間には彼らを使い魔と紹介しているが、それは契約で縛られない魔物が人里にいると周囲が怯えるから便宜上そうしているだけだ。

『ま、その魔物の契約主とやらは必ず我らが見つけてやる。だからそう心配することはない。ここに感じる魔力がアレのものだとすると昔よりかなり弱っているしな』

『貴女たち一族とすぐに出会えた私たちと違い、アレは宿った器から長い間離れてはいられないのでしょう。魔力を回復させるために誰か人をたぶらかしたにしても、質のよい想いとは出会えてはいないようです。それとも復活したばかりなのか』

『魔力を使いすぐに器に戻ったのか残った魔力が弱すぎて跡は追えんが。そなたの言うとおり利害の絡む契約主からたどるなら見つけられるやもしれぬ。あの魔物は『そなたの存在が我が契約主にとって邪魔らしい』と言っていたのだろう？　深い理解もなく契約を交わしたやもしれぬが魔物と関わること自体、人には危険な賭《か》けだ。よほどの覚悟と胆力がなくば無理だろう。もしくは追い詰められていたか。どちらにしろどんな者かは限られる』

『欲深いのが人という種とはいえよく思いきったものです』

『ま、とにかく供物だ。甘いものを寄こせ。契約主の探索をするにしても我らは供物がないと動かんぞ。そういう契約だからな。さっさとあの貧相な小屋に戻るぞ。物のない小屋であったが、日々の甘味くらいは蓄えてあるのだろう？』

　現場調査はすんだとばかりに偉そうにウシュガルルが胸を張る。ほんとうは供物などなくても動いてくれる。が、彼らは無類の甘いもの好きだ。とくにドラコルル一族の女が手がけた甘味を好む。想いがこもっているから美味なうえに力がつくとかで、ことあるごとにねだってくる。ヴァネッサも彼らとのお茶会は久しぶりだ。楽しくなってくる。

「はいはい。焼き菓子の作り置きはないけどジャムならあるわ。菫《すみれ》の蜂蜜《はちみつ》漬けも」

　ウームーにもとどおり小屋に戻してもらい、土埃《つちぼこり》だらけのドレスを着替えようとしたときだった。手になにかごわつくものがふれる。

首を傾げて取り出すと、手袋だった。

この国の女性服にはスカートのスリットに隠して小さなポシェットめいた物入れがつけてある。そこに騎士が騎乗の際につける革手袋が入っていた。

どうしてこんなものがと首を傾《かし》げてから、思い出す。

（きっとあのときだ）

崖崩れの現場に駆けつけたとき、ヴァネッサは何人かの騎士と馬に応急処置をほどこした。その際に処置をするのに邪魔で預かり、なくさないようにここに入れて忘れていたのだ。

「たいへん、返しにいかないと」

あわててヴァネッサは立ち上がった。ウシュガルルがあきれた顔をする。

『そんなもの、甘味の後でもいいだろう』

「そうもいかないわ。大婆《おおばば》様に騎士は装備を欠かすと上役に叱られると聞いたもの」

結婚前に、しきたりの違う家に嫁ぐからと一族最年長にあたる老女から教えてもらった。

「今ごろ困ってるかもしれないからいってくる。甘味は先に食べていて」

やれやれ、お人好《ひとよ》しがと、二柱の魔物が宙を仰いだが、ヴァネッサは彼らに果実のジャムを瓶ごと出すと、予備はまだ棚にあるからと言い置いて小屋を出た。

何度も言うが彼らは大の甘党だ。

きっと戻る頃には予備も含めすべての甘味が食い尽くされているだろう。

厩の位置は知っている。だてに一年、城の魔導師をしていない。

届けにいくとさいわいなことに覚えのある顔の騎士がいた。まだ上役に叱られた様子もない。

急いで無断で持ち帰ったことを謝り、渡す。

「そんな、奥方様、謝らないでください、あの混乱では失念して当然ですし、それよりも俺たちのほうこそまともにお礼も言えなくて」

あわてて手をふり頭を下げる彼と目が合った。遮るものがない近距離で青い目が瞬いている。知らない人は苦手だ。それも騎士なんて。そう思っていたのにぺこりと頭を下げた彼に人なつこく微笑《ほほえ》まれて、ヴァネッサはさっきの崖下の街道でも帽子をつけずに傷の手当てをしていたことを思い出した。

(あ、夢中だったから)

改めて身の縮む思いがして顔を伏せようとする。と、背後から苦しげな声がした。

ふり向くと跳ねた石に当たり脚を痛めたのだろう。馬がもがいていた。傍らでなだめる騎士の額からも血が出ている。愛馬が心配で自分の手当てを後回しにして付き添っているらしい。

「これくらい訓練でもつくし日常茶飯事ですよ。騎士に傷は勲章です」

治療はと聞くとそう答えが返ってきたが、馬ともども見ているだけで痛々しい。ヴァネッサはここに来る途中に打撲の痛み止めに効果がある香草のアルニカが黄色い花をたくさん咲かせていたことを思い出した。急いで戻り、広げたスカートにいっぱい摘んでくる。

「あの、これを搾って汁を馬の患部に。痛みがましになりますから」

本来は軟膏《なんこう》状にして使うが、応急処置なら外傷もないようだしこれで足りるはずだ。

医師などいない田舎では魔女は薬師も兼ねる。それに家畜を見てくれる医師などいない。自然と魔女が請け負うことになるから動物相手は人の患者より慣れている。

それから、血を流す騎士にも摘んできた淡いピンクの蕾《つぼみ》をつけた草の束を渡す。

「これを。医師の方に見てもらうまでの応急処置です」

止血効果のあるヤロウだ。葉を煮出して布に浸せば冷湿布になるが、今はそんな時間がない。千切った葉を彼の傷につけ、包帯で縛る。

「これで血も止まると思います」

騎士が驚きながら言った。

「すごい、痛みまで引いた」

他にも痛みを訴える馬がいたので、順にアルニカを与えていく。主《あるじ》以外にはなつかない、気の荒い軍馬がおとなしくヴァネッサの治療を受けていることに厩番たちが驚いている。

ヴァネッサが動物相手の医療の心得も魔導師の教養の一つであると言うと、皆から感心したような目が返ってきた。

「俺、厩で馬の世話する伯爵夫人なんて初めてだ」

「タチアナ様なんか城育ちなのに馬は大きくて怖いって怯えて近寄らないもんな」

そこへ夫がやってきた。

「馬の様子を見に来たのだが」

厩番に声をかけかけて、口を閉じる。ヴァネッサに気づいたのだ。

(今日はこの人とよく会うような……)

ヴァネッサは思った。今まで一切会わなかったのに、今日に限ってこんなに何度も会うと落ちつかない。

彼も同じなのだろう。戸惑ったようにヴァネッサを見ている。

「……私を気にせず治療を続けてくれ」

事情を厩番に聞いた彼が言った。それどころか、手伝うことはあるかとヴァネッサの隣にしゃがみ込む。

「先ほど診療所へも寄ったが医師は騎士たちの治療と、派遣する兵に持たせる予備薬の準備で手いっぱいだった。なので続けてくれると助かる」

聖域から来た薬師も兼ねた修道士や聖騎士もいるが、ふだんは少し離れたところにある修道院に詰めている。こちらには要請があるときしか来ないそうだ。

「今回は皆、軽傷であちらに助勢を頼むほどでもないからな。……彼らは頼ると後がうるさい。

寄進だなんだと勢力拡大を図ってくる」

憮然《ぶぜん》とした顔で彼が言う。なら、城に出入りしても魔女を異端とする彼らと会うことはないわけか。

ほっとした。ヴァネッサが城に近づきにくいのはロゴス夫人のせいで居場所がないというのもあるが、聖域から来た彼らと遭遇するのが嫌だったというのもあるのだ。

安心して馬たちの治療に当たる。アルベルトも一緒だ。

最初は気まずかった夫だが、さすがは騎士も兼ねるだけあって馬の扱いに慣れている。馬たちも彼を長と認めているようだ。むずかる馬も彼が低く喉をならすような声をかけるとおとなしくなり、甘えている。

馬の様子を見る夫の目は驚くほど優しげで、ヴァネッサも彼が隣にいるのが気にならなくなった。苦手な貴族然とした相手なのに言葉も出るようになる。

(ご領主様って、こんな人だったの?)

ヴァネッサの軟化には夫も気づいたのだろう。少しほっとしたような顔をして言った。

「その、君に一つ頼みがあるのだが。近々、伸ばし伸ばしにしていた君のお披露目の宴を開きたい」

「え……」

「もちろん君が貴族を苦手とすることは知っている。が、君が城の女主人として認められるのに必要な儀礼なのだ。すまさないことには君の存在を周知させることはできなくてだな」

彼は苦心して言葉を選びながら言う。

「それに今回の宴は例の契約主探索にもいい機会なのだ。君が気にしていたミロシュも招く。実際に君に彼を見て判断してもらうことができる。そして疑いが晴れれば。君が言う未来では彼はタチアナに熱心に求婚していたのだろう？　なら、タチアナにとってもいい機会だ。前向きに話を進めていいと思っている。我が領とのつながりを深める礎にもなるからな。……タチアナの体調と心次第だが」

「今から準備すれば冬が来る前に輿《こし》入れできる」と続けて言った彼にヴァネッサは驚いた。

(だって前の生だとタチアナ様の再婚話が起こるのはもっと先だったのに)

やはり自分が動いたことでことの起こりが早まっている。時に干渉するのが怖くなった。

顔をくもらせたヴァネッサをどう思ったのか、あわてたように彼が謝ってくる。

「その、すまない。また無神経なことを言った。……私は騎士として貴婦人に対する礼は学んだが、家族、いや、妻に対する不適切な話題というものがわからない。私の父母は典型的な政略結婚で、君の両親とは違い関係は冷め切っていたからな」

そういえばこの人は最近まで王都の騎士団にいた。ここへは代替わりをして戻ってきたばかりだ。彼も新米の領主で初心者の夫なのだ。

妻への態度がぎこちないのも当然だ。

（なのに私、この人のことを勝手に冷たい貴族だと思ってた）

そこで、あ、と気づいたように彼が言った。

「もちろん、仕立屋にも同行する。妻のドレスを仕立てるのは夫の義務だ」

いそいで付け加える彼には今度こそ誠実さを期待できるように感じて、ヴァネッサは思い出した。彼を初めて見たときのことを。

ドラコルル家を訪れた馬上姿の彼を窓から見た。彼が貴族と知っても、旅の吟遊詩人が語る騎士のような人だとわくわくした。母に客間に呼ばれて紹介されても、この人となら貴族への苦手意識を直せるかもしれないと思った。だから求婚を受けたのだ。

彼の父母と同じく自分たちも完全な政略結婚の夫婦だ。それでも今、目の前にいる彼は結婚したからには相手を妻として受け入れ、歩み寄ろうとしてくれている。

もちろん今までの一年が体に凝りをつくっている。まだ夫としての彼が怖い。

だが、同時に今までの自分が肩肘《かたひじ》を張りすぎていたのだということがわかる。そして少し、ほんの少しだが、体の強張りがとれたのを感じた。

（……もう一度だけ、信じてみてもいいかもしれない）

今度こそ変われるかもしれない。彼だけでなく、彼と一緒に、自分も。

ヴァネッサは勇気を出して彼の申し出にうなずいた。彼が夫としての義務感から申し込んだのだと理解しつつも、おずおずと。

その場の優しい雰囲気に押されて、というのも大きかったが。

◇◆◇　◇◆◇　◇◆◇

彼女が宴への出席を承知してくれた。

ほっとしてアルベルトは肩の力を抜いた。戦いに赴いた時より緊張したかもしれない。

改めて妻を見る。恥ずかしかったのかまたうつむき、薬草を磨《す》りつぶすのに専念している。

その横顔は馬を気遣う優しさと温かさに満ちていて、こんな顔もするのかと目が離せなくなる。正直に言うと、見惚れた。昔、亡き母のもとで見た聖母画に重なる。

彼女の白い整った顔の周りになびく髪が暁の光のようだった。見ているだけで胸に優しい気持ちがこみ上げる。ともにいるのが心地よい。今の彼女が前ほど怖がっていないのがわかるから、先ほどの馬上での時以上に心が満たされる。

いつまでもこの時間を壊したくない。

が、彼女に言わなくてはならないことがある。

ごまかすこともできなくはないが、今度こそそんな不誠実なことはしたくない。夫婦の報告連絡相談が必要だと先に彼女をなじったのは自分だ。

「ただ、すまない」

思い切って言う。

「今回の出来事は人通りの多い街道のことだけあってすぐ領の内外に知れるだろう。領主の健在と街道の安全を示すため、仕立屋の手配が済み次第、私は近隣領を回らなくてはならない。何日かは帰れない」

言いつつも彼女の顔が再びくもるのを見て、俺は呪われているのか、と思った。

彼女に挽回をすると約束したときに限って城を空けなくてはならないとは。式のときも、今朝《けさ》の出立のときもそうだった。いや、それを言うなら彼女を正餐の席に誘ったときからしてそうだ。タチアナの仮縫いに立ち会う予定を入れていて、侍女が呼びに来てしまった。

間が悪すぎる。思わず舌打ちが漏れたが、必死に誓う。

「だが仕立屋に行くまでには必ず帰る。いや、遅れても連絡する。その場合、店に一人で行ってもらうことになるが護衛の手配はする。宴当日は必ず小屋まで迎えにいく」

言っていて最低だと思った。また失望されると覚悟した。

が、彼女は言ってくれた。

「お仕事なら、しかたありません」

え？　と、思わず彼女を見る。困ったように目を泳がせて彼女が言った。

「その、ご領主様のせいではないでしょう？　前の生、いえ、一年前のあなたも避けられない仕事があるとタチアナ様の要請があっても城を空けておられました。宴の日に戻られるなら、ドレスを仕上げるのは仕立屋の仕事です。宴の準備も不慣れな私に代わって城の皆がしてくれるならなにも問題ありません。それに……。信じると決めて初めに話を受けたのは私です。今さら信じられないと責を問うなら、先《ま》ずあなたを信じた私が責められるべきと思うのです」

驚いた。まさかこんな言い分を受け入れてもらえるとは思わなかった。潔く言い切る彼女が眩《まぶ》しい。アルベルトはその前に跪《ひざまず》いて崇めたくなった。自分の妻はもしや女神だったのか。

まじまじと凝視していると彼女が顔を赤らめた。

「そ、その、私には皆さんの知らない一年がありますから。大人になったのです。きっと」

恥じ入る姿もまた愛らしい。思えば妻を美しいと見惚れたり、よき夫婦になりたいと思ったりはしていたが、尊い、可愛い、と感じたのはこれが初めてではないだろうか。

ますます目が離せなくなった。が、仕立屋の手配に行かなくてはならない。時間がなくなる。

「その、名残り惜しいが。……行ってくる」

言うと、なんとヴァネッサも挨拶を返してくれた。

「行ってらっしゃいませ、ご領主様」

アルベルトはごくりと息をのんだ。なんだ、これは。自分から言っておいて照れた。まだ〈ご領主様〉呼びだが、これではまるで話に聞く〈出かける夫を見送る妻の図〉ではないか。似たことを考えたのだろう。ヴァネッサも収まりの悪い顔をしてもじもじしている。

それを見るとさらに心がむずむずしてくる。ますますここを離れがたくなった。

（今度は名前呼び、いや、旦那《だんな》様呼びでいい。夫婦の会話をしてみたい）

アルベルトの胸に、とてつもない野望めいた〈欲〉が芽生える。

二人は待ちかねたダヴィドが迎えに来るまで、ひたすらその場に立ち尽くしていた。

――そんな夫婦の様子を、忌々しげに見る者がいる。

ロゴス夫人だ。ヴァネッサへの虐《いじ》めがばれて城の家政婦からタチアナの侍女へと降格になった彼女は、城の窓から、原因となった魔女を憎悪の目で見つめていた。

そして、その夜のことだ。城下にある、とある仕立屋の扉を叩く影があった。

店に入り、外套《がいとう》のフードをとったのはロゴス夫人だ。彼女は出迎えた仕立屋に、ここがヴァネッサのお披露目用ドレスが発注された店であることを確かめてから「絹の店内在庫は？」と尋ねた。そして在る分を隠すよう命じる。

「絹のドレス生地は今はない、納品が間に合わなかったと城の者には言いなさい」

ただし、と付け加える。

「無理とばらすのは今から十日後。それまで布地は発注中です、すべて順調ですと報告なさい。あの女の採寸もしていいわ。でも布は手に入らないのだから仕立てに入るのはなしよ」

「し、しかし、十日後では宴まで五日しかありません。それからでは間に合いませんよ」

「もちろん間に合わせないように言っているのよ。逆らうならお前のところに頼んだタチアナ様のドレスをすべて別の店に回してもいいのよ。いえ、城の御用達の名を取り上げてもいい。もちろん領内、いえ、近隣領にある布地を扱うすべての店、問屋に声をかけて、あの女のドレスに使えそうな布地在庫を隠させるのを忘れずにね」

このことは、他に口外しないようにと、堂々と言い放つ。

自分の降格は城の外聞があるので外にはまだ漏れていない。アルベルトはあの魔女を自身の手で仕立屋に連れていくと言っていたが、自分が見たところ城に戻るのは宴の日ぎりぎりになるだろう。代わりはダヴィドが務めるだろうが彼では他領に手を伸ばし、布の手配はできない。あの魔女も着ていくドレスがなくては欠席するしかない。

貴族の正装に使う布地は絹と決まっている。宴には近隣領主も招くのだ。もっさりした毛織物を使えば流行云々《うんぬん》以前に礼儀違反だ。大恥をかくどころか二度と貴族社会に入れてもらえない。

そしてそこまで日がたてばすでに招待状は出してある。今さら取りやめにはできない。アルベルトは〈新領主夫人お披露目の宴〉にタチアナをエスコートして出るしかない。

もちろんそれらしいあの女の欠席理由を彼は皆に告げるだろう。それくらいで女主人の座は変わらない。だがあの女の名は地に落ちる。代わりにタチアナの存在感が増す。

（そして。あの魔女になにか不幸があれば）

タチアナが城主夫人になれる。そうなればこの苦労も報われる。

いいや、自分は欲からやっているのではない。すべてはマルス家という名家を守るため、下賤《げせん》な平民の血を入れないためだ。

これは正義なのだ。

ロゴス夫人は再びフードの陰に隠した顔に、殉教者《じゅんきょうしゃ》の陶酔した笑みを浮かべていた。

3

事態が発覚したのは、アルベルトが城を発《た》って十日がたったときのことだった。

「申し訳ありません、奥方様。こんなことになるとは」

やはり仕立屋に同行するのは間に合いそうにないと、アルベルトが代理に寄こしたダヴィドが突然、ヴァネッサの前で頭を下げた。

……この一族は勢いよく謝りたがる癖でもあるのか。

主であるアルベルトが前にしたのと変わらぬ角度に腰を曲げ、最大級の謝意を見せる彼を見て、ヴァネッサはどこか現実逃避気味に考えた。が、事態は理解している。近隣の店すべてをあたっても使える布地すらないのでは、仕立屋を変えてもドレスは間に合わない。

根拠はないがロゴス夫人が裏にいると思った。が、口には出せない。今、小屋には衝立の陰に隠れてウシュガルルたちがいる。疑惑を話せば彼らが城に押しかける。きっと暴れる。

（ロゴス夫人には会わせないようにしないと）

ただでさえ彼らはヴァネッサの待遇に不満を持っている。なにをするかわからない。

ダヴィドは蒼白だ。彼が倒れるのではと心配になったヴァネッサはそっと提案してみた。

「それならそれで私が実家から持参したドレスを手直しすれば」

「申し訳ありません、それも無理なんです」

ダヴィドが言う。

「私もそんなドレスの存在を知らなくて。本館の管理はロゴス夫人にまかせてありましたから。が、今回のことがあって城に勤める私の妹に奥向きを探らせたのです」

ダヴィドには妹がいたのか。初めて知った。

「ですが奥方様が部屋に残されたドレスでめぼしいものはすでに鋏《はさみ》が入り、レースや飾りなどは取り外されて他に流用されてしまっていたそうです。残っているのは端布だけで」

ヴァネッサは息をのんだ。まさかあのプリムローズ色のドレスだけでなく他もすべてとは。

（大切な、お父様とお母様が仕立ててくれたドレスだったのに……！）

「まさかこんな宴まで日が迫り、ドレスの仕立て可能なぎりぎりになって発覚するとは。その理由が、布地が届かなかった、では仕立屋を責めようがないのです。もともとここは辺境で。ドレスを仕立てることなどまれで在庫がないそうで。ご領主様の注文を聞いてすぐ取り寄せようとしたそうですが、最近、盗賊が多く、隊商が尻込《しりご》みするせいで流通が滞っていて」

そういえば崖崩れの際に盗賊が増えているとご領主に聞いた。まさかここで問題になるとは。

『なにを困っておるのだ？』

そこで、衝立の陰に隠れているのに飽きたらしきウシュガルルたちが顔を出した。

「うわ、な、何者っ」

ウシュガルルとウームーを初めて見たダヴィドが、騎士の家系らしく即、剣を抜く。ヴァネッサはあわてて実家の使い魔だと紹介した。ダヴィドには「間男ではないのですね。ご領主に愛想を尽かしたわけではないのですね」と何度も念を押されたが一応納得してもらえた。

『王都からの流通が滞っているのなら、王都で買えばよいではないですか』

話を聞いたウームーが言う。その通りだ。布地が王都から届くなら、王都へ買いにいけばいい。

「馬鹿な、都まで早馬でも何日かかると思ってるんです。もう今からでは無理ですよ」

ダヴィドが言うが、こちらにはウームーがいる。だが場所が王都ではヴァネッサも土地勘がない。一人で行っても店までたどり着けるか不安だ。かといって付き添ってもらおうにもいかにも魔物然とした外見のウシュガルルたちでは無理だ。目立ちすぎる。どうしようと思っているとウシュガルルがぽんっと自身を包むメラムを操り、可愛い子竜の姿をとってみせた。

『これなら貴族夫人の愛玩《あいがん》物として連れていけるであろう？』

あざとらしく上目遣いをしながらウシュガルルが言う。横柄に寝そべった格好で台無しだが、たしかに愛らしい。

『都の貴族の間では異国の子どもや珍しい生物を従者や愛玩物として連れ歩くのが流行っているそうですよ。この前、我が巫女に依頼に来た貴族の奥方も連れていましたよ』

ウームーもぽんと純白の子竜に変化してみせて、ダヴィドが目を白黒させている。完璧《かんぺき》な擬態だ。だがもう一つ問題がある。

「でもお金は？　王都の品はみな、上質な分高価と聞くわ」

『安心せよ』

そこで、ぽんっとウームーの転移能力で連れていかれたのはどこぞの異国の洞窟《どうくつ》だ。思わず感嘆の息が漏れた。広い空洞いっぱいに黄金が詰まっている。翡翠《ひすい》、真珠、宝石まである。

『昔、我らに捧げられた供物だ』

あっさり言われたが、太古の宝がざくざくだ。ウシュガルルやウームーがふだん使いしている腕輪や首飾りがよく入れ替わっているのはここから持ってきていたからか。

目がチカチカする宝の山から無造作に腕輪を一つ手に取り、ウシュガルルが言った。

『この腕輪一つで布くらい買えるだろう。縫うのもついでだ。王都でするといい』

ふっと不敵に微笑んだウシュガルルがかっこよかった。

そうと決まれば外出着に着替えて王都へお買い物だ。ヴァネッサとしては人の多い王都対策に魔女帽子をかぶっていきたかったが「かえって目立ちます！」とダヴィドに止められた。

代わりに、彼の妹の服だという外出着とボンネットを貸してもらう。

「申し訳ありません。奥方様に私の妹のものを」

ダヴィドが謝るが領主に仕える秘書官とはいえダヴィドはマルス一族だ。その妹のものだから品はいい。ヴァネッサは痩《や》せて背が高いので少し丈が短いが、王都の道は汚れていて貴婦人でも丈の短いドレスに踵《かかと》の高い靴で外出するそうだ。なので問題ない。

そういうことならウシュガルルたちにもダヴィドの服を借りればと思ったが、『そんな貧相な男の服など着れるか』と拒否して子竜姿のまま抱っこを要求した。子竜姿なら人の衣装など着なくていい。貧相呼ばわりされたダヴィドが泣いている。

「……とにかく。気を取り直して行きましょう。私が案内します」

なんとか立ち直ったダヴィドが言う。彼は一時期、騎士団に入ったアルベルトを追って自分も入団していたそうだ。ヴァネッサは夫が騎士団に所属していたことは知っていたが、ダヴィドまで一緒だったと初めて知った。夫について知らないことがたくさんある。

森の魔物たちも『一緒に行ってあげるよ』『僕たちが守ってあげるよ』と、護衛に志願してくれたが、目立つのでさすがに連れていけない。迷子になっても困る。結局、代表して小さなネズミ魔物たちを籠《かご》に入れて連れていくことにした。総勢、二十四名の大所帯だ。

そうして、ウームーの転移で連れていかれた王都は華やかなところだった。

広い街路は舗装がなされ、馬車が行き交う。見渡す限り、家、家、家だ。大きな石造りの建物が道の両側にびっしり立っている。その一つ一つが豪華な鉄柵《てっさく》付きで、草の生えた空き地など存在しない。頭上にはカンテラまで下がっていて、夜も明るい街なのだと教えてもらう。

「すごい。これが王都……」

人もたくさんいる。道行く人々の服装が華やかでたくさんの言葉も聞こえてきて、賑やかすぎて酔いそうだ。今日はもしや祭りの日かと思ったが、王都ではこれがふつうだそうだ。ヴァネッサは溺《おぼ》れかけたお上りさんよろしく人の流れにきょろきょろしてしまう。

「あ、あれはトゥルデルニーク？　すごい、たっぷりクリームが入ってるわ。美味《おい》しそう！」

店と店の間の路上には食べ物の屋台まで出ている。ヴァネッサは目を丸くした。

『……欲しければ買えばいいが先に用をすませたほうがいいぞ。前に我が巫女がそなたの嫁入り衣装とやらを発注するのを見たが、色一つ決めるのにやたらと時間がかかっていたからな』

『そうですね。服を選んでからこちらの屋台はのぞきましょう』

「わ、わかってるわ」

でもどこへ向かえばいいのだろう。ダヴィドは騎士団時代は郊外にある寮に入っていた。都の市街地は休日にぶらつく程度で、買い物も故郷の皆に土産《みやげ》を買うために比較的安価な庶民用の市場や店によっただけだそうだ。

「あのころは大旦那様も健在でしたから。上流階級御用達の上街には指定された武具店へ注文品を受け取りに行っただけでして。高級服飾店となるとどこにあるかさっぱりです」

大口を叩いておきながらすみませんと肩を落とす。ヴァネッサの腕にぬくぬくと収まって歩こうともせずにいるウシュガルルが、子竜姿のままくいと横柄に鼻先を上げた。

『我も我が巫女が見本帳とやらを手に文でやりとりするのを横から見ていただけだ。実際の店がどこにあるかは知らぬ』

ウームーが今からでもドラコルル家に戻り母に聞こうと言ってくれたが断る。そんなことをすれば仕立ててもらったドレスを台無しにされたとばれてしまう。心配をかけたくない。

そのときだった。横手の路地から、争う人の声がした。

見ると一人の青年が街の破落戸《ならずもの》らしき男たちに囲まれていた。華やかな容姿をした、身なりのいい青年だ。だから絡まれたのか。青年は身なりがいい分、育ちもよさげで荒事には慣れていなさそうな華奢な体格をしている。あれではひとたまりもない。あっという間に身ぐるみ剥《は》がされるか連れ去られてしまう。街の者たちも関わりになるのを恐れてか近寄らない。

「助けなきゃ」

ヴァネッサは魔導の印を切ろうとした。が、ウシュガルルに止められる。

『あんな雑魚、そなたが力をふるうまでもない。こちらはまかせたぞ、ウームー』

言うなりウシュガルルがウームーをヴァネッサの護衛に残し、乱闘の現場に突入する。

『ふわははは、我を差し置いて遊ぶとはいい度胸だ』

彼は最近、森番小屋に隠れっぱなしで退屈していたらしい。嬉々《きき》として子竜姿のまま破落戸たちの顔面に跳び蹴《げ》りを浴びせ、頭突きを咬《か》まし、好き勝手に暴れている。

(……ウシュガルルにまかせたの、早まったかしら)

ヴァネッサは遠い目になった。そのうえここぞとばかりにヴァネッサ持参の籠に入ってついてきたネズミ魔物たちも、よいしょ、よいしょと皆で運んだ紐《ひも》で破落戸を転ばして参戦する。

「うわっ、ネズミ、いや、魔物だ、なんでこんなとこにいるんだ。魔導師か?!」

「お、覚えてろよ、今度会ったときは司祭様を呼んでけちょんけちょんにしてやるからっ」

田舎の民ほど魔物には慣れていないらしき街の破落戸たちが逃げ出して、ウシュガルルがどんなものだと腕を組んだ。高らかと勝利の笑い声を響かせている。目立つ。

だが、まあ、彼の鬱憤《うっぷん》晴らしができたのならよしとしよう。そういいように考えて、ヴァネッサは地面に座り込んでいる青年に声をかけた。怪我をしているのなら、知らない人は怖いなどと言っていられない。手持ちの薬は少量だが手当てをしないと。

「大丈夫ですか？　お怪我は」

ヴァネッサが助けた青年には連れがいたようだ。先ほどの騒ぎには加わろうとはしなかったが、少し離れた家の陰からフードをかぶった男が出てきた。男はヴァネッサが籠から出した薬に目を留める。それを見てヴァネッサは圧を感じた。魔導師だ。それもかなりの腕を持つ。

助け起こされた青年がヴァネッサでも話しやすい雰囲気で声をかけてきた。

「助かったよ。すごいね、君の護衛たちは。使い魔？　君も魔導師？」

「……お邪魔だったようですね」

「へ、え。この男が魔導師ってわかるの。鋭いね。一目で見破ったのは君が初めてだよ。ま、こいつは魔導師といっても力を使えば感知されるから使えない。面倒な輩が押し寄せるからさっきも見物に回るしかなかったんだ。だから助かった。ありがとう」

彼はヴァネッサがフードの男の力量を見抜いたことで興味を持ったようだ。名前を教えてくれないかなと目を細めた。

「この級の使い魔を二体も従えるとはドラコルル家くらいしか思いつかないけど、あそこの当主と君は齢《よわい》が合わないし。もし主持ちじゃないなら召し抱えたいんだけど」

が、自身は名乗らない。ドラコルル家を知ることといい、この青年はやんごとなき身分のお忍び中というわけか。察したヴァネッサは、すみません、私も名乗れないのです、と謝った。

「その、名乗れば夫の付き添いもなく王都に来たことがばれますから」

少し真実も交ぜてごまかす。名乗れば家内でもめてドレスの手配ができなかったこと、領内に増えた盗賊のことも貴族の間でおもしろおかしくうわさされてしまうかもしれない。家名に傷がつく。

「そっか、じゃあしかたないね。でも困ったな。それでは君に御礼ができない」

「これくらいで御礼など。私たちが勝手にやったことです。それでも気がすまないとおっしゃるなら……。そうだ、ドレスを仕立ててくれる店がどこにあるかご存じですか？」

ふと、思いついて言う。困っていたのは確かだ。そしてこの青年なら知っていそうだ。

「それで相殺、ということでどうでしょうか」

「欲がないね。それくらいお安い御用だけど」

彼がパチンと指を鳴らした。どこからともなく現れた護衛らしき男たちに「今日はもう帰っていいよ、囮《おとり》捜査は終わりだ。こちらのお嬢さんを店に案内するから」と命じる。

「上流と言われる仕立屋は紹介者がいないと入れないところが多いからね。僕も行くよ」

にっこり笑って彼が言うが、囮捜査とは。

（……これって、まったく手助けはいらなかったというか、お邪魔だったのではない？）

つくづく、ヴァネッサは自分がよけいなことをしたと思い知った。


それはともかく、「ディーと呼んでくれ」と言った青年に連れていかれた店は豪華だった。

貴族御用達の店らしく、彼が言うとおり一見様お断りのようだ。

社交場を兼ねた小広間で談笑している貴婦人たちは優雅の極みで、換金可能なお宝を持参したとはいえ、質素な田舎仕立てのヴァネッサたちの服は浮いている。

本来なら中にも入れてもらえないだろう。が、ディーと名乗る青年はかなりの大物のようだ。

顔を見るなり店の者たちに下にも置かぬ扱いをされた。店主の夫人まで出てくる。

「今日はお忍びでね。彼女たちの服を見立てて欲しい」

子竜の存在は目立ったが、富裕な貴族が愛玩物として珍しい動物を連れ歩くのはウームーが言ったとおり流行しているらしく、店内にはそんな動物たちを抱いたご婦人客もいて、目を丸くしている。すぐに奥の特別室に案内されたが、そこに行き着くまでにもヴァネッサは「まあ、子竜だなんて」「どこで手に入れられたのかしら」とささやき合う声を聞いた。

そんな空気が煩わしかったのか、ぽんっとウシュガルルが元の人型に戻る。すぐに特別室に入ったが、分厚い扉の外では騒ぎがよけいに大きくなっている。店長の夫人曰《いわ》く、貴族のご婦人方の間では異国の美少年を従者にするのが愛玩物を連れ歩くより流行しているそうだ。

「異国の美青年魔導師でさらに子竜にまで変身できるとなるとその希少さ、価値の高さは計り知れませんわ。店から出るときは誘拐にお気をつけ遊ばせ」

さっきの変身でウシュガルルを魔導師と信じ込んだらしき店主に、真顔で忠告された。

ウシュガルルもウームーもそう簡単に攫《さら》われたりしない。が、持参の籠にはか弱いネズミ魔物たちが入っている。彼らが攫われては大変だ。ヴァネッサは用が終わればウームーにすぐ森番小屋まで転移してもらおうと決意した。

そんなヴァネッサを笑いながら見ていた青年が、腕を広げて室内を示してみせる。

「さあ、どんなドレスがいるの？　午後の散策用？　それともお茶会用？」

そんなにいろいろ種類があるのか。貴族社会に詳しくないヴァネッサには希望を言うこともできない。かろうじて家名は伏せ、「夜のお披露目用です。結婚後の」と告げる。

「なるほど、それなら絹だね。で、君は招待された側？　それとも主催者側？」

言葉少ないヴァネッサに辛抱強く付き合って、彼が必要な情報を聞き出す。

「ふむ、主役か。なら花嫁を気遣って地味にすることはないな。色はここらあたりかな」

手触りのよい絹、つやつやと光沢を持つ布地が様々な色彩の渦になってヴァネッサの前に広がる。華やかすぎて、明るすぎて目がちかちかしてきた。選んでと言われても選べない。

そのときだ。一枚の布地が目にとまった。

母が仕立ててくれたドレス。この色が今年の流行らしいのよと微笑みながらヴァネッサに着せてくれた、プリムローズのドレスと同じ色の布地だ。すかさずディーが聞いてくる。

「これが気に入った？」

「あ、いえ、違います」

ヴァネッサはあわてて顔を横にふった。自分の身の程くらいわかっている。

「こんな可愛らしい色は私には似合いませんから」

「そんなことはないよ。ほら」

否定したがディーがやや強引に布地を広げる。そのままふわりと肩にかけられた。

「君の髪は見事な紅だから。薔薇《ばら》のような髪色と同じく薄紅の薔薇に似たこの色は相性がいい。

可愛らしすぎるというなら意匠に凝ればいいんだよ」

「そうですわ。お似合いですわ。そもそも女に似合わない色などありません。合わない色があるならそれは見せ方が悪いだけですわ。女を輝かせられない男が甲斐性《かいしょう》なしなのと同じで」

店主もにっこり笑って、「旦那様の髪色はなんですか」と聞いてきた。

「黒ならちょうどいいですわ。ほら、黒のリボンをこうしてお客様の髪に編み込んで。このプリムローズサテンの生地には幾重にも黒の薄いオーガンジーを重ねて。どうです？　これでしたらお客様の嫋《たお》やかな体つきを強調できて上品かつ華やかな仕上がりになりますわ」

ささっと描いて彩色までしてくれた画を見て驚いた。

基本はすらりとしたエンパイアスタイルだ。上半身のごてごてした装飾は廃して体の線を見せ、裾《すそ》にいくにつれ広がるスカート部分にアシンメトリーなひだがつくってある。そしてピンクサテンの上身頃にも、広がるスカートにも薔薇と蔦《つた》模様の部分刺繍《ししゅう》を施した透ける黒の布地《オーガンジー》を重ねることで甘さを抑え、どこか煽情《せんじょう》的な雰囲気を出している。

「いかがです？　この意匠ですと動くにつれ、透ける黒がゆれて陰影がつき下地の色が変わるんです。その変化の先を見届けたいと殿方の目を惹きつけること間違いなしですわ」

「なるほど。黒で乙女《おとめ》の色であるプリムローズを包み隠す、か。いいね。すばらしく意味深だ。これなら初々《ういうい》しい花嫁が夫となる男の手で初めて披露される夜宴にぴったりだ」

店主とディーが薦《すす》めてくれるが、その前にヴァネッサは意匠画に釘付《くぎづ》けだ。

かなり美化したヴァネッサの絵姿に、プリムローズ色のドレスはすばらしく似合っていた。

艶《つや》やかなサテンのひだが重なるスカートも、左右対称の幼めな装飾を崩してあるので大胆、かつ、迫力があり、魔導師として城に迎えられたヴァネッサにもぴったりだ。それにこの可愛らしい中にも大人びた意匠なら、タチアナのものになってしまった母が仕立ててくれたドレスともかぶらない。万が一、タチアナがあのドレスで宴に現れても気まずくはならない。重い、と思っていた黒がこんなに軽く、美しくなるとは思わなかった。

ヴァネッサがこの意匠を気に入ったことは画に見入っている時点でばれている。ディーが、

「じゃあ、これに決まりだ。すぐ作業に入ってくれ」と店主に言った。

「急ぎなんだろう？　宴は五日後の夜だよね」

「は、はい」

どうして家名も言っていないのに日程までわかるのかと疑問に思ったが、彼が店主と相談して、てきぱきと納期まで決めてくれる。

「今から最速で仕上げてもらう。ここに自分で取りにきてくれるならじゅうぶん間に合うよ。当日の細かなサイズ合わせはそこのネズミたちがやってくれそうだし」

そう言う彼の視線の先ではネズミ魔物たちが興味津々の目で針子たちが使う針や糸の動きを追っている。確かに小さくて器用な手を持つ彼らなら針子役にぴったりだ。

「おまかせください。さっそく寸法を。針子を総動員して大至急仕上げますから」

店主も請け合ってくれた。しかもそういうことなら採寸の待ち時間を利用して、ウシュガルルたちにも衣装をあつらえないかと薦められた。

「お嬢様がお気づきのとおり王都では異国の従者を連れ歩くのが貴婦人のステイタスとなっていますの。お二人は異国情緒あふれる姿をしておられますもの。それをあえて王国の衣装で包めば会場中の目を集めること間違いなしですわ。お二人を連れたお嬢様にも箔《はく》がつきます」

それを聞くとウームーが興味を示してきた。

『衣装など気にしたことはないですが、それで貴女の格が上がるなら一考の余地がありますね。それにこの国で暮らすなら、この国の衣装でいるほうが周囲に溶け込めるのは確かです。今後のために何着か揃《そろ》えておいたほうがいいかもしれません』

言われてみれば貴族女性の外出には従者や侍女がつく。が、ヴァネッサに付き人はいない。護衛なら夫が手配すると言ってくれたが、いつになるかわからない。

必要かもしれない。最初はくだらんと言っていたウシュガルルも同意して、二人の服も頼むことにする。さっそく採寸のためお針子たちがやってきて、部屋の中は大騒ぎだ。

「きゃあ素敵、美形すぎるっ、衣装の合わせ甲斐があるわ」

「こちらも似合う。それにネズミちゃんたちも可愛い。おいで、針の使い方を教えてあげる」

ウシュガルルは面倒くさそうに菓子をかじり寝転がったまま採寸を受けているが、ウームーは衣装をあれこれ合わせるのが気に入ったらしい。店主や針子たちが出してくる生地を肩にかけては見比べてご満悦だ。当日着る従者用の服の他にも何着か注文していた。

そんなこんなで、無理かと思われていた衣装だが、店の針子やネズミ魔物たちの頑張りで、期日までに仕上がることになったのだった。

そうして、あっという間に五日が過ぎる。

今日はいよいよ宴の開催される日だ。が、肝心の夫がまだ戻ってこない。

（……まあ、想定内ではあるけど）

そう思いつつもヴァネッサががっかりしていると、ダヴィドがあわてた様子で森番小屋までやってきた。

「遅くなってすみませんっ。先ほど早馬が来ました。ご領主は少し遅れるが宴が終わるまでには必ず戻る、とのことです。それまで僕が代わりを務めますので」

まさかとは思うがこれもロゴス夫人の妨害だろうか。最近、毎朝のように顔を合わせて世間話をする仲になったザカールから聞いた話では、タチアナは彼女の宴をヴァネッサに横取りされたことでショックで寝込み、ロゴス夫人がカンカンになっているそうだ。

「当分、近づかないほうがいい」と、彼は避難すると言って森に入っていった。そんなことで従者と言っていいのかと思ったが他人のことなので口出しは控えた。

とはいえ、ロゴス夫人とタチアナが宴に乱入することがなさそうなのはありがたい。

不在の夫にしても遅れるだけなら許容範囲だ。なんとかなる。ただ、ご領主様がいないのなら、妻が開会の挨拶をしなくてはならない。しょっぱなから貴族たちの洗礼を浴びてしまう。

(で、でも信じるって決めたし、頑張るって決めたもの)

ヴァネッサはなけなしの勇気をかき集め、ダヴィドに会場までのエスコートを頼んだ。

「いきましょう」

『待て。その格好であの丘の上まで歩くつもりか?』

ウシュガルルに止められた。そういえば今夜は裾の長いドレス姿だ。靴も華奢なダンス靴で、柵を乗り越えたり石ころだらけの小道をいくのは無理だ。

「じゃあ、ごめんなさい、悪いけど、ウームー、連れていってくれる?」

『そのことだが』

『どうせなら登場も派手にしませんか』

二柱の魔物がにっと笑った。

4

マルス家の居城で開かれた宴は盛大だった。笑いざわめく招待客たち。城にはあかあかと蝋《ろう》燭《そく》が灯《とも》され、美しく掃き清められた正面扉前にはきらびやかな馬車が次々と横付けされる。

そんな中、目の肥えた貴族たちの注目を集めたのは一台の馬車だった。

「まあ、あれはなに？　夜なのに遠目にも輝いているわ」

「素敵、なんて品のよい馬車。いったいどちらのお家のものかしら」

瀟洒《しょうしゃ》な黄金作りの馬車が丘を登ってきたのだ。繊細な彫刻を施した御者台には可愛い森の魔物たちが座り、その前には馬の代わりに尾にリボンを飾った巨大なイノシシ魔物がつながれている。馬車の左右に結わえられたランタンはブルーベルの形。いたるところに花が飾られ、従者よろしく到着した馬車の扉を開けるのは、正装を身につけた人間離れした美貌《びぼう》の青年たちだ。

そして、ドレスの裾を片手で持ち降りてくる貴婦人はヴァネッサだった。

（は、恥ずかしい、目立ちすぎだからっ）

従者はもちろんウシュガルルたちだ。王都で仕立てた正装をまとっても、異国情緒あふれる容姿の彼らは当然ながら存在感がある。その場の女性どころか男たちの目まで引いて、館に入る前から注目の的だ。

そのためか、馬車を引いてきたのがイノシシ魔物のヒルディスでも騒ぐ者はいない。ヴァネッサが魔導師であることは周知の事実だ。派手な登場にあっけにとられたのもあるだろうが、城外にそのまま待機のヒルディスはヴァネッサの使い魔とみなされ、安全と判断されたらしい。敢えて近寄ることはないが、見つめる人々の目は恐怖より好奇のほうが勝っている。

ヴァネッサについて城内に入るウシュガルルたちも見事な人型をとっているせいで魔物と気づく者はいない。この登場の仕方は成功だったようだ。

(事前にウシュガルルたちの波動を覚えさせたから、守護陣のほうも問題ないしね)

そしてドレスをまとったヴァネッサの嫋やかな姿も、人々の称賛を集めていた。

「ほう、これはこれは。ダヴィド殿が付き添っているということはあれが例の奥方か？　式のときはヴェールを外す間もなくご当主が出陣して顔も見ないままだったが」

「驚いたな。みすぼらしい平民出と聞いたがどうしてどうして女神の風格さえあるではないか。あんな美女を見つけてくるとはマルス家の当主は堅物に見えて隅に置けんな」

ダヴィドにエスコートされ、ウームーとウシュガルルの美形二人を背後に従え入場するヴァネッサの耳に次々と讃辞とも蔑みともとれる感想が聞こえてくる。讃辞はマルス家へのおもねり故とわかっていても恥ずかしくてたまらない。

が、とにかく、この派手な登場はショック療法も兼ねたのか、ヴァネッサの貴族に対する弱気を一時的にだが吹き飛ばすことになった。夫がいない以上、ヴァネッサは集った客人相手に宴の開会を告げなくてはならないのだ。遠くから集った人々を待たせるわけにはいかない。

それでもガチガチに固まっているヴァネッサに従者として控えた魔物たちがささやきかける。

『大丈夫だ、緊張することなどない、そこらの人間どもは塵芥《ちりあくた》と思えばよい』

『何度も私たち相手に挨拶の練習はしたのです。貴女ならできます。それでも気になるなら、窓の外を見てご覧なさい』

ウームーに言われて見ると、そこにはびっしりと森の魔物たちが張り付いて中をのぞいていた。小さすぎて姿が見えなくては困ると思ったのか、ネズミ魔物たちはイノシシ魔物のヒルディスの頭や肩にのせてもらって『頑張れ』と手を振りつつ応援のダンスを踊っている。

可愛すぎる。勇気がわいた。興奮と緊張で半分、脳の中身が飛んだ心地ではあったが、ヴァネッサは集まった人々に対して夫が遅れることを告げ、そのことを詫《わ》び、宴の開会を告げた。

「どうか皆様、今宵《こよい》をお楽しみください！」

ほんとうは胸いっぱいなのだが、傍目《はため》には堂々たる態度と映る。

「ほう、夫がいないというのに見事なものだ。考えを改めるべきかもしれん」

「平民出の魔女と結婚した馬鹿な男と思っていたが、女を見る目だけはあるということか」

ヴァネッサを認める声とともに、拍手が聞こえる。領主の妻であるとはいえ、ヴァネッサは魔導師として城に招かれた。そのことを知るからか、値踏みするような目は男性からが多い。さすがは気を抜けない辺境の城だけのことはある。ヴァネッサの力量を測ろうとしている。

（これで役目は果たしたなんて気は抜けない。ご領主様が戻られるまで私が踏ん張らないと！）

ヴァネッサは頑張った。挨拶は終えたし、後は夫の到着まで待機。彼の手で客人たちに紹介されるのをダヴィドとともに待つだけと思っていたところを、群がってくる貴族相手ににこやかな笑顔を向ける。明日《あす》は反動で寝込みそうだが、それでも必死に社交を頑張った。

そして、もう一つの宴出席の目的は。

「ウシュガルル、ウームー、予定どおりお願い」

『もちろんです』

『まかせておけ』

ウームーとウシュガルルが応える。彼らをわざわざ同行したのはなにも目立ちたいがためではない。宴の席で怪しい気配がないか見てもらうためだ。

もちろんあの魔物が契約主の影に入り込んでいたらウシュガルルたちも気づけない。それでも魔の残り香があるかもしれない。なんといっても本命というべき隣領のブラスク辺境伯ミロシュも来ているはずなのだ。

ウシュガルルたちがヴァネッサから離れ、ミロシュを含め怪しい残り香をもつ者がいないか探りに広間に散っていく。目立つ彼らはさっそく人に囲まれている。傲岸不遜《ごうがんふそん》な態度をとりやすい彼らが客人たちを怒らせたらどうしようとひやりとしたが、すかさずダヴィドが追っていく。「奥方様のご実家の縁者の人たちです」と、間に入ってくれた。助かった。

そうして一時的にだが空白になったヴァネッサの傍に、近づく男がいた。

こちらはマルス伯爵夫人だというのに当主からの紹介も待たず、ヴァネッサの出自を知るからか蔑み交じりの目線を改めようとしない男だった。その目線に記憶が刺激される。

「あ……」

この人だ。成長したけどわかる。

幼いあの日、ヴァネッサに硬貨を投げつけ、消えない心の傷を負わせた貴族の少年だ。

あの日の屈辱と無力感を思い出す。がくがく足がふるえ出す。

（な、なにをしているの、ヴァネッサ！）

自分に活を入れる。もう自分はあの頃の無力な少女ではない。平民生まれの魔女の出自は変わらないが、修行を積み、貴族の当主に妻にと言ってもらえる魔導師になったのだ。対等に話ができるはず。いや、できる。母のように堂々とふるまえる。ここでまたこんな相手のために感情を乱されるのは嫌だ。だが体がいうことを聞かない。まだ囚《とら》われている。

そのときだ。頼もしい、低い声が背後からした。

「我が妻に何か？」

アルベルトだ。ようやく帰還したらしい。彼が後ろから手を伸ばし、ヴァネッサの手を取る。急いで馬を駆り、戻ってきてくれたのだろう。彼からは少し馬具の革の臭いがした。髪が濡《ぬ》れているのは夜露のせいか、それとも急ぎ湯を使ってくれたのか。

ぎゅっと握りしめてくれた手に、とくん、と鼓動が跳ねた。

胸の奥で起こった熱は心地よい鼓動を刻みながら全身に広がっていく。腰に腕を添えられて。彼にふれた背までもが温かくなった。春の雪解けとはこんな感じだろうか。広間に入って今まで張り詰めていた心がようやく安堵《あんど》でゆるんでいく。

「紹介しよう、ヴァネッサ。こちらはブラスク辺境伯ミロシュ・ドウシャン殿。そしてブラスク辺境伯殿、こちらが私が迎えた妻のヴァネッサです。どうぞよろしく」

夫が礼儀に則《のっと》り紹介してくれる。この人がブラスク辺境伯ミロシュなのか！

驚きつつもヴァネッサは腰をわずかに下げて貴族の挨拶をする。

「ほう、仕草もなんとお美しい。私はブラスク辺境伯ミロシュ。どうかお見しりおきを。マルス伯爵は幸せだな。このような美女を妻に迎えられて。伯爵より先にお会いしたかった」

見事な社交辞令で返されて拍子抜けした。あのときの平民かと馬鹿にされると思ったのに。

それで気がついた。

（そうか。この人は覚えていないから）

当たり前か。ヴァネッサにとってあれは忘れられない出来事だった。が、彼にとっては下々の者と行きずりの記憶などささいなもの。覚える価値もなかったのだろう。

（なのに私、自分のことを覚えてもいない人を相手に、ずっと悩んでいたなんて）

馬鹿馬鹿しい。人生を無駄にしたとまでは言わないが限られた時の一部を溝に捨てていた。

彼の言葉があったから魔導師として腕を磨けた面もあるが、引きこもりになって父母に心配をかけた黒歴史はなかったことにはできない。

そのときだった。突然、魔導の気配が広場の中央で起こった。転移の技だ。城に張った守護陣を強引に裂いて割り込んでくる者がいる。

その気配は魔物ではなく人だ。つまり敵とは限らない。

身元確認をするまで黒焦げにするわけにはいかない。ヴァネッサはあわてて印を切り、守護陣の防衛機構をその部分だけ無効にする。

そこに出現したのは王都で会った青年と魔導師の二人連れだった。

「やあ、またあったね、お嬢さん」

青年、ディーが優雅にヴァネッサの手を取り、貴婦人に対する口づけを贈る。

彼は敵ではないとは思う。が、状況がわからず、ヴァネッサは戸惑った。思わず隣を見た。

突然乱入した青年が妻の手に口づけたというのに、なぜか夫は怒らない。アルベルトは盛大に顔を強張らせている。うめくように言う。

「アレクサンデル殿下……」

「えっ」

それはヴァネッサでも知っている、この国の第二王子の名だった。

まさかこの青年がと驚くヴァネッサに、アレクサンデルがにっこりと微笑む。

「突然の来訪を許してもらいたい、魔導師殿。僕が予定を明かすと周囲が騒ぐ。が、どうしても今夜の宴には来たくてね。アルベルトは僕が側近にと狙っていた男なんだ。知っているかい？　僕とアルベルトが知り合ったのは、君と出会ったときと同じく囮を務めていたときなんだよ。兄の王太子派、僕の第二王子派と勝手にうるさい派閥をつくる連中がいてね」

言って、アレクサンデルがいたずらっぽく片目をつむってみせる。

「その中の強硬派をおびき出そうとわざと隙を見せていたのに、警護に寄こされた真面目《まじめ》すぎるこの男が全員、確保してしまったんだ。おかげで暗殺未遂の罪を問えなかった。ま、でもその堅物ぶりが気に入って。家を継ぐと辺境に帰ってしまったけど僕はあきらめてない。いつか中央に呼び戻してみせる。だから奥方とは長い付き合いになると思う。これからもよろしく」

アルベルトが騎士団に属していたのは知っていたが、王族と面識があるとは知らなかった。

そしてわざわざ宴に来てくれた王子。王都の仕立屋でヴァネッサが言わずとも宴の日程を知っていたのは前々から来る予定で調べていたからだろう。難しい辺境の地を治めることになったアルベルトがなんの後ろ盾もない平民出の妻を迎えた、その意味を考えて。

ただの視察なら名を出す必要はない。本人の言うとおり、彼を狙う政敵は山ほどいるのだから。それでもアルベルトを心配してヴァネッサに箔をつけるために来てくれた。王子自ら祝した婚姻なら、臣下は異議を唱えられない。そこまで計算してわざわざ来てくれた。

「邪魔をしたね。僕がいないほうが皆も気楽に楽しめるだろう。さあ、花嫁への祝福は終わった。後は皆、好きに騒いでくれ」

彼がどこから取り出したのか、大量の紅の薔薇の花弁をまき散らす。そして次の瞬間、彼の姿は消えていた。たぶん連れの魔導師に認識を阻害する魔導を使わせたのだ。

（だから王族でも少数の供で出歩けるのね）

王子が消えた周囲には紅の花弁が無数に舞っていた。ヴァネッサを寿《ことほ》ぐように。

「さあ、皆、殿下の仰せのとおり楽しもうではないか」

　それを見て、アルベルトが今夜のために招いた楽団に合図を送る。

「ダンスの皮切りは主催者がおこなうものだ。そしてこれは君のお披露目でもある」

　言って、彼がヴァネッサに向かって一礼した。

「お手をどうぞ、マルス伯爵夫人。私と踊っていただけますか？」

　その姿はふだんの無骨な印象のある彼とは思えないくらい優雅だった。

　いや、男の色気を感じるといったほうがいいのか。上背のある鍛えられた体に騎士の正装が似合っている。ヴァネッサはなかばぼうっとしたまま彼の手を取った。

　ふと見ると、ヴァネッサと王子が顔見知りだったことが衝撃だったのか、ミロシュが呆然《ぼうぜん》と立っている。さっきまであんなに偉そうにしていたのにと、おかしくなった。

（そうだった。今の私は隣に〈夫〉がいてくれる。それだけじゃない。殿下が寿いでくれた花嫁で、この家の女主人なのよ）

　そもそもヴァネッサはマルス家に入るとき、南方の大貴族ストラホフ侯爵家の養女になって嫁いできた。貴族序列を守る貴族法があるからだが、辺境伯という地位にあるミロシュでも都に近い地に領地を持ち、王家に近しい侯爵家の養女の肩書きは無視できない。しかも今のヴァネッサは妻としてタチアナの婚姻について夫に助言できる立場にある。

　だからだろう。内心どう思っているかはわからないが、先ほどの完璧だが冷たい印象があった社交辞令とは違い、すれ違いざまにあわてたようにミロシュがささやいてきた。

「ぜひ、ご昵懇《じっこん》に。貴女にはタチアナ嬢との間をとりもってほしい。どうもこの家の者は過保護で彼女を手放したがらない。タチアナ嬢が得がたい令嬢ということは知っていますが、彼女を庇護したいのは貴女がただけではないと、夫君に耳打ちしていただけないかな」

今度こそ完全に肩の力が抜けた。何を気負って生きてきたのだろう。この人は侮蔑《ぶべつ》する平民が相手でも、貴族の肩書きを得て、王家の知古を得たとなれば掌《てのひら》を返す。

(私がふり回されてた身分なんて、そんなものだったの……)

呆然としている間にも夫に広間の中央まで連れ出された。曲が始まる。

あわててヴァネッサは実家で大婆さまに叩き込まれたステップを踏んだ。ふだん忙しい戦場を駆け回っているご領主様は大丈夫かなと思ったが、彼は彼で騎士団で鍛えられているようだ。ヴァネッサを力強く先導して、見事なターンを決めさせる。周囲から感嘆の声と拍手が沸き起こって、ヴァネッサは自分が貴族社会の一員として認められたことを知った。

よかった、自分はやり遂げたのだ。

安堵すると、踊る足先に余裕ができる。やっと周囲の景色が見えてきた。楽しくなってくる。

そんなヴァネッサの様子を察したのだろう。踊りながら夫が聞いてきた。

「先ほど、ミロシュになにを言われた？　君を貶《おとし》めるようなことではないだろうな」

驚いていたようだが大丈夫か、と気遣われた。心配そうに顔をのぞき込んでくる。

「秘密か？　その、夫としてできれば妻に話しかけた男の言動は把握しておきたいのだが」

（……秘密とかじゃないけど）

　タチアナの結婚問題は夫婦の間でも微妙な話題だ。なにしろ夫の想い人はタチアナだ。ヴァネッサがいるので結ばれることはないが話すことに少し迷う。

　が、彼を信じると決めた。報告連絡相談は必要なこと。ミロシュにタチアナとの仲介を頼まれたことを話す。なんだそんなことか、と、彼がほっとしたように言った。

「そうか。なら、ちょうどいい、後で時間をつくるか」

「……いいのですか？」

「なにがだ」

「その、タチアナ様とのことは聞いています。当時、あなたはまだお若く、父君の決定に逆らえず、泣く泣くタチアナ様に別れを告げられたと」

「なんだ、それは」

　彼が驚いたような、あきれたような顔をした。

「タチアナは妹だ。恋などあり得ん。言ったのはロゴス夫人か？　それは夫人の夢想だ。もしかしてそれでタチアナに遠慮していたのか？　城を出て森番小屋にいたのもそのせいか？」

　図星だ。ぐっとつまると彼が目を伏せ、ため息をついた。

「……誤解させたのは俺も悪かった。俺が君を避けていたのは君が貴族は苦手だと聞いたからだ。気をつかっていたつもりだった。森での暮らしを許したのも城が息苦しいと聞いたからで」

（それって……）

ヴァネッサは息をのんだ。では自分と夫は今までずっと互いに勘違いをしていたのか？

改めて、夫となった人を見る。前の生では緊張して彼をろくに見ることができなかった。だから夫のことはロゴス夫人に聞いたとおり、本当はタチアナと結婚したかった人で、でも、できる立ち位置にはいなくて、だから自分が結婚相手に選ばれたと、ずっとそう思っていた。

ここは辺境とはいえ交易路の要所。この地を維持していくのは大変で、マルス家は常に防衛力を欲している。だから先代伯爵の妻も遠い聖域の人だった。前伯爵は聖域の技術と聖騎士の駐留を求めて結婚した。そして今の代は、それがヴァネッサなのだと思っていた。この地を守る力として求婚されたのだと。

だから彼がタチアナを優先するのはしかたのないことと納得していた。でもどこか寂しく思っていた。

夫婦になった以上これからの人生はこの人と過ごす。今の誰からも愛されない、嫌われ者の魔女のまま孤立して死んでいく。それが怖かったからだ。

彼を愛しているかと言われると困る。数度しか会っていない男だ。しかも貴族だ。構えずに話せというほうが無理だ。

それでもあがいていた。幸せになりたいという気持ちが心のどこかにあったから。彼の突き放した態度にあきらめつつも希望を捨てきれずにいた。苦しかった。

（なのに、それがすべて勘違いだったなんて）

今度こそ、心のわだかまりがすべて取れた気がした。自分はこの地で頑張れると思った。始まりが政略でも、この人が求めてくれるなら、彼と夫婦としてやっていきたいと思った。

曲が終わる。

皆が拍手をする中、ヴァネッサたちは他に場をゆずり、人々が談笑するほうへと戻ってくる。

ヴァネッサはあっという間に紹介を求める人たちに囲まれた。

その中にミロシュもいた。社交の笑みを顔に貼《は》り付け、話しかけてくる。

「いやあ、お似合いでした。これでマルス家も安心ですな」

「……先ほどのお返事がまだでしたね」

言外に夫への取りなしを求めてくるミロシュに、ヴァネッサは傍をすり抜けながら答えた。

「辺境伯様のお望みはわかりました。でも、私でお役に立てるとは思えませんわ。タチアナ様のことは夫とタチアナ様ご自身が決められることですから。私にはなにも申せません」

優雅に笑ってそらす。ヴァネッサだって聖人ではない。苦しい眠れぬ夜にあのときの少年にぎゃふんと言わせる場面を想像して心をなだめたことだってあった。いつかは見返してやる、すごい魔女になって向こうから頭を下げて依頼に来るようにしてやると思った。

（だけど。今のこの人に言っても、そんなこともあったかな、と言われるだけ）

恋と憎悪は似ている。どちらも思いをかけたほうが負けだ。復讐心《ふくしゅうしん》にとらわれて、相手に「そんなにずっとこちらのことを考えていたのか」と、せせら笑われるなんてまっぴらだ。

ヴァネッサは深く息を吸った。

ヴァネッサの感情の動きを感じて戻ってきたウシュガルルたちに、なんでもない、もう大丈夫だと仕草で伝える。

夫も来てくれた。もう放置された妻などと人に言わせない。平民出の魔女と蔑まれるのも、知らない人や貴族は苦手だと縮こまるのも嫌だ。

今日を限りに、幼い日の傷と決別する。今の大人になった自分の矜持にかけて、ミロシュのことは忘れる。乗り越えたのだと、自分を褒めてやる。

ヴァネッサは堂々と胸を張った。

ふっきれた心で微笑むと、ヴァネッサは夫の手に引かれ次の紹介相手へと顔を向ける。そんなヴァネッサを夫が誇らしげに先導する。

そのときだった。

広間の一隅に置かれ、皆に披露されていたヴァネッサとアルベルトへの婚姻祝いの品が異変を起こしたのだ。前にウシュガルルが言っていた、魔物の力に魔導術を付加した時限式の〈罠〉だ。それが弾けた。

爆風と共に閃光《せんこう》が湧き上がり、広間に悲鳴が満ちた。

第三章　聖堂荒し

1

閃光《せんこう》が生まれたかと思うと、爆風と轟音《ごうおん》が続いた。

一度では終わらない。次々と新たな光球が生じ、そのたびに悲鳴が上がる。

「きゃああ」

「うわっ」

招待客たちが腕で顔を覆い、うずくまる。

ヴァネッサはあわてて届く範囲にいる人々に向けて守護の結界を放ちつつ、叫んだ。

「ウシュガルル、ウームー、お願いっ」

『まかせておけっ』

たのもしく答えた二柱が、ヴァネッサの結界が及ばなかった範囲に転移、自身の結界を張り、爆風と、それによって飛ばされた物から人々を守る。

ヴァネッサも次々連鎖的に弾ける光球から人々を守りつつ、攻撃の源にあるものを探す。

それは一枚のタペストリーだった。

広間の一隅に設けられた近隣領主からの結婚祝いの品を披露するための場。壁にかけられ、燭台《しょくだい》に照らし出された一メルトル四方の布から、死を呼ぶ光球は生み出されていた。

「そこっ」

ヴァネッサはドレスの裾《すそ》をからげて走り出した。近づくヴァネッサを敵と見なしたのか攻撃が集中する。それを新たにウシュガルルたちからもらった護符をかざして避けながら、自身の攻撃魔導式が届く、有効範囲に走り込む。

「滅びなさい!」

気合い一閃《いっせん》、タペストリーを引き裂く。が、攻撃を叩《たた》き込むため防御を解いた隙《すき》を突かれた。

裂かれる寸前、断末魔の叫びめいてタペストリーが放った光球が避けようのない至近距離からヴァネッサに襲いかかる。

「ヴァネッサっ」

声がして、硬いなにかが体にぶちあたった。押し倒され、背が床にぶつかる。

衝撃に一瞬、息が詰まった。が、死んではいない。背の鈍痛が継続している。ぶつけた肘《ひじ》も痛いままだ。ヴァネッサはおそるおそる目を開けた。周囲を確かめる。

夫が、ヴァネッサに覆いかぶさっていた。ヴァネッサは彼に突き飛ばされるようにして床に転がり、光球を避けることができたようだ。

「無事か」

ヴァネッサが身動きしたことで、意識があると判断したのだろう。夫が身を起こし、尋ねる。息がかかるほど間近から見下ろされていた。先ほど踊ったとき以上の近さだ。

「あ、ありがとう……」

かろうじて言って、身を起こそうとする。が、起き上がれない。上に夫がのったままだ。

あの、と問うように見上げると、夫がじっと見てくる。二人の視線がまた合った。

彼が綺麗《きれい》な緑の目をしていることにヴァネッサは初めて気づいた。優しい森の緑の色だ。艶《つや》やかな黒髪が額に乱れ落ちている。その流れを目で追う。

こくりと彼の喉《のど》が動いたのを感じた。

二人の間には前の生とは違い、夫婦という名の共闘者として信頼が芽生えつつある。

彼も以前の態度を反省して、よき夫になろうと努力してくれている。それはヴァネッサも認める。先ほどミロシュに対したときも彼が来てくれてほっとした。

だから今もヴァネッサをかばい、一番に安全を確かめてくれた。

彼は夫である前にこの地の領主で、今夜は夫婦の結婚披露の宴《うたげ》だからだ。妻を心配する夫という仲睦《なかむつ》まじい様を皆に見せる必要がある。だからこその親密な態度とわかっているのに、妙に気恥ずかしくなって、ヴァネッサは目をそらせた。強いて事務的に問う。

「な、なにか?」

「いや……」

目線がすっと離れて、体を覆う圧迫感もなくなる。ヴァネッサは自由を取り戻した。だが彼はまだ傍らから去らない。ヴァネッサの傍《そば》に膝《ひざ》をついたままだ。

怪訝《けげん》に思ってヴァネッサが身を起こすと、激しい勢いで背後からぶつかってくるものがある。

『よくも我が巫女《みこ》の娘を突き倒したな。助けるにしても他《ほか》にやりようがあるだろう。お前が光球の前に立ち塞《ふさ》がり、身をもって楯《たて》になるとか、楯になるとか、楯になるとか!』

『先ほどのダンスのときは場の雰囲気を乱すまいと我慢しましたが、私たちの大切なヴァネッサになんという乱暴な。これ以上、断りもなく近づかないでください』

ふり返るとヴァネッサを抱きよせ、アルベルトを牽制《けんせい》するウシュガルルとウームーがいた。

夫がぼそりと言った。

「……何者だ、お前たちは」

『何者だというお前こそ何者だ。魔力も持たぬ人間の分際で偉そうな』

『その通りです。優雅さの欠片《かけら》もない、そんな無粋な身でヴァネッサに堂々とふれるとは。……ちっ、こんな無礼な男、光球を浴びて消し炭になっていればよかったのに』

ヴァネッサを守り、夫を威嚇《いかく》しているのはウシュガルルとウームーだけではない。

広間の窓を破って入ってきたイノシシ魔物のヒルディスが鼻息荒く、アルベルトに眼《がん》を飛ばしているし、床に座り込んだままのヴァネッサの周りには明るいところに出た恐怖にぷるぷるふるえながらも大量のネズミ魔物がアルベルトに向かって小さな腕と尾をふりあげている。

（……そういえば）

夫には森の魔物やネズミ魔物たちのことは話したが、ドラコルル家から来た二柱はまだ紹介していなかった。

ただの異国出身の従者ではなく、多大な魔力をもつ高位魔物とばれたウシュガルルとウームーは、ヴァネッサが実家ドラコルル家の使い魔だと紹介したこと、なにより先ほどの騒ぎで皆を守ったことで敵ではないと夫だけでなく広間に集った客人たちにも受け入れられたようだ。

今夜の招待客は貴族も郷士も辺境で生き抜く強《したた》かな精神をもつ者ばかり。

当初の驚きが去るとこの強い力をもつ二柱をヴァネッサごと味方にできないかと目を光らせている。実家のドラコルル家への紹介状を求めてくる者までいた。

（魔導師の力を示すことができてよかった、と喜ぶべきかしら）

ルーア教の台頭で忌避されつつあるとはいえこの国には古くから魔物が多く生息している。

今はまだ魔物もその力を借りる魔導師たちも人々には〈共に生きる隣人〉と認識されている。医師や薬師と同じく魔女は困ったときにその炉端を訪ねる身近な存在で、ルーア教に帰依した貴族といえど魔導技に頼ったことのない者はいない。うわべは教化されても芯《しん》では魔と共存する心が生きている。ヴァネッサはほっとした。

改めて広間の安全確認をおこない、怪我人《けがにん》の手当てをする。

騒ぎの元凶は招待客からの贈り物だから、今回の事件ではマルス家は巻き込まれた被害者といえなくもない。が、宴の主催者として客人たちの安全確保を失敗したことは確かだ。それどころかマルス家が宴を口実に近隣領主を招き、抹殺をはかったと疑われてもしかたがない。

現場に居合わせた以上、客人の中に〈犯人〉の関係者が交じる可能性もある。調査をおこないたいが、引き留められない。皆、身元がはっきりしていることもあり、丁重に謝罪して広間からお引き取りいただく。

領地が遠く、もともと宿泊予定だった客人たちは別棟の客間へ案内し、帰宅する者には警護の騎士をつけて送り出す。

第二王子が帰った後でよかった。いれば王族暗殺未遂事件としてマルス家も苦しい立場に立たされるところだった。

いや、こういう不測の事態があるかもだからこその短時間の滞在だったのだろう。

とりあえずの手配が一段落して、関係者は別室に集った。早急に犯人の究明をおこない、客人たちにマルス家に他意はなかったと報告しなくてはならない。

問題の魔力を込められていた品を見る。

美しいタペストリーだ。

ちゃっかり会議に参加しているウシュガルルが言った。

『これは人の仕掛けをほどした品だな。元となる魔物の力をここに込め、周囲の紋様で抑え込み、時が来れば暴発するよう仕組んであった。これ単体で力を発する時限式の罠《わな》である以上、返しの技も使えん。単純ではあるが効果的だ。離れた地から呪《じゅ》を送る従来のやり方であれば、跡を追える我らの存在を知っていたのかもしれん』

『確かに。それにこの魔力の波動。……弱ってはいますが二度目の遭遇となると〈生きている〉と判断するしかありませんね。アレが』

これまた勝手に参加しているウームーが眉《まゆ》をひそめる。彼はぼかしたが、指しているものはヴァネッサにもわかった。ここにある魔力の残り香はあの魔物のものだ。一年先の未来でヴァネッサを殺す高位魔物。ウシュガルルやウームーと同じく異国で神と呼ばれていた力をもつ存在。彼らがもうこの世にはいないと思っていた、人に不和をもたらすモノ。

（ウリディンム……）

その名を胸の中で綴《つづ》る。声に出せば間に繋がりができてしまいそうで怖くてできない。

だがとにかくこれで一歩前進だ。魔力を込めた〈敵〉の名はわかった。が、肝心のウリディンムにこの城を襲わせた〈契約主〉がわからない。

ウシュガルルはウリディンムがまだ弱っていると断言する。

『長時間、器となる神像から出て活動するのは無理だ。だからこそこんな罠をつくったのだ。情けない』

『ウリディンムは自身の力を取り戻すために人に〈想い《おも》〉を捧げさせようとしているのでしょうね。この地にたどり着いた私たちがドラコルル家の祖と出会い、その魂核を休める神像を得、供物を捧げられることで回復したように、かの魔物もどこかに隠された〈器〉に潜み、自分好みの想いを捧げられるよう、人をそそのかしている。その代償に自身の魔力をふるい、契約主にもなんらかの代償を支払わせて』

それを聞いて、ダヴィドが顔を青くした。

「魔物と契約、そのような恐ろしいことをする者がいるのですか。伝説では己の魂を要求されることもあるというではありませんか」

『ふん、甘いことを。魔導師の間ではよくあることだ。魔物の格と捧げる代償にばらつきはあっても例とする実話には事欠かんぞ。人とは現金なものだからな。何百、何千と時が流れようと、その性質は変わらん』

ウシュガルルが達観したように言った。

『自分の益となると思えばそれがどんなものであろうと祀《まつ》る。御利益とやらを期待してな。

ら〈契約〉を結ぶのも構造的には変わらないということか」

「……つまり神を崇めるのも、人がこの地に暮らす魔物と〈神〉と崇《あが》める。それとなにが違う?』

アルベルトが言った。さすがは辺境でもまれたご領主だ。理解が早い。ウシュガルルも『魔導師でもない人間にしては見込みがあるではないか』と、にやりと口角を上げて笑った。

『このタペストリーに力を込めたのは魔物でも、この城で力を解放するように願い、なんらかの代償を払ったのは〈人〉だ。魔物に今宵の宴を襲う動機はないからな。あやつの魔力はたどれずとも、起こった事象から〈契約主〉を探るのはそなたら人でもできるのであろう?』

言われて、今までにこの城の周辺で起こった魔物絡みの事件を整理してみる。

先《ま》ず一つ目、と数えていいかはわからないが、前の生でヴァネッサが襲われたこと。

その際にウリディンムは『これも〈契約〉だ。この地の魔導結界の要たる魔女、そなたの存在が我が契約主にとって邪魔らしい』との言葉を残している。このときのウリディンムはヴァネッサが張った守護陣にふれることなく城内に侵入した。誰《だれ》かと〈使い魔契約〉を交わし、その影に潜んでいたものと考えられる。

二つ目は、街道脇《わき》の崖《がけ》を崩して砦《とりで》へ向かう一隊を襲ったときのこと。今回、狙《ねら》ったのが城の騎士たちなのかご領主なのかまでは判然としない。ヴァネッサの前の生ではこのとき死んだのは秘書官のダヴィドだけだった。が、このときウリディンムは直接その場に現れ、魔力をふるっている。自分の存在がまだ周囲には知られていないと思ったからだろう。このことからウリディンムとその契約主はヴァネッサの死に戻りのことを知らないと判断できる。

そして三つ目が今回の一件だ。わざわざ自身の魔力をタペストリーに込めて送り込んできた。明らかに魔導師としてのヴァネッサと、城に張られた守護陣を意識している。

「……一つ目、二つ目の事件はともかく三つ目の事件からすると〈契約主〉には魔導の知識があります。そして魔導式の構造というものはたいていどこかでつながるものです。教えを乞《こ》う者、乞われる者。弟子と師匠というように今の魔導体系が編み出されるまでには多くの魔導師が関わって、魔導の術式を構築する系譜のようなものができているんです」

ヴァネッサは言った。なのにそちらからたどろうにも、ここにほどこされた術式がわからない。

「……ドラコルル家の蔵書でも見たことがないものです。まったく別の理論で構築されていて。だから守護陣も引っかからず通してしまったのだと思う」

『貴女がわからないのであればお手上げですね。我々魔物にこういった仕組みは管轄外です』

ウームーが困った顔をする。

『我々魔物は人が手足を動かすのと同じ感覚で魔力を使います。当然のことすぎて、魔力の発動に魔導式を使うしかない人の感覚がわからないのです』

言われてみれば実家にいるとき、彼らはヴァネッサが薬を煎《せん》じるのを眺めることはあっても作り方を教えてくれたことはなかった。魔導書を読む姿を見たこともない。あれはもうすでに魔導体系を会得しているからと思っていたが単に必要がなかったからなのか。

そうなるとますます犯人像がわからない。〈契約主〉が関わる事件が増えて、相手を特定する材料も増えた。が、増えすぎて逆に人物像がぼやけてしまう。

（だって今わかっている事実からすれば犯人は城の内部に通じ、領主の日々の予定も事前に把握、私も知らない魔導式をも操ってみせる人物だもの）

どんな超人だ。

（動機だけは〈この城を狙っている〉で確定でいいと思うけど）

ヴァネッサのことを『邪魔』と言い、領主一行を亡き者にしようとし、今またマルス家が近隣領主と交流をもつことを邪魔したのだ。

（なら犯人はやっぱり北の民？　私たちと違う宗教体系をもつ彼らなら、私の知らない魔導術式を知っていてもおかしくない）

領主の日程を知る件では考えたくないがザカールという北の民が城内にいる。彼は毎日のように森に出かけて夜も帰らないことがある。北と連絡を取ろうと思えば取れる。……親しく言葉を交わすようになった今、ザカールがそんな裏表のある人とは思えないのだが。

悩むヴァネッサに、会議に飽きたのか持ち込んだ菓子を食べながらウシュガルルが言った。

『悩む必要はなかろう。仕掛けを誰がほどこしたかはわからんが、ほどこされた品を持参した者はわかっているのだろう？』

その通りだ。誰からの贈り物かは、受け付けた際にマルス家の家令が記録を残している。

皆の目線が一人の男に集中した。

「わ、私は知らない。何度も言うように我が家の家令が用意した品を持参しただけだ」

真《ま》っ青《さお》になって弁明するのはヴラド男爵。近隣に住む領主の一人だ。彼には関係者としてこの場に残ってもらっている。

さいわいなことに男爵は供の一人として家令も連れて来ていた。この場に呼んで聞いてみる。

家令曰《いわ》く、最初に用意した聖域渡りの聖画を盗人に台無しにされたので、急遽《きゅうきょ》、領内にいる交易商人をあたって、都から仕入れたばかりというタペストリーを購入したそうだ。

「盗人というのは最近、流行《はや》っている〈聖堂荒し〉でしょうね。私たちが先日、カザフ砦へ行ったのもその件で近隣領の者たちと街道警備について話し合うためでした」

盗人に台無しにされて代替え品を求めたとは都合がよすぎではと首を傾《かし》げたヴァネッサに、ダヴィドがこっそり教えてくれた。最近、街道を襲う盗賊とは別に、富裕な郷士の邸やルーア教の聖堂に押し入っては聖像や聖画など宗教祭具ばかり壊して回る妙な盗人がいるそうだ。

（盗んで換金するならわかるけど、壊して回るだけってどういう盗人なの？）

ただ、その盗人は腕がいいらしく誰も姿を視認できず、品を持ち出して商人相手に取引するわけでもないので正体もつかめず、捕らえられないでいるそうだ。

「おかげで辺境は治安が悪いとうわさがたって王都からの荷が滞っているのですよ。ご領主の戻りが遅れたのもその対策のためで、今夜の宴でも、後で残った領主で話し合うことになっていたんです。奥方様のドレスの件も仕立屋への布地の供給が滞ったのは野盗の跋扈《ばっこ》の他にこの盗人がいるからだと思います」

男爵はそんな中、代替えの品を急いで用意する必要があり、今まで取引したことのない流しの交易商人からこの品を購入したそうだ。

「初めて見る男で、今どこで商いをしているのかもわかりません」

と、困り切った顔をしている。自身の名で贈り物として持ち込んだ以上、男爵があの罠を仕組んだとは考えにくい。真っ先に疑われるし、本人もあの場にいた。命を落とす危険もあった。現に髪が少し焦げている。

改めて皆で卓の上に置かれた問題のタペストリーを見る。

「これは我が国の預言の乙女《おとめ》の図案だな」

ヴァネッサの攻撃で真っ二つに引き裂かれているが、絵柄は焦げもせず見て取れる。

シルヴェスス王国建国の英雄、聖王シュタールに仕え、勝利に導いたという乙女の姿が新緑の布に織り出されている。預言の乙女はのちに王の妻となり、この地を治める王の両輪となった。その故事に倣《なら》い、王国の栄えと夫婦の融和を願って結婚祝いによく贈られる柄だ。

『中心の、乙女が抱く預言書部分に魔力が込められ、四方にある縁飾りに偽装して施された図柄が、魔導で言う封印となり、魔力を抑えていたようですね』

『なるほどな。で、ここの線の一部が蜜蝋《みつろう》で描かれていたため人の熱気で溶けたのか。開封に魔力を使ったわけでもないから、光球が放たれるまで我も気づけなかったのだな』

広間は広いとはいえ、招待客の数は百をくだらない。それぞれが夫人や付き添いを同伴していたし、給仕して回る城の者たちや楽団もいた。それだけの人間がひとところにいれば蒸す。そのうえ壁といい、天井といい、眩《まばゆ》いばかりに蝋燭《ろうそく》が灯《とも》されていたのだ。季節は春でも広間の中は夏の陽気と化す。肝心のタペストリーも贈り物がよく見えるようにと近くに燭台が置かれていた。その熱で溶けたらしい。

(やっぱり変。そんな事象任せの仕掛けなんて魔導師は使わないわ)

根本からして考え方が違う。呪の調和と美を求める求道者であり、妙なところにまで凝るのが魔導師という存在だ。こんな熱による蜜蝋の溶解などという自明の理の現象を魔力解放の鍵《かぎ》にするわけがない。そんなことをすれば魔導師仲間から失笑を買う。

「私が知らないからではなく、これをつくったのはこの国の魔導師ではないと思います」

まだ推測でしかないので微妙な関係にある〈北の民〉の名称は避け、説明する。

「……そう言われるとこの模様、素人目《しろうと》ですが似たものを見たことがありませんか?」

ダヴィドが言った。眉をひそめ、懸命に記憶をたどっている。

「ほら、あれです、ご領主様、母君が常にお持ちだった」

「ああ、確かに。母が持っていた聖典の飾り文字に似ているな」

アルベルトの母はルーア教の聖地である〈聖域〉の出だ。急ぎ夫が家令に宝物庫に収められた前伯爵夫人の遺品から聖典を持ってこさせる。並べると似ている。そっくりだ。

「これは悪しきものが近づかないようにするルーア教の護符だと母から聞いたことがある。司祭か聖騎士に見せれば詳しいことがわかるかもしれん」

聖域は大陸のはるか西方にある。馬でも二月《ふたつき》以上かかる距離だ。そこで尊ばれるルーア教は魔物や魔導師を異端とする。なのでヴァネッサは彼らの教義を学んだことがない。が、教義以外の知識の探求にも熱心な彼らは、大陸全土から未知の技術や叡智《えいち》を貪欲《どんよく》に集める。聖域に持ち帰った魔物の生態を調べ、彼ら独自の封印がほどこされたのであればヴァネッサが知らなくて当たり前だ。

純粋に魔導師としてこの紋様に興味がある。

「ご領主様の母君とともにこられた司祭様たちはまだこの地におられるのですよね。これを見せて話を聞くことはできませんか」

「それが……」

夫が口を濁す。城の家令が口を挟んだ。

「司祭様たちは魔女と同じ城には住めないと、連絡役の従者を残して修道院にこもってしまわれました。タチアナ様が戻られてからは是非にと願われて司祭様のお一人が日参されていますが、そのような要請には応じられないと思います」

それはつまりヴァネッサを嫌ってのことか。

真っ青になったヴァネッサにあわてたように夫が言う。

「君が来たから城を出たわけではない。彼らはもともと独自の理念で動く、この城には属さぬ者たちだ。母亡き後大半が聖域に戻ったし、残った者は偏屈ばかりで父も持て余していた」

そう言われても気にしないほうが無理だ。考えようによっては彼らが復権のため、ヴァネッサを排除しようとこのタペストリーを男爵に持ち込ませたとも邪推できる。城の内も外も敵だらけだ。ヴァネッサは落ち込んだ。

「ルーア教の神は唯一神ルーアだ。ルーアの神は人の前に姿を見せない。その声のみを使い鳥に託して人に届ける。実際に人に教えを説くのは司祭たちだ。よって魔物が聖堂を襲った場合、神に頼るのではなく、自分たちの手で追わなくてはならない。そういう理由から聖域では魔物を退ける護符や結界の技を編み出しているそうだ。ただ、彼らは魔物を異端と忌避している。魔物を屈服させ使役するならまだしも、魔物と契約し、その力を借りるとは思えんな」

母がルーア教徒で、自身も生まれてすぐ洗礼を受けたアルベルトが言う。実際、城に待機している聖騎士見習いのもとに人をやり、確認したが、

「明らかに我らルーア教徒に罪を着せる卑しい嫌がらせです。正直にこの紋様に見覚えがあると口にした我らの誠意を信じていただきたい」

と、憤った答えが返ってきた。

「まあ、彼らも聖職者とはいえ、人だ。政治も絡むことだし、必ずしも真実ばかりを言うとは限らない。それでもこんなあからさまな紋様を用いて益があるとは思えん。今回ばかりは彼らは関係ないとの言葉を信じてもいいだろう」

「上がやったことなら下っ端の彼がなにも知らないというのもありますしね」

ルーア教徒の大部分は信仰篤《あつ》き善き徒だが、上の一部は勢力拡大に余念のない策謀家だそうだ。彼らと同じくルーア教徒としての洗礼を受けながら、魔女を妻に迎えた型破りなご領主様の言葉は達観に満ちている。

嫁いでから知ったが、辺境に生きる者は皆、生き残るために枠から外れた合理的な考え方をする。この地がもともと異なる習慣の民が往き来する交易の地ということもあるのだろう。柔軟な考え方をする癖がついている。そう思うと今回の騒ぎの元凶はその象徴に見えてくる。

西方の護符紋様を使い、異国の魔物の魔力を込めた、王国の歴史を描いたタペストリー。

これをつくったのは誰?

そして、今ここではいったいなにが起こっているのだろう——？

もう夜も遅いということで、会議は明日《あす》に持ち越すことになった。

タペストリーの持参者であるヴラド男爵にも城に泊まってもらう。ウシュガルルとウームーは事態がここまで進んではドラコルル家に黙っているのは得策ではないと主張して、ヴァネッサの制止も断固拒否して転移して行った。結局、実家に死に戻りのことがばれてしまう。父母から心配する手紙が山ほど届きそうだ。

ぞろぞろと人が出ていくが、ヴァネッサはその場にとどまった。考えないといけないことが多すぎて、寝ようという気になれない。わかっている。怖いのだ。

(今まではある意味、死に戻りしたことが私の強みだったけれど)

これから起こることがわかっている。だからその対策を立てればいい。そう考えていた。

だが今はすべての出来事が前の生より前倒しで起こっている。前の生では起こらなかったことまで起きる。もはやヴァネッサが経験してきたことは役に立たない。いや、知識があるからかえって前とは違うと混乱しているところさえある。

前の生では気づかなかった自分を取り巻く様々な思惑。

穏やかに見えていた川の底は実はどす黒く、激しい流れがあった。それが今表に噴き出ている気がする。先がまったく見通せない。不安がヴァネッサの心臓をつかむ。

「ヴァネッサ、どうした、夜道を森番小屋に戻るのが怖いのか?」

考えていると、突然夫の声がした。こちらをのぞき込んでいる。その顔の近さと、そこまで近づかれながら気配を一切感じなかったことにヴァネッサは驚いた。

「す、すみません、ぼうっとして。すぐ出ますから」

ヴァネッサが出ないと執事も火の始末や戸締まりができない。あわてて城を辞去する旨を告げると、「そのことだが」と夫が難しい顔をして腕を組んだ。

「こんなことが起こった以上、もう君を私の目の届かないところに置いてはおけない」

「え？」

「もともと私の監督不行き届きで君に不便を強いていたのだ。警護の問題もある。この際、城に居を戻したほうがよかろう。今夜からこちらで寝食をともにしてもらいたい」

さらっと言われた。当然のことのように。

ヴァネッサにはウシュガルルたちがついている。今は実家に戻っているがすぐ帰ってくるし、森の魔物たちだって見張りを務めてくれる。前の生も含めると一年と少しもの間、無事に暮らせていたのだ。森番小屋は安全だ。

(私にとって危ないのは人の多い城の中のほうよ。実際事件も起こったし)

そう思ったが、「崖崩れがあったのも城外だ」と言われると理詰めで来るご領主様には反論しきれない。

「で、でももう夜も遅いですし、今から引っ越すのは……」

必死で抵抗を試みると、夫も「もっともだ」と、うなずいてくれた。だが。

「本格的な引っ越し作業は明日行うとして、今夜はもう遅い。こちらに泊まってくれ」

お泊まりは決定なのか。顔が盛大に引きつったが、夫は引く気はないらしい。かえって心配そうにこちらを見る。

「顔が強張っているな。警護の兵はいるがあの使い魔二体がいないのが不安か。森番小屋にいた魔物たちを傍におけば気も紛れるか？　おい、兵を出せ。さっき城から帰っていった魔物たちを森から集めてこい」

「はっ、ご領主様」

「ま、待ってくださいっ」

こんな夜中に兵を出して罪もない魔物たちを捕獲しないでほしい。怖がらせてしまう。

「だ、大丈夫です。ウシュガルルたちはすぐ帰ってきますし、森の魔物たちは明日になれば自分でつれてきます。それにこの館《やかた》の中にも友だちはいますから」

固まっている場合ではなかった。ヴァネッサは急いでネズミ魔物たちを壁の穴から呼び寄せる。そのヴァネッサの態度を、〈お泊まりのことは承知しました〉と受け取ったのか、満足そうな顔をした夫が腕を差し出した。ネズミたちを抱く妻を自ら寝室にエスコートする。

さいわい、彼とは寝室が別だ。領主一家が使う南翼ではなく、東翼の客間が用意された。夫婦共用の寝室につながる領主夫人の部屋はタチアナが使っているからだ。

留守がちで城にいるときも騎士館で夜を明かすことが多かったらしき彼はタチアナが領主夫人の部屋を使っていることを知らなかったようだ。眉をひそめたが夜に騒ぎ立ててもタチアナを苦しめると思ったのかなにも言わなかった。

ほっとした。平民出の魔女が深夜にタチアナ様を追い出したとまた責められては心がもたない。夫とタチアナの件は誤解とわかったが、城にはまだタチアナと彼が結ばれることを望むタチアナ派ともいうべき派閥がある。夫を信じると決意はしたが、タチアナと争ってまで城内覇権を争う気力はまだない。精神を削られてしまう。

そうこうするうちに、客間に到着する。

扉の前でさようならかと思ったが、アルベルトは妻を放置していたことを改めて知った自責の念からか、寝室への連行だけでなく、丁寧に寝台の上掛けをめくっての安全確認まで自らおこなった。ご領主様に侍女がするような真似までさせてしまった。緊張する。

「では、ゆっくり休んでくれ」

就寝の挨拶《あいさつ》をした夫が去ると気疲れでくたくただ。寝台まで行く気力もなく床に座り込む。

困った。城に戻ればこれが毎日続くのだろうか。小屋の片づけが終わらない、今日《きょう》は日が悪いと言い訳をしていればそのうち引っ越しもあきらめてくれるだろうか。

(……だって気まずすぎるでしょう。ご領主様はロゴス夫人に注意したと言ったけど、お二人が城内にいることに変わりはないもの)

それどころかロゴス夫人のことだ。領主に注意されたことでさらなる怒りをヴァネッサに募らせているだろう。これで明日の朝、タチアナ同席での朝食に招かれでもしたらどうしよう。

ヴァネッサは明日はなにがなんでも夜明け前に起きて森番小屋に戻ることを決意した。

だがヴァネッサは知らない。この引っ越し要請が序章にすぎないことを。

真面目《まじめ》な男ほど一度目標を定めれば脇目もふらずに猛進する暴走男になるということを、男という生物に不慣れなヴァネッサは知らなかったのだ。知っていれば「魔物たちは明日になれば自分でつれてきます」などと引っ越しに異はないような言葉を口にし、相手に言質を与えるうかつな真似はしなかっただろう。

ここからアルベルトの猛攻が始まったのだ。

2

夜明けの光が、窓にかけられた緞帳《どんちょう》の隙間《すきま》から差し込んでくる。

爽《さわ》やかな朝だ。重い織りの緞帳を開けながら、ヴァネッサは寝不足で痛む頭を押さえた。

（う……、一睡もできなかった）

室内を顧みる。重厚かつ、豪奢《ごうしゃ》な内装が広がっていた。精緻《せいち》な彫刻を施された調度の数々に、分厚いタペストリーが幾枚もかけられた壁。視察に来た王族を泊めることもある貴賓室だそうだ。寝台だけで昨日《きのう》まで暮らしていた森番小屋くらいの広さがありそうだ。

おかげで落ち着かず、昨夜は長椅子《ながいす》で寝た。それでもうまく眠れず頭が痛い。

「……こんな部屋に泊められるとわかっていたら、泊まらなかったのに」

嫁いだ当初はロゴス夫人が奥向きを仕切っていた。ヴァネッサは自室と定められた伯爵夫人の部屋と食堂を往復するだけの日々で、他の部屋を知らない。

どっしりした天蓋《てんがい》のついた寝台はヴァネッサの背と同じくらい高く大きい暖炉とあいまって冬は快適なのだろう。だが春から初夏にさしかかろうとする今はひたすら重苦しい。

これはヴァネッサの感性が、気候が温暖な南方の出の平民だからだろうか。

「やっぱり、森番小屋に戻ろう」

ウシュガルルとウームーはまだ実家から戻っていない。転移はしてもらえない。が、今の時間なら城の下働きは活動を開始している。裏門なら開いているはずだ。

マルス家の皆が起き出さないうちにとこっそり客間の扉を開けると、なぜか夫がいた。

「目が覚めたか。早いな」

へ？　と思わず間抜けな顔をしてしまう。

「まだ城で過ごすのは緊張していたようだからな。君にはネズミ魔物たちがついているから大丈夫かとも思ったが念のためだ。安心できるよう扉の前を固めていた」

それはつまりご領主自ら一昔前の従者のような不寝番を務めさせてしまったということか。

ひいいい、と思わず悲鳴を上げたくなった。

しかも彼がいる以上、森番小屋には戻れない。声も出せず口をパクパクさせていると「失礼する」と折り目正しく言って彼が中に入ってきた。ヴァネッサはあわてて顔を隠す。まさか夫がいるとは思わず帽子を未装着どころか水の用意もできず洗顔もまだだ。しわくちゃな夕べのドレスに、無防備な寝起き顔を晒《さら》してしまった。ひたすら恥ずかしい。しかも、

「城には泊まりの客人もいる。朝食の間へ行くのは気まずいだろうから持ってきた。君も私も昨夜は夕食を食べ損ねただろう？　以前、用意したのと同じく野菜と肉、穀類と素材のそろった夜食を作ろうとしたが、つかれた女性は甘味を好むと忠告された。ので、こちらにした」

籠《かご》を渡された。甘い香りが漂う。そっと中を見てみると卵とバターをたっぷり使った食べ応えのある焼き菓子、バーボフカが入っていた。

「このようなものをつくるのは初めてなので納得のいく出来になったのが夜も更けてからでな。そんな時刻に夫婦とはいえ女性を訪ねるわけにはいかない。おかげで冷めて硬くなったがこの時間ならば朝食の代用にもなる。合理的だと判断した。先ずはこれを食べてくれ」

まさかこの前の朝食に続いてこれも領主自ら焼いたのか。

（……味の感想を聞かれたらどうしよう。前に渡された朝食は私、食べていないのだけど）

前の朝食は、夫から籠ごと渡された直後に崖崩れ救出のため森番小屋を飛び出して、戻るとウシュガルルたちが暇だったからと完食していた。

さいわい夫は以前の朝食の感想は聞かなかった。てきぱきと続きの間にある卓に皿とフォークを並べ、もう一つ持参していた籠からミルクの入った壺《つぼ》を出す。ヴァネッサを座らせ、丁寧

にナプキンまでかけてくれる様は手際がよすぎて口を挟めない。

「今日は力仕事になる。腹が減っては力が出ないぞ」

しかも一緒に食べる気なのか彼はそのまま部屋に居座った。毒見だ、と、一口、口に入れてから、彼が胸の隠しから図面を取り出す。見ると森番小屋とこの部屋の家具の配置図だ。この部屋はともかく、いつ森番小屋をのぞいた。怖い。

「食べながらでいいから聞いてくれ。先ほど、君がまだ寝ているようだったので先に小屋に向かい、ざっと中の物量を確認した。荷詰めの木箱の用意もしたが引っ越しの手順はすでに決めてあるか？　これから森番小屋に向かうとしてなにから運び出す？　指示してくれ」

やる気満々で指示を求められた。一緒に作業もする気らしい。

（……そもそも引っ越しって、私、承知したつもりはないのだけど）

はっきり断れず言葉を濁したのが仇《あだ》になった。これでは延期してうやむやにできない。

「昨日の今日だからな。引っ越しの道中なにかあってはまずい。護衛もかねて私もともに作業する。ばらばらに動くより二人で梱包もおこなうほうが時間の短縮になると思う」

「あ、あの、ご領主様はお仕事があるのでは。お手を煩わせるのは……」

「今日の午前は空けておいた。だが手早くすませてもらえるとありがたい」

そこからは速かった。あっけにとられた無言を肯定ととられたのか、

「では私が木箱を小屋まで運ぶ。私的な品は君が箱に入れてくれ。決して中は覗かないから安

心してくれていい。書籍以外の魔導の品は小屋に残すのがいいと思う。薬の調合には火を使うだろう？　この部屋に設備は整っていない。専用の竈《かまど》を増設するまでは護衛をつけてあちらで研究を続けてくれ。今日のところは身の回りの品を運ぶことを優先する。それでいいな？」

と、決められてしまった。止める暇もない。あれよあれよという間にご領主様自ら妻を連れて森番小屋に向かい、梱包《こんぽう》作業をおこなう。そのころには〈増援〉も到着し、ご領主様の指示で城の使用人たちが荷物を城まで運ぶ。もともとヴァネッサが自分で運べる分だけ持ち込んだ小屋だ。魔導研究は小屋で続けるとなると運ぶ品は少ない。あっという間に引っ越しは完了だ。

忙しい彼は、

「後は侍女と荷ほどきをしてくれ。私は執務に戻る。なにかあれば訪ねてきてくれ」

と、言って去っていった。あいかわらず嵐《あらし》のような人だ。忙《せわ》しない。

今まで会話の仕方も忘れそうになるぼっち暮らしだったのが一足飛びに城での生活の始まりだ。壁際には侍女たちが片づけの指示待ちで並んでいるし、心の整理をする暇もない。

ヴァネッサが遠い目になっているときだった。

「奥方様、改めてご挨拶いたします。本日より奥方様付侍女頭を兼任させていただくことになりました、家政婦のエリカと申します。どうかよろしく御願いいたします」

壁際に控えていた侍女の一人が丁寧に腰を折って挨拶してきた。続けて彼女は、「昨夜はありがとうございました。城の者を代表して感謝をさせてくださいませ」と頭を下げた。

「奥方様がいらっしゃらなければ、私は今ごろ墓の下でした。ありがとうございます」

覚えていないが彼女は昨夜、あの場にいたらしい。

ヴァネッサは複雑だ。結果的に城の皆を守ったとはいえ、ヴァネッサの知識不足であの夕べストリーを持ち込ませてしまった部分もあるのだ。

どう応えていいかわからず固まっていると、彼女はてきぱきと他の侍女を指示して運び込まれた荷を開け始めた。

(どうしよう、無言で立ってるだけっていうのも感じが悪いわよね)

彼女たちは仕事で荷ほどきを手伝っているのだから、貴族の常識としては気にしないほうがいいのだろうか。女主人としてどうふるまうのが正解かわからない。

(「ありがとう」と言って手伝う？　それとも「これはあそこへ」と指示するだけ？)

頑張ろうという気持ちはあるが、そもそも前の生ではヴァネッサに侍女などつかなかった。さんざんロゴス夫人に駄目出しをされた記憶も体を動けなくする。この人たちもタチアナ派で、裏があるのではとビクビク体が勝手に警戒してしまうのだ。

(……な、なにをしてるのよ、私！)

吹っ切ったのではなかったの？

ヴァネッサは唇を噛《か》むと顔を上げた。必死に渇ききった喉を動かす。

「あ、ありがとう、こちらは私がはこぶふ、わ」

掠《かす》れた声しか出なかったうえ、舌を噛《か》んだ。しかも手を煩わせては悪いから自分のことは自分でするわと言いたかったのに、ほっといて、私の荷物にさわらないで、といった権高な言い方になった。あわてて失敗隠しに手近の箱を持ち上げる。重かった。ご領主が思いきり重い本ばかり詰めていたらしい。寝不足と緊張もあり、足がもつれて箱を持ったまま倒れてしまう。蓋《ふた》が外れて、中の本が散乱した。

(あああああ、よけいに仕事を増やしてしまった)

女主人の威厳も、できる魔導師の風格もない。わたわたして取り繕おうとするが、無理だ。床に膝をついたまま固まってしまう。エリカと目が合った。

すると、彼女が思わずというように噴き出した。ヴァネッサの頬《ほお》にかあぁと朱が昇る。

「想像していたよりお可愛《かわい》らしい方で安心いたしました。兄に聞いた通りです」

「お、お兄様?」

「はい。奥方様は私ども兄妹《きょうだい》の命の恩人です。昨夜の件だけではありません。先日は兄も助けていただきました」

にっこり笑って言われた。話してみると、彼女はなんとダヴィドの妹だった。

「あ、重い物は私どもが持ちますので。奥方様はどうかそこで箱の中身の仕分けと、置く場所の指示をお願いいたします」

ダヴィドと同じく話しやすい雰囲気をもつ彼女が、ゆるやかな口調でヴァネッサに女主人としての立ち居振る舞いを教えてくれる。ヴァネッサをくつろがせるためか箱を開ける手伝いも頼まれたので一緒に作業しつつ聞いてみると彼女はもともと城では女中頭の次席を務める女性で、夫がロゴス夫人の後継をまかせた人だった。

「では、あなたが新しく城の家政婦になる人……？」

「はい。せいいっぱい補佐させていただきますので、奥方様にはどうか安心して女主人としての務めを果たしてくださいますよう」

それから彼女は、ロゴス夫人の犯したことについて「見て見ぬふりをした私どもにも非がります。どうかお許しくださいませ」と深々と頭を下げた。

「私どもを一切近づけず、奥方様を孤立させたのはロゴス夫人ですが、そのふる舞いをご領主様に報告することもせず、奥方様の教育に集中するため他は近づいてはならないというロゴス夫人の言い分を鵜呑《うの》みにしたのは私どもの罪です。許されることではありません」

エリカが顔を歪《ゆが》める。

「それどころかロゴス夫人が性悪の魔女と言い立てるのを信じてしまって。でもこうしているとやはり奥方様は私が最初に拝見したときに感じたとおりの優しい方です。今も私どもに気をつかって体を強張らせておられる。先ほど箱を落とされたのも緊張されたからでしょう？」

その声と仕草から彼女の優しさが伝わって、ヴァネッサは結婚当初のことを思い出した。

皆に自分のことを信じてほしくて、言葉はへただから行動で示そうとした。懸命にあがいて、それでも受け入れてもらえなくて。あのときの悲しさを思い出した。

ダヴィドの妹ということは、彼女もマルス一族だ。エリカが新しい家政婦になるならロゴス夫人も無下にはできない。代替わりもうまくいくだろう。

(ご領主様だけでなく、城の人たちのことも。もう一度、期待してもいいのかもしれない)

そう思ったときだった。エリカが言った。

「タチアナ様とのことも。奥方様が意地悪など嘘《うそ》です。真実、妬《ねた》んでおられるなら一人、森番小屋にこもったり、ご自身が嫁がれる際に持参されたドレスを渡したりなさらないはずです。兄に言われて調べて初めて知りました。あれはすべてロゴス夫人の企《たくら》みだったのでしょう？大事なご実家からのドレスを守り切れなくて申し訳ありません」

これからは私が奥方様をお守りしますので、と彼女が床に散らばった本を手に取った。前に汚らしい塵《ごみ》だとロゴス夫人に捨てられかけた本だ。なのにエリカは丁寧に埃《ほこり》を払ってくれる。

「あ……」

うかつにも、彼女の手つきの優しさに涙がぽろりとこぼれた。

「お、奥方様、大丈夫ですか」

エリカがあわてて手巾を差し出してくれる。前にロゴス夫人に渡された手巾には劣化した香水が仕込まれて肌が腫れて大変な目に遭った。貴族の香水は下民にはあいませんかと言われた。

だが今、エリカが差し出した手巾からは温かなお日様とポプリの香りがした。

肩を抱いて慰めてくれる彼女に、実家の母や従姉妹《いとこ》たちを思い出した。

城のすべてはロゴス夫人の配下で、ヴァネッサの悪評を信じている。敵ばかり、そう思っていた。だが疑問を持ってくれていた者もいたのだ。

まだ味方とはいえないかもしれない。ヴァネッサ自身、彼女をそこまで知らない。それでも敵ではない。それだけで嬉《うれ》しい。

前の生でヴァネッサが城に守護陣を張ったのは魔導師としての矜持《きょうじ》からだった。死に戻ってからは実家の皆を守るためが主な動機だった。

だが今は。

この城の人たちを助けたいと思えた。優しい彼女を、自分が守るべき家族の一人だと思うことができた。

そこへまた扉を叩く音がして、新たな城の者たちが現れる。

「失礼します、奥方様、引っ越しのお手伝いに参りました。力仕事ならまかせてください」

「って、うおっ、なんだ、荷運びはもう終わってるじゃないか。後はこれを整理するだけか？」

「ちっ、出遅れたか。おい、挽回だ、残った木箱はすべて俺《おれ》たちで動かすぞ、気合いを入れてかかれ」

崖崩れのときに助けた騎士たちだ。アルベルトに言われて手伝いに来てくれたのか。

彼がわざわざヴァネッサと面識のある彼らをよこしたのは、人見知りをするヴァネッサを気づかってのことだろう。今度こそ心の底から夫の采配を信じた。

そうして。広すぎ、重苦しく感じた城の客間はいつの間にか人でいっぱいになっていた。

ヴァネッサはようやく、やり直したいという夫の本気を知ったのだ。城の皆の善意も。

ゆっくりと。

ヴァネッサの周りには、彼女を理解し支えようとする人々が集まってきていた。

◇◆◇　◇◆◇　◇◆◇

アルベルトはその日、顔には出さないがご機嫌だった。

紆余《うよ》曲折はあったが、妻が城での同居を承知し、朝食までともに摂ってくれたからだ。

(とうとうドラコルル家のご両親と約束した、夫の義務の一端を果たしたぞ)

大前進だ。事態は緊迫しているが満足感がある。とくに先ほどの朝食の時間を思い返すと顔がにやける。実に有意義だった。今まで栄養補給とダヴィドに今日の予定を確認するだけに費やしていた朝の時間だが、彼女が同席したことで夫婦の時間が充実した。……彼女が緊張してか一口も食べてくれなかったのには弱ったが。

(……後で甘味以外の若い娘が好みそうな食べ物があるかダヴィドに聞こう)

もしかしたら甘い朝食は好きではなかったのかもしれない。

彼女の両親からは彼女の食の好みは「とくに苦手とするものはない」としか聞いていない。先方も気を遣い、好物があっても黙っていただけかもしれないから、今後は自分で探るべきだ。

面倒だがどこか新鮮な作業でもあり、心が沸き立つ。いつかは彼女と笑い合いながら食事をしてみたい。そんな気恥ずかしい希望すら生まれた。

アルベルトは愛に満ちた夫婦というものをしらない。

だが彼女といるとそれを教えてもらえるような気がするのだ。

(なにかあれば部屋を訪ねるようにも言った。これで夫婦としての報告連絡相談も完璧《かんぺき》だ)

それがなくとも同じ屋根の下という環境は新鮮だ。

彼女は妻の務めとして城の防備を固めるため城内を往き来する。その途中にふと相談事があって夫の執務室に顔を出すのは予測可能範囲だ。卓にはダヴィドの意見を入れて菓子も用意した。いつでも対応できる。気合いを入れて扉を見る。が、開く気配はない。

(……同じ城内でも、騎士が行き交う執務室を訪ねろというのは難題すぎたか)

腕を組み、首を傾げる。彼女は貴族の男が苦手だ。それに小柄な者が多い南方の出でもある。

城内にいる騎士の出身地は様々だ。中には南方出の小柄な者もいる。が、皆、騎士である以上、鍛えている。筋肉の盛り上がり方は半端なく、軟弱なそこらの男の追随を許さない。彼女はそれら筋肉に圧倒されて部屋を訪ねることができずにいるのかもしれない。

だから彼女はあの扉を開けて訪ねて来てはくれないのか。

(それとも夫婦の距離が裏目に出たと反省してこちらから動いたのが強引すぎたのか)

引っ越し作業から戻って一刻、ひたすらそわそわと扉を意識し、何度も「今、誰か廊下を通らなかったか」と聞いていると、ダヴィドにため息をつかれた。

「……奥方様はあなたが運んだ木箱の整理で手いっぱいです。今朝《けさ》の今で来れるわけないでしょう」

そういえばそうだった。では昼食を差し入れにこちらから出向くべきか。

「それに奥方様には魔導師としての務めもあります。責任感の強い方ですし、昨夜の件の見通しが立つまでは夫をかまう余裕もないでしょう。だからあなたも仕事に集中してください。早めのお昼ご飯をもって突撃なんてもってのほかですからね。わかってますよね」

「……」

しかたがない。仕事をしよう。さすがに夜の正餐《せいさん》時には会えるだろう。

アルベルトはダヴィドの報告を聞くことにした。

「ヴラド男爵が最初に購入した品が〈聖堂荒し〉に壊されたのは事実のようです」

ようやく仕事をする気になったご領主に、ダヴィドが告げる。夫婦の私事を仕事場にまでも
ち込んだことを反省したアルベルトも顔を引き締め、意見を言う。

「〈聖堂荒し〉が男爵の品を狙ったのは故意か偶然かわからんが。もう少し調べてみるべきか」

「前から懸念だった盗賊問題です。優先順位を上げる意味はありますね。くだんの盗人は動きが速く、目撃した者はあれは魔物ではないかと言っているそうですよ」

「魔物であれば鍵だけ壊して忍び込まないだろう。そもそもルーア教の聖堂には結界がある」

人であれば自由に入れるが、魔物では無理だ。弾かれる。

どういう原理でそうなっているのかは門外漢のアルベルトにはさっぱりだが、結界に弾かれることなく聖堂に入れるということは、盗人の正体は人なのだろう。

「男爵が次に購入した例のタペストリーですが。こちらも忍び込ませた密偵に連絡を取り、急ぎ裏を取りました。くだんの商人らしき男が男爵邸に入るのを見た者が何人もいます」

聖王シュタール亡き今、辺境領主の連携はあってなきがごとしだ。アルベルトは主な領主たちのもとに息のかかった者を忍ばせているし、先方もそうだろう。お互い様だ。

「男爵に騒ぎを起こす利点はありませんし、昨夜の話し合いにもあったように、男爵は利用されただけかと考えられます」

「あの夜、あの場にはアレクサンデル殿下もおられたが、あれはお忍びだ。来られることは俺も知らなかった。殿下もお抱え魔導師を使って移動していたようだし、事前に予定を知り、罠を張れるだけの情報網を持つ者がいるとは思えない」

「では政治面を横に置くなら、宴を壊したがっていた筆頭はロゴス夫人ですが、いくら夫人でもご領主が巻き込まれるとわかってあんなことはしないでしょう」

言ってから、ダヴィドが付け加える。

「それと。奥方様のドレスの件ですが。ご領主のおっしゃるとおり仕立屋に吐かせました。黒幕はロゴス夫人でした。布地が入荷していないと口裏を合わせるよう強要したようです」

アルベルトはため息をついた。まだ他領にいる時にダヴィドから文をもらい、折り返し調査を命じた。前にタチアナの仮縫いに立ち会った時に布地がふんだんにあるのを見たからだ。辺境ではそうそうドレスの発注はない。あれだけあった布地がいきなり消えるわけがない。

「できれば処分はしたくなかったが……」

ロゴス夫人は自分にとって家族だ。が、こうなってはしかたがない。筋を通さねば示しがつかない。

「夫人には城から退いてもらう。自邸に蟄居《ちっきょ》を命じる」

父が郊外に館を一軒下賜していたはずだ。付随の土地もあるので暮らしには困らない。

「これからの家政はエリカを補佐にヴァネッサ自らがおこなう。彼女はこちらが乞うてきてもらった妻だ。軽んじることは許さない、そう城の者たちに宣言しよう」

以後、ヴァネッサには護衛と侍女もつける。今までつけていなかったほうがおかしいのだ。

(自分がいかに城のことを顧みていなかったかがわかるな)

ロゴス夫人にすべてまかせていた。家令や執事といった男たちに指示は与えても、城の女たちになにかを命じたことはない。報告も受けていなかったように思う。改めなくてはならない。

が、慎重にだ。いきなり女主人役をこなせと言われた彼女が気を病んでは大変だ。

ヴァネッサは少し自分に似ている。無理なことを無理と言わない。言われたからには成し遂げようとする。そして他人を頼らない。すべて一人で抱え込むところがある。

（そのぶん、これからは俺が気を配らないとな）

アルベルトにはロゴス夫人やダヴィドのように仕事を投げる相手がいた。が、彼女はここではまだ一人だ。そんな彼女だからあえて伯爵夫人としての仕事をさせなかったが、それが裏目に出た。彼女への軽視を招いてしまった。今度こそ失敗してはならないと思う。

（エリカであればダヴィドの妹だ。彼女の補佐を務めてくれる。とはいえ、慣れるまでは俺もきちんと城の様子を見なくては）

彼女には魔物たちがいる。が、城の采配といった人の領域には活用できないだろう。

城内の流れを変えなくては。ヴァネッサを受け入れる方向に。

ロゴス夫人がつくったヴァネッサ対タチアナの構図は根強い。今回、決めたロゴス夫人の処分はタチアナ派ともいうべき者たちにとって、庇護者《ひごしゃ》を失うことになるタチアナにさらなる同情を集める結果になる。ヴァネッサに敵意を抱く者も出るだろう。それを避けるためにも。

「そろそろ、考えるべきだな」

タチアナの身の振り方だ。

彼女がいればヴァネッサも遠慮する。城の皆も気をつかう。タチアナ自身もいづらいだろう。

さいわいと言うべきか昨夜の宴で、タチアナに求婚したいとミロシュから打診を受けたとヴァネッサから聞いた。ミロシュはもともとタチアナの許嫁《いいなずけ》だ。タチアナが北へ嫁ぐことがなければ結婚していただろう。身分もブラスク辺境伯と申し分なく、条件面では完璧だ。

そのうえタチアナとミロシュは幼いころに親交があった。そのころの想いがあるからミロシュは独身を通している。誠実さは保証できる。幼いころのタチアナもミロシュに嫁ぐ日を愉《たの》しみにしていたように思う。ふだんは己の利ばかりを考える近隣領主たちもあの二人はお似合いだと目を細めていた。復縁を考えるのはいい手だろう。

もちろんタチアナの意志が最優先だが、ミロシュが一年先の未来で言ったと聞く言葉どおり、幸せな再婚がタチアナにとって一番の気がする。それに、そうなれば自動的に城内のタチアナ派もザカールもタチアナについていくから、すべての問題が片づく。

そこでふと、なぜザカールのことまで考えたのかと首をひねった。彼は別にヴァネッサへのいじめに加担しているわけではない。してはいないが、むかつく相手だ。今は姿を消しているがその前には森番小屋のヴァネッサのもとで茶会をおこなっていたとダヴィドから報告を受けている。夫の自分がまだ一度も実現できていない茶会をだ。

思い出すとまたむかついてきた。が、とりあえず仕事だ。ロゴス夫人の処分を手配し、〈聖堂荒し〉についての情報を集めることにする。

そうして、また数日がたったときだった。

あいかわらず訪ねてきてくれない妻を待ちつつアルベルトが執務をとっていると、失礼します、と、城内の連絡役をしている小姓がやってきた。顔色が悪い。

「どうした」

「それが……」

歯切れ悪く言う。問いただしたアルベルトも顔をしかめる。嬉しい知らせではなかった。

父の時代に停戦条約を結んだ北の民の氏族の一つ、エゴール氏族の老族長イーゴリの息子、新しく氏族長となったジェロームが城を来訪したのだ。

新族長、ジェロームは男盛りの三十歳。猛々《たけだけ》しい灰色の髪にハシバミ色の目をした、一癖も二癖もある野心家だ。前族長の末子で上に五人の兄がいたが今生き残っているイーゴリの息子は彼だけ。その件だけでもこの男がやり手だとわかる。

「久しぶりだな、伯爵。先の宴のことは聞いたぞ。大変だったな」

急ぎ玄関ホールに向かうと、旅装のまま、数人の戦士を従えたジェロームがいた。

あいかわらず派手好みの男だ。どこが旅装だと言いたくなる豪奢な刺繍《ししゅう》を施した長裾のチュニックに、夏に近い季節だというのに裏地に白貂《しろてん》の毛皮を使った外套《がいとう》を着ている。黄金の指輪や首飾りを幾重にもつけ、額には王と見まがう大粒の宝石をつけた円環をかぶっていた。

数ある北の民の氏族の中でもエゴール氏族は最大の勢力を誇る。抱える戦士の数も多く、その富は計り知れない。ジェロームは質実剛健な戦士だった父とは違い、それらの富を思う存分使う。戦士より商人、氏族の長というより政治家か策謀家といったほうが近い性格をしている。

そんな彼が宴でのことを嗅《か》ぎつけ、やってきた。北とは距離があるというのにだ。

(やはり近くに密偵を置いているな)

堅苦しい顔を崩さず挨拶を返すアルベルトに、ジェロームがわざとらしい笑顔を向ける。

「あいかわらずおもしろみのない男だな。が、その分信頼できる。そんな伯爵が命を狙われたと聞いたのでな。急ぎ来たのだ。我らの友好は盤石だと他に示すためにもな。なにしろ我らは姻戚《いんせき》だ。属する国は違えどそこらの領主どもとは絆《きずな》の強さが違うからな」

こちらの手を握り、声を上げて笑うジェロームに、よく言うと思う。確かにこの男の父、前氏族長イーゴリは王国に友好的だった。タチアナを娶《めと》った件も、最初は自分が若かったせいもあり憤りを感じたが、冷静になった今では停戦に反対する他氏族を抑えるにはやむを得ない選択だったとわかる。現に北でのタチアナの扱いは丁重だった。イーゴリの言葉は信頼に値した。

だがこの男は。豪放磊落《らいらく》に見えて油断がならない策士だ。

イーゴリもそれを懸念してタチアナをこちらに帰したのだ。ザカールをつけてその身を守らせ、死の床にアルベルトを呼び寄せた。帰国の際にはタチアナを伴って欲しいと直接、遺言するためだ。息子よりも赤の他人のアルベルトを信頼していた節さえあった。

未亡人となったタチアナの立場は複雑だ。北へ嫁ぐ際には改宗こそしなかったが後難を考え、父がマルス家の相続権を放棄させた。が、夫と死別し、城に戻ったことで彼女には数少ないマルス家の直系として再びこの地の相続権が戻っている。

それだけではない。家系と長の権威を重んじる北の民の間では、今でもタチアナは〈エゴール氏族の前氏族長イーゴリの妻〉なのだ。亡きイーゴリに代わり氏族会議で発言する権利がある。タチアナが政治を嫌う性格でもその立場は変わらない。

だからアルベルトも従者としてザカールを連れ戻ることを許した。いつ敵に変わるかわからないザカールを城に入れるのは危険だが、北の民の戦闘力を過小評価してはいない。彼らの戦い方を熟知するザカールをタチアナの傍に置くのは有効と判断したからだ。

前族長イーゴリの死からまだ二月。エゴール氏族の中では未《いま》だジェロームが跡を継ぐことをよしとしない者がいるという。そんな難しい時期にこの男はなぜここに来たのか。

アルベルトは警戒しつつ、彼を客間がある棟へと案内する。イーゴリの死で先が見えなくなったとはいえ、彼は数少ない北の民の同盟者だ。無下に扱うわけにはいかない。

そのときだ。驚いたような小さな声がした。

「あ」

見ると外から続く回廊に、侍女を従えたタチアナがいた。どうやら庭園の散策から戻ったところらしい。ジェロームを見てみるみる顔から血の気が引いていく。思わず舌打ちがもれた。

ロゴス夫人を追放したのが悔やまれる。夫人ならこんな失態は犯さない。タチアナを別の通路から無事、ジェロームの目に晒さないよう部屋に連れ戻っていただろう。

「おお、これは義母上ではないか」

距離があるのに、めざとく、ジェロームがタチアナを見つける。

この男が、異国から迎えた父の若妻に横恋慕していたのは有名だ。そのことはタチアナも気づいていたのだろう。もとより自分の欲を隠すような男ではない。タチアナが顔を引きつらせて体の向きを変えた。駆け去っていく。ふん、とジェロームが鼻を鳴らした。

「体調を崩したと聞いたが、駆けることができるくらいには元気のようだな。安心した」

嫌みったらしく言う。

「北の地でもそうだったぞ。病弱だからとふだんは親父の館から一歩も出ないくせに、外で見つけたときの逃げ足だけは速かった。この俺でも捕まえられなかったからな」

気疲れから体調を崩したタチアナを詐病扱いされたことに腹が立つが「外で見つけたときの逃げ足だけは速かった」との言葉に思わずジェロームの胸ぐらをつかみたくなった。北の地でタチアナが全力で逃げなくてはならないようなことを、この男はしたのか。

「ところで、義母上に縁談が持ち上がっていると聞いたが、ほんとうか？」

ジェロームがしれっと尋ねてくる。

「親父の死の悲しみから立ち直ったのならそれでいい。俺も立候補させてもらおう」

「なに？」

「驚くことはないだろう。俺は独身だ。親父の死後、今まで通り友好を結ぶには、新たな縁が必要だ。ところが伯爵にはまだ娘はいない。なら俺が娶れるのはタチアナ嬢しかないだろう」

なにを言い出すのだと思った。タチアナには犠牲を強いた。二度と政略に使うつもりはない。

今の彼女は生まれ育った城に戻り、ひっそりと心の傷を癒《い》やすことだけを願っている。そんなささやかな願いを叶《かな》えることが今の自分の責務だ。

それを物の受け渡しのように言われて、アルベルトはつい眉根《まゆね》を寄せた。

「おいおい、伯爵。そう熱くなるな。まさかお前もあの女に惚《ほ》れているのか？」

初めて感情をあらわにしたアルベルトに、ジェロームがからかうように言う。

「やめておけ。伯爵のような公明正大な男にあの女は合わん。あれは死を招く女だぞ」

それは父親が病死したことを言っているのか。イーゴリは老いていた。もとは頑健だったと聞くが野心家の息子とはもめていたというし、氏族をまとめる心労もあっただろう。病を得ても不思議はない。だがジェロームは死んだのは父ではない。別の男だと言う。しかも複数だと。

「あの女が嫁いで二年、我が氏族内で何人死んだと思う？　それを引き取ってやろうというのだ。感謝されてもいいと思うが。ただし今度はこの地の相続権もつけてもらう。俺は親父のようなお人好《ひとよ》しではない。初婚ではなく、出戻りの娘をもらうのだ。前より持参金を多くせねば初婚の新郎としては割に合わない。そうだろう？」

そう言うジェロームからは野心が透けて見えた。アルベルトはなんの根拠もないが、この男が〈契約主〉かもしれないと思った。

前に自分はヴァネッサに、ミロシュが契約主のわけがないと話したことがある。彼ならタチアナと結婚したうえで城主夫妻を亡き者にするからと。それはこの男にも言えるのだ。

「で、ですがタチアナ嬢はあなたの父君の妻であった人です。一族の方が承知しないでしょう」

見かねたのかダヴィドが口を出す。それをとがめず笑ってみせると、ジェロームが言った。

「親父の妻など形だけだ。なにしろ親父は歳《とし》だ。男としてとっくに役に立たなかったからな。なにより伯爵なら知っているだろう。我が父が前伯爵にタチアナとの婚姻を承知させるため結んだ婚姻条件のことを。〈白い結婚〉だ。まだ若い彼女を気づかい、自分の死後に再婚するならなんの縛りもなく嫁げるように結んだ、甘い契約だ。親父は律儀にあれを守っていてな」

タチアナを「出戻り」とけなしたばかりの口で、ジェロームが言い放つ。

「あれはまだ生娘だ。俺が保証する」

……あけすけに城の皆の前で出された言葉に、アルベルトは本気でこの男を殺してやりたくなった。

3

ヴァネッサに伯爵夫人の間へ居を移すよう夫から要請がきたのは、その日の内だった。

「君にも知らせがいったと思うが、今はエゴール氏族の長、ジェロームが滞在中だ。女主人が客間にいては小狡《こずる》い奴《やつ》につけ込む隙を与えるかもしれない。ジェロームは護衛の他に従者と称して何人か人を連れてきている。中にあのタペストリーに使われていた西方の護符を使いこなす術者がいてはまずい。君に牽制してもらう必要がある」

それと、と、硬い顔のアルベルトから告げられたのは、タチアナの転居だった。

「タチアナを守る必要がある」

彼はジェロームがタチアナを妻にと狙っていることを話してくれた。

「万一がないよう母が建立したルーア教の修道院にタチアナを託すことにした」

高い塀で囲まれた修道院の入り口は一つだけ。修道会に属する聖騎士が守りについている。

「ジェロームが客人として居座っているこの城より安全だ」

彼は珍しく不快感もあらわに吐き捨てるように言った。いったいジェロームという人は彼になにをしたのだろう。

ちなみにジェロームの来訪を知ったミロシュからも急ぎ使者が来て、タチアナを彼の居城に招待すると言ってきた。が、「信用ならない」と、夫が却下した。ジェロームの来訪はよほど彼を怒らせたらしい。夫はハリネズミのように警戒心いっぱいになっていた。

ロゴス夫人が城から出されたことで引っ越しの采配ができる者がいなくなっている。ヴァネッサはエリカとともにタチアナの荷造りを手伝いにいくことになった。

ヴァネッサの体感では一年ぶりの伯爵夫人の間だ。

騒ぐ胸を落ち着け長い廊下をいくと、ルーア教の聖騎士たちと司祭がいた。

この地に戻って以来、タチアナは司祭を傍におき、改めて教えを乞うているそうだ。城の騎士の他に聖騎士がわざわざ出向いてきているのは、城内にジェロームがいるからというのもあるが、従者兼護衛のザカールと連絡がつかないからだという。城に居を移したヴァネッサは知らなかったが、ザカールは最近、森に入り浸りで城に帰っていないのだとか。

「では一足先に修道院でお待ちしています。道中は聖騎士に警護させますのでご安心を」

まだ若い司祭はヴァネッサを憎々しげに見た。タチアナに一礼して去っていく。

久しぶりに向けられた悪意に心臓がぎゅっとなる。手足が冷えて過去を思い出してしまう。

(ロゴス夫人との確執が始まったのは、この部屋からだった)

この部屋の模様替えを巡って、ヴァネッサが傷心のタチアナを顧みなかったと人前で非難されたのが始まりだ。北から戻ったタチアナに城にいた当時の暮らしをさせようにも、主寝室を含む領主夫妻の間はヴァネッサが改装を加えていた。そのことを責められたのだ。

(でも私だってわざとしたんじゃない……!)

貴族の習慣にうといヴァネッサは最初、内装をいじる気などなかった。が、城の模様替えは領主夫人の仕事だとロゴス夫人に言われた。だから夫が帰るまでに改装を終えなくてはと「まあ、品のない」と嫌みを言われつつも壁のタペストリーや寝台の緞帳を替えた。

なのにタチアナが戻ったとたん「内装を替えるなんて心のない仕打ちを」と責められ、元に戻せと言われて。弁明すればよけいに立場が悪くなり、孤立した。

改めて入った伯爵夫人の間は、ヴァネッサが改装したままになっていた。重苦しい宗教色の強かった前伯爵夫人の好みより、ヴァネッサが手を入れた明るい色合いのほうがタチアナの好みに合っていたようだ。そのままにされている。

（……別に私の好みが下品だったわけじゃないじゃない）

これは城を追われたロゴス夫人への〈ぎゃふん〉になるのだろうか。だがヴァネッサの気は晴れない。それは室内に立ちこめた空気のせいだろう。身を守るためとはいえ、腹心だったロゴス夫人に続いてタチアナまでもが城を追われることになったのだ。そして新たにこの部屋に入るのは今まで平民出の魔女と蔑《さげす》まれていたヴァネッサだ。立場が逆転している。

ひっそりと寝台に座ったタチアナは可憐《かれん》な容姿はそのままに、陰りを帯びていた。

ヴァネッサが声をかけるのをためらうと、有能なエリカが動き出した。「失礼いたします」と一礼して、てきぱきと荷造りを始める。対してヴァネッサは動けない。へたにタチアナの私物にふれて「魔女が妬んで壊した」と言われたらと思うと手伝うこともできない。

顔を強張らせて立つヴァネッサは復讐《ふくしゅう》をやり遂げ満足している冷酷な魔女に見えるのか。タチアナがぽつりと言った。

「黒が、似合うのね」

「え?」

「その服。前の正餐の時もそうだった。うらやましい」

王都では何着か明るい色の普段着も仕立てた。が、今まで黒で通していたのに急に明るい色のドレスを着るのもロゴス夫人に喧嘩《けんか》を売るようで気まずく、夫も何も言わないのでふだん使いには、今までと同じ黒一色の魔女服を着ている。

黒は重い色だ。タチアナのような淡い美しい色が似合うほうがいいと思う。だからこれは嫌みだろうか。反応に困っていると、またタチアナが言った。

「黒は素敵。アル兄様の髪と同じ。この国では珍しい、聖域から来られた母君の髪色よ」

そこでやっとヴァネッサも気づいた。貴族の間では意中の相手に自分の色を贈る習慣があった。相愛の人の髪や瞳《ひとみ》の色を服に取り入れるのだ。

(だから王都でも店主さんと殿下があんなことを言っていたの。嘘、私、無意識だったけど、ご領主様の色ばかり着て見せつけていたってこと?)

どうしよう。あわてて、気にせずタチアナ様も黒をつけられたら、と言いかけてはっとした。

(彼女は喪中だ)

二月半前に夫を亡くしたばかり。人質同然の政略結婚の相手でも、今、タチアナが黒を身に

つければアルベルトを想う色ではなく、夫を偲ぶ色になる。

彼女は黒を身にまとうわけにはいかなくなったのだ。前夫を亡くしたときから。

では目の色を、と言いかけて、それも無理だ。タチアナとアルベルトの瞳は同じ色。緑だ。タチアナが緑の服をまとっても自分の瞳に合わせた色になる。好意を示せない。

「どうして？　どうしてあなたみたいな卑しい魔女ばかりがすべてを手に入れるの？」

いきなり、タチアナが叫んだ。

「私だって貴族の義務は理解してる。だからミロシュの手を取ることも納得した。でも彼はあのとき私を助けてくれなかった。私が連れていかれるのを黙って見てた。私を取り戻そうとしてくれたのは兄様だけだった。イーゴリは丁重に扱ったなんて言う人もいるけど、あの老人は北の民よ。私の父母を殺したかもしれない男。心なんか許せるわけないじゃない。傍に来られたら吐き気がしたわ。死んでからもザカールを見張りにおいて気味の悪い。私はもう結婚なんてまっぴら。物みたいにあちらからこちらへ男たちの手に預けられるのは嫌なのよ」

突然の激高に、部屋にいた皆がふり返る。だがタチアナはやめない。続けて叫ぶ。

「皆、あなたのせい。あなたがいなかったら、あなたが兄様の妻になっていなかったら、ジェロームから守るために彼は私を妻にした。私が城主夫人になれた。もう政略の駒《こま》にされることもない、この城から出ていかずにすんだ。皆、あなたが悪いのよっ」

ヴァネッサを見る彼女の目には明らかな憎悪があった。それを見て思った。なぜ気づかなかったのだろう。あの魔物が『この地の魔導結界の要たる魔女、そなたの存在が我が契約主にとって邪魔らしい』と言ったから、〈契約主〉の目当てはこの城だと思い込んでいた。だから敵は北の民かと考えた。だがそれ以外にもヴァネッサを〈邪魔〉と思う人はいるのだ。

――ヴァネッサがいる限り、妻の座を得られない者とか。

アルベルトはタチアナと同じくルーア教徒だ。教義により死別以外の離縁は認められない。たとえそれが政略結婚の、愛のない相手でも。

(結婚式のときもそうだったじゃない！)

値踏みをするような、あらを探すような目で見られた。年配の貴族だけでなく、娘たちも、その母親たちまでもがヴァネッサをにらんでいた。鈍いヴァネッサでも気づいた。

タチアナのことがなくともマルス家は名門だ。妻の座を欲しがる者は多い。アルベルトが子をなさないまま死ねば跡継ぎになれると狙う親族だっているはずだ。

それに彼の亡き母が婚姻時に連れてきた聖職者も布教のためにこの地に残っている。領主を教化するためにも魔導師のヴァネッサを煙たがっている。

結局、敵が多すぎてわからないというより敵ばかりで味方なんかいない。

(女主人といっても、私は一年後には死ぬ身なのに)

未来を変える希望をもったが、それでもどうころぶかわからない。今のところヴァネッサの運命は五分五分だ。だから思い詰めないでとタチアナに言いたいが、このことは城の防衛上の機密に関わる。夫にも秘密だ。タチアナには伝えられない。

ヴァネッサが呆然《ぼうぜん》と立ち尽くす間にも、タチアナは迎えに来た修道女や聖騎士たちに連れられ、城を去っていった。

代わって伯爵夫人の部屋にはヴァネッサが入る。ようやく戻れたはずの部屋はどこかタチアナの香りがして、居心地が悪かった。

寝台に座り、ぼんやりと自分が張り替えた壁紙を見る。明るい、南方の実家を思わす新緑の色。彼とタチアナの目の色だ。ずっと彼らに見つめられている気がする。

ぶるっと身をふるわせ、動かした足になにか硬いものがあたった。見ると寝台の下に掌《てのひら》に収まるほどのなにかが転がっている。

タチアナの忘れ物なら大変だ。床に腹ばいになってとり出してみる。それは石を彫った像だった。見慣れない彫り方で、鳥が象《かたど》られている。

(これは……)

もしかして北の民がつくった像だろうか。彼らは自然に生きる万物を精霊と呼び、敬う。だがここは北の地ではない。タチアナも北の民を恨んでいた。神像など持ち帰らないだろう。

そのときヴァネッサの手の中で像がパキンと二つに割れた。

「え……?」

一瞬、自分が壊したのかと焦った。が、素手で石を割る力はヴァネッサにない。よく見ると像には鑿《のみ》で割ったような綺麗な断面がついている。もとから壊されていたのだ。

そして。中の空洞から魔の残り香が、あのウリディンムの香りがした。

脳裏に今までのことが浮かぶ。ドラコルル家の祖と〈契約〉を交わしたウシュガルルたち、従者なのにタチアナの傍にいないザカール、ウリディンムが好む憎悪、妬み、そして……。

「もしかして」

ヴァネッサはつぶやいた。〈契約主〉に、つながったかもしれない――。

◇◆◇　◇◆◇　◇◆◇

アルベルトがヴァネッサから相談を受けたのは、その日の午後のことだった。

「お邪魔でしたか？　少しお話ししたいことがあるのですが」

初めて自ら執務室を訪ねてきてくれた妻にアルベルトは感動した。

これでまた一つ夫婦間の壁を乗り越えることができた。次はやはり旦那《だんな》様呼びを要請すべきか。いや、まだ償いは終わっていない。エリカからもタチアナを追いやった形になったことで優しい彼女が心を痛めていると報告を受けている。今度こそ自分の目でも確かめた。城主夫人として正当な居室と待遇だが、もう少し彼女が心を落ち着けてからのほうがいい。もどかしいが、焦るわけにはいかない。そう慎重に考えつつ、問いかける。

「どうした」

「その、ご領主様は北の民についてどの程度ご存じですか」

タチアナが嫁いでからのことを知りたいのだという。

新たに侍女頭にしたエリカから、ヴァネッサがタチアナに罵《ののし》られたことは聞いている。

「タチアナが口にしたことを気にしているのか」

「……それもあるのですけど。私は彼らの誰かが契約主ではないかと疑いながら、北の地についてなにも知らないことに気がついたのです。ザカールさんはエゴール氏族ではなく、他氏族の〈狂戦士〉だったそうですが、狂戦士とはどういうものですか」

「こちらでいうとルーア教の聖騎士が近いな。神に仕える戦士で、腕が立つのはもちろんだが、一般兵より格が上の祭祀《さいし》的な意味合いがある。血縁も重要で、確か彼の正式な呼び名はヴォルト氏族のザハーリの子、ザカールと言ったか」

北の民の話題なら他にもあるだろう。なのになぜザカールを気にするのか。少しもやもやしたが、妻からの初めての相談だ。できうる限り丁寧に説明する。

ザカールはタチアナが修道院へ入った今も城には戻らずどこにいるかわからない。北の民の出であることもあり探させているが、人の立ち入りを拒む沈黙の森に入り浸っているらしく未だ捕まらない。すると彼女が言った。

「あの、北から来られたジェローム殿とお話しすることは可能でしょうか」

ザカールの次はジェロームか。あんな男に会わせては彼女が汚れるだけと思うが。ジェロームはまだ客人を泊める城の東館に滞在している。タチアナが城を出ても、こちらがいい返事をするまではのらりくらりと理由をつけて居座ることにしたらしい。

失望しつつも妻の頼みだ。自分が同席するという条件でアルベルトは許可することにした。

「――北にいたころのタチアナの話を聞きたいのか？　奥方。それは殊勝なことだな」

ヴァネッサを妻だと紹介すると、タチアナとは嫁小姑《こじゅうと》の気まずい関係になるとわかったからだろう。ジェロームが嗜虐《しぎゃく》の笑みを浮かべて嬉々《きき》として話し出した。

「あれは魔性の女だ。虫も殺さぬ顔で男を狂わせる。五人死んだ。あれが北の地に来てたった二年の間にな。親父《おやじ》が自分の館の奥深くに隠していながらだ」

もともと美しい容姿を持つタチアナだ。しかも北の民からすれば希少な、南の豊かな国で貴族令嬢として育った娘だ。馬も怖がる楚々《そそ》とした風情が庇護欲をそそるのか、氏族長の妻という立場にありながら、彼女を巡る男たちの流血沙汰《ざた》を誘発することが多々あったようだ。死人が五人はジェロームが盛っているにしても、怪我人が出るのは日常茶飯事だったらしい。

「俺の親父がザカールを従者にしたのはこれ以上、死人が増えないようにだ。ザカールであればあの女に惑わされることはない。あれは戦《いくさ》で囚《とら》われ、殺されるところを親父の一声で助けられた男だからな。だからあいつは〈魂の主《ドゥシア》〉を崇める〈魂を捧げた償いの従者《イーバスヴィ》〉になっている。戦士の名誉にかけて、命がけで責務を果たす。腕は保証付きで、あいつがいるかぎりタチアナに手を出す男はいない」

そこで、くくっ、とジェロームが笑う。

「親父は捕虜とはいえザカールのことを信頼し、好意を持っていた。馬鹿《ばか》息子の俺などよりよほど我が子のように愛していたらしい。ついでに言うと、タチアナに自分の妻の面影を重ねていたようだぞ。なんとも甘いことではないか」

前氏族長イーゴリにはジェロームの母となった女性の他に、若くして亡くした前妻がいたそうだ。タチアナと同じ銀の髪に緑の瞳を持つ乙女だったらしい。

「シルヴェス王国の娘だった。だから親父はこの国に好意的なのだ。愛する妻の故郷だからな。前マルス伯と停戦のため会談したとき、偶然、タチアナを見て驚いたそうだ。亡き妻とうり二つだとな。で、同盟の人質に求めた。老齢で、妻に迎えても手は出せなかったのにな。よほど前妻が気に入っていたのだろう。タチアナのことも大切に扱っていた」

それはタチアナが亡き妻だけでなく、幼くして亡くした娘の面影もあったからだそうだ。

「しかもだ。笑えることに親父はザカールとタチアナに若い頃の自分たち夫婦を重ねた。もう帰るべき場所のないザカールがタチアナと恋仲になってどこぞで暮らしてくれればと甘い考えを持っていた。ザカールは女に興味のない男だったが親父には恩があったからな。頼まれれば断れない。のこのこ親父の遺言に従って女の後を追ってここまで来たわけだ。戦士のくせにな」

恩？　それでタチアナに仕えた？　異境の地でタチアナになにがあったのか。誇り高いと聞く北の狂戦士であるザカールが異国出の一女性の従者になることを受け入れるほどの恩とはなにか。アルベルトは今さらながらに彼らのことをなにも知らないことに気がついた。

ヴァネッサが尋ねる。

「では、ザカールさんのほんとうの主《あるじ》はイーゴリ殿、ということですか」

「ああ、そうだ。あいつは親父に「タチアナを守れ」と命じられたからな。あいつの氏族は今はもうない。エゴールが呑《の》み込んだ。それでもあいつが生きているのは北の民は自ら命を絶つことを許されていないのと、氏族の生き残った女子どもを助けるためにイーゴリと誓いを交わしたからだ」

それが「魂の主《ドゥシア》の、償いの従者《イーバスヴィ》になっている」ということか。この国で言う魔導師と魔物の使い魔契約に似ているそうだ。精霊の力を借りて、不履行の起こらないよう誓約を交わす。反した者は精霊に魂を取られる。

〈惨《むご》いな〉

アルベルトは思った。己の氏族を殺され、敵に魂を縛られて生きている。それは〈生きている〉と言えるのだろうか。生ける屍《しかばね》、抜け殻ではないか。そう思った。

今まで虫がすかないと思っていた相手だ。が、嫌うことができなくなっている。だが同情はしない。そんな感情を向けられるのは、誇り高い彼が好まないだろうことは異国人であるアルベルトにもわかった。

ヴァネッサは魔導師として似て非なる崇拝対象をもつ彼らの言葉が気になるのだろう。丁寧に一つ一つジェロームが話す北の言葉をこの国の言葉に当てはめてもらっている。

ザカールと違い氏族の長として近隣国の貴族や商人と交渉することの多いジェロームは南方の言語を話すのが得意だ。王国のものだけでなく西方諸国の言葉まで流暢《りゅうちょう》に操る。

それから質問をいくつか挟んで。満足したのだろう、ヴァネッサが暇を乞うた。

「そうだ、奥方」

部屋を出ようとしたところで呼び止められた。

「昨日から城のほうが騒がしかったが。〈引っ越し〉は終わったのだろう？　元義母上の荷物はすべて〈隠れ家〉へ運んだか？」

「……いえ」

ヴァネッサが小さく答える。清貧をもってなる修道院に奢侈《しゃし》にすぎる私物は持ち込めず、大部分は木箱に詰め、保管のために本人の希望でロゴス夫人のもとへ送ったと聞いている。

ロゴス夫人の件は城内の不和を示す。だからヴァネッサもそれ以上は答えない。そもそもなにを考えてジェロームはこんなことを聞いたのか。

「中に一つ、神像があっただろう」

答えないヴァネッサにしびれを切らしたのか、ジェロームが言った。

「あれは北の民のものだ。返してもらおう」

ヴァネッサが肯定とも否定ともとれる曖昧《あいまい》な態度でうなずいて、部屋を出る。アルベルトも続いた。声がジェロームに聞こえないだけの距離を取ってから、つい、悪態が漏れた。

「馬鹿な。結局、話したのはタチアナの悪評ばかりか。おとなしく聞いていればずうずうしい。すべて周囲が勝手にしたことではないか。タチアナは被害者だ」

「そうですね。ただ、私、あの魔物の契約主が誰かわかった気がします」

「……まさかタチアナを疑っているのか？」

「いいえ。タチアナ様は契約主ではありません」

ですが、と彼女が続ける。

「すべての中心におられるのはあの方だと思います。先ほどの話を聞いて確信しました。私が立てた推測が正しかったことを」

そして彼女は一つ提案した。最近、領内に出没する聖堂荒しを捕まえてくれないか、と。

「聖堂荒しは、たぶんザカールさんです」

第四章　地に根を張るということ

1

『俺《おれ》と契約しないか』その人外のモノは言った。誰《だれ》も住む者のない、大気に漂う精気さえ薄い北の氷雪地帯。老氏族長が息子との諍《いさか》いにつかれ、心を休めるために赴いた臨時の宿泊地でのことだった。ウリディンムと名乗った精霊は人の負の感情を糧とした。憎悪、妬《ねた》み、自己憐憫《れんびん》。それらを得るために小賢しく人にささやきかけ、自分を祀《まつ》るようそそのかした。

とはいえ相手は弱っていた。誰がうち捨てていったのか宿った小さな石像から抜け出すこともできず、ただ、弱々しい〈声〉だけを発していた。

心を強く持てば寄せ付けることなどなかったはずだ。そのまま放置しておけば害はなかった。

だがあのときは一団の中に、長が娶《めと》った南方出の貴族の娘がいた。

厳しい自然、男たちの剥《む》き出しの欲望、それに伴う女たちの嫉妬《しっと》。南の地で大切に育てられた彼女にとってこの地のすべてが過酷だったのだろう。毎日泣き暮らし、喉《のど》を通らないと長が取り寄せる南の食物だけをわずかばかり口にした。

そんな暮らしで健やかな心身を保てるわけがない。案の定、病んだ。そして――。

――森から出ると、巨大なイノシシの精霊に跨《また》がった、暁色《あかつきいろ》の髪の巫女《みこ》がいた。

美しくも逞《たくま》しい神のごとき力ある精霊王を両隣に従え、周囲にはウサギやリス、ハリネズミといった森の小精霊をひきつれている。よけいな装飾の一切ない漆黒の衣が、彼女の神秘性と高潔さを際立たせていた。

「……なるほど。捕まったか」

ザカールはつぶやいた。森中の魔物を統《す》べる巫女が相手だ。今まで自分の動向を気づかれなかったほうが奇跡だ。

ゆっくりと、イノシシの歩を進めつつ巫女が話しかけてきた。

「思い出したんです。あなたは毎日のように森に出入りしていました。戻らない日も多かった。森に慣れた北の民であるあなたなら、森の獣も怖くない。ここを通路にいろいろなところへ行ける。人が立ち入らない以上、この森ほど安全な隠れ家はありませんから」

それから、彼女は割れた神像を取り出した。……すべての元凶となったものだ。〈空《から》〉であることを承知しつつも、二度とあの精霊が宿ることのないよう、この手で壊した。

「そうか、まだあの女は持っていたのか、それを」

再び出した言葉には我ながらほっとしたような響きがあった。異境の地で一人、動き続けることにつかれていたのだろう。

ザカールは抵抗することなく自ら腰の剣を外すと、近づいてくるヴァネッサに敵意がないことを示したのだった――。

◇◆◇　◇◆◇　◇◆◇

――エゴール氏族の新氏族長、ジェロームに話を聞いた三日後のことだった。

ヴァネッサは城の背後に広がる〈沈黙の森〉にいた。ただし、森番小屋のある城側ではない。ぐるりと森を回り込み、ルーア教の聖堂が近い、西の端にいたのだ。

ここから馬を駆れば半日とかからないところに、ルーア教の聖堂がある。そこにタチアナが寄進した神像があると、タチアナが入ったカルデア修道院の聖騎士にうわさを立ててもらった。

神像を壊すため現れるだろうザカールを捕まえるために。森の魔物に見張ってもらって。

そして、今、捕まえた。

ザカールが腰の剣を外したことで脅威はないと判断したのだろう。護衛にと付いてきたアルベルトも構えた剣を下げる。そんな彼に、ヴァネッサは手にしていたものを渡した。

「先日、ジェローム殿が返せとおっしゃった神像です。よければジェローム殿との交渉にお使いください。……今はもう空ですが」

「空？」

アルベルトが怪訝《けげん》な顔をする。当然だ。彼にはまだ話していない。ロゴス夫人が追放となった今、彼に残された最後の家族、妹同然のタチアナが関わることだ。事実を知る第三者《ザカール》もいない場で推測にすぎない考えを話して、芽生えかけている彼との信頼関係を損ねたくない。

怖かった。また自分の期待だけが先走っていたらと手をのべてくる夫に素直になれない。

「タチアナ様が使われていた寝台の下から見つけた、北の民の祭具です」

見つけた場所を告げると、彼は神像を眺め、と言った。

「これなら北で見たことがある。悪しき精霊を居住区に入れないための像だろう？　イーゴリ殿の館《やかた》にもあった。我が国でも守り石という似た風習がある。だがなぜこれが城内のタチアナのもとに？」

「タチアナ様が北の地より持参されたようです」

「タチアナが？」

アルベルトが眉《まゆ》をひそめる。

「北の民の神像など、彼女なら見るのも嫌かと思ったが。土産《みやげ》にでも持ち帰ったのか？」

「タチアナ様は信心深い方です。珍しく思われても異教徒の像など持ち帰られないでしょう。なのにこれを城内に入れられたのは理由があったからです」

そこでヴァネッサは、無言のまま立つザカールを見た。

「ウシュガルルとウームーにも見てもらいました。これにはあの魔物、ウリディンムの残滓《ざんし》が濃くついていています。おそらく一時期〈器〉にしていた。そうですね、ザカールさん」

アルベルトが「なに?!」と、驚いた顔をする。

が、ザカールはこの質問を予測していたのだろう。平静だ。

器、とは彼ら高位魔物が魂核を癒《い》やすために宿る依代《よりしろ》だ。遠い過去に異国で神と崇《あが》められた彼らはその存在を保つため、定期的に宿り休むための像と、供物を必要とする。

ヴァネッサはアルベルトにウシュガルルら高位魔物がドラコルル家に依ることになった経緯を話した。祖なる乙女《おとめ》との交流と、彼ら神と崇められたモノが必要とする供物の話を。魔物と人の交流には、誓詞を交わす使い魔契約の他《ほか》にも信愛にもとづく関係があるのだと。

「……ここからは私の推測ですが、よろしいですか？」

ザカールに訂正があるなら言ってくれと目顔で知らせてアルベルトに語る。前の彼なら信じてもらえなかっただろう。だからヴァネッサも話そうとはしなかったはずだ。

だが今の彼なら聞いてくれる。そう信じられるようになっている。後はザカールという証人にこれは事実と保証してもらうだけだ。……夫に、心の底から信じて欲しいから。

「ドラコルル家に身を落ち着けたウシュガルルたちと同じく、ウリディンムも傷つき、この地に流れてきたのではないでしょうか。ただしウシュガルルたちがたどり着いた南の地ではなく、人の少ない北の荒野に。しかもすぐにドラコルル家の乙女と出会い、その身を癒やすことのできたウシュガルルたちとは違い、崇めてくれる民もいず、かろうじて身を宿す器を見つけ、かの地で眠っていたのでは。そこにあなた方が訪れた」

「ああ、そうだ。当時、この国との停戦を受け入れたことで、氏族内でも意見が割れていた。人質であるタチアナ嬢の命を狙《ねら》う者もいた。イーゴリ殿は若妻の身を守るためにも、他に住む者のない北限の地で一夏を過ごすことを決めたのだ」

　ザカールが答えた。先《ま》ず、イーゴリと息子ジェロームの間に不和があったのだと。

「息子は南の貴族と組み、北の氏族すべてを支配下に置こうとしていた。好戦的な息子の代になればめちゃくちゃになる。イーゴリ殿は息子を排し、自身が後継と望む男に氏族長位を譲りたかったのだ。が、その男、わけあって不在でな。男がいつ戻ってもいいように、それまでにジェロームを後継者の座から降ろすに足る、皆が納得できる理由を探していた」

　それを聞いてアルベルトがたじろぐ。

「もしやその男というのは」

「ああ、イグナツィ殿だ」

イグナツィとはエゴール氏族の戦士を率いる人望篤《あつ》い男だそうだ。以前の王国との戦いで配下を無事、撤退させるため殿《しんがり》を務め、王国の捕虜となった。

「今は王都に幽閉されている。私も騎士団時代に警護にあたり、言葉を交わしたことがある。なかなかの人物だった。我が父、前マルス伯爵が北と停戦条約を結ぶ時タチアナを差し出す代わりに彼を帰してはという声もあったが、王が許さなかったと聞く。優れた戦士を北に戻せば取り返しがつかないと」

「その判断はこちら側からすれば正しい。彼は優れた指導者でもある。あのとき返していれば傷を負ったマルス前伯爵では攻勢を防げなかった。この地は北に呑《の》み込まれていたな」

どこか他人ごとのようにザカールが言う。それを指摘すると「他人ごとだ」と返ってきた。

「俺の氏族はもうない。エゴールに呑み込まれたからな」

そういえばジェロームから聞いた。魂の主《ドウシア》の、償いの従者《イーバスヴィ》になっているとか。

「だがあの老人には時間が足りなかった。〈心労〉から病の床についたからな」

その言い方が妙に皮肉げで、ヴァネッサは思わず尋ねていた。

「……もしやイーゴリ殿の病は」

「ああ、そうだ。巫女殿の推察通り。あの悪霊の呪《のろ》いだ」

ウリディンムだ。

「最初は偶然だった。たまたま一人になりたいと外に出た娘がうち捨てられた像を見つけた。

異境の地に一人でいる自分を重ねて手に取った。ただそれだけだったのだろう」

だが、その像には恐ろしい魔物が宿っていた。

ウリディンムはタチアナの孤独につけ込んでささやいたのだ。自分と契約しないかと。憂いを払ってやろうと。だがタチアナはルーア教徒だ。そんな恐ろしいことはできないと拒絶した。それでウリディンムはやり方を変えたのだ。恐ろしいなら契約はしなくていい。ただ像を傍《そば》においてくれとタチアナの迷いと優しさにつけ込んだ。

タチアナも異郷に一人置かれた心細い身だ。同情を誘うのは容易だったろう。

「タチアナ嬢は南の娘だ。北の風習にはうとい。悪しき精霊でも〈招く者〉があれば結界内に入れることを知らなかった。この国でも似た風習があるそうだが、彼女はルーア教徒とやらだ。この国の慣習は迷信と司祭に教えられているそうだな。それに俺たち北の民のことも嫌っていた。どこかおかしいと思うところはあっても反発心から像を持ち込んだのだろう」

そうして北の民が張った結界内に入り込んだウリディンムは、タチアナの傍に現れる様々な人間にささやいたのだ。彼らがもつ負の感情を煽《あお》り立て、障害となる者への害意をもたせた。そして言ったのだろう。『代償を捧げるなら、排除してやるぞ』と。

「初めは奴《やつ》も力が回復していなかったのだろうな。ささいな〈願い〉から始まった。ちょっとした競争に勝つために相手を怪我《けが》させるといったな。奴曰《いわ》く、願いが小さければ使う魔力も少なくてすむ。代償も些少《さしょう》でよいそうだ。狩の獲物を捧げる程度でな。そして奴は徐々に契約に対する人の心の障害を除いていった。安易に願いを口にするよう誘導したのだ。奴が最も欲していた南出の娘と契約するために。氏族の男たちを操った」

ヴァネッサは息をのんだ。つまりウリディンムはタチアナを追い詰めるために北の民をそそのかしたのか。契約による利害をちらつかせて。

「奴はあの不毛の地を出て精気あふれるこの地に来たかった。それを可能にする彼女の郷愁の念をかきたてた。老齢の夫さえ死ねば帰郷は叶《かな》う。直接殺すのが怖いなら病にするのはどうだ、それならお前のしわざと疑われずにすむ。代償もお前自身でなくていいとそそのかした」

「代償……？」

「人の命を奪うには人の魂が必要だ。つまり、俺だ」

ザカールがあっさり言って、ヴァネッサは言葉に詰まった。

「すでにそのころ氏族全体に不和が生じていた。あの悪霊を追い払おうにも最初の依代から他に移り、どこにいるかわからなくなっていた。長はあの娘を疑ったが、今さら彼女が悪しきモノを持ち込んだと公にはできない。すれば彼女が皆に殺される。長はそれで俺を従者にした。被害を抑えるためにな。が、それがかえってあの娘を追い詰めた。老夫が見張りをつけたと憤ったのだ。そしてつけ込まれた。夫を殺せと。俺の髪か魂のこもった品を媒介にすれば贄《にえ》にできるとささやかれた。……俺は従者として仕えた。その短刀をくれと言われれば断れない」

「だが、君はまだ生きている」

タチアナのしたことを信じたくないのか、アルベルトが言った。

「代償として贄にされれば命はない、私はそう聞いているが」

「通常はな。だが北の民の習慣にうといタチアナ嬢は知らなかったようだが、俺の命はすでに誓約で氏族長イーゴリに捧げられていた。俺の生ある限りイーゴリ殿の命が優先される。死後も有効だ。守れと言われたタチアナの寿命が尽きるまで、あの悪霊も俺の魂は取れん」

「では、神像を壊していたのは」

「俺が命じられたのはあの娘を守ることだけだ。それ以外では自由に動ける。幸か不幸か奴の贄である以上、俺は奴の気配には敏感だ。そして俺の気配は奴の色に染まって察知しにくい。できる範囲で始末をつけたかった。俺が森に入っていたのもそのためだ。この地に来てそうそうに奴は森に本体となる器をいくつか隠したらしい。漂う精気が濃いからだろう」

ただ、タチアナはじめ信者ともいうべき契約主たちには小さな依代、分体ともいうべき像を渡していて、いつでもそちらに転移できるようにしているそうだ。

「今のウリディンムには複数の契約主がいる、ということか……」

アルベルトがつぶやいて、ヴァネッサは「やはり」と思った。前の生と今ではかなり未来が違ってきている。いや、そもそも前と今を混濁してはならなかったのだ。ヴァネッサは一度、死に戻りをした分未来を経験している。それで惑わされた。

一年先に起こる〈一つ目の事件〉。それをいつの間にか〈過去のこと〉と分類していた。

違うのだ。崖崩《がけくず》れの件と、宴《うたげ》を襲われた件、それらは確かに今の時間軸で起こった事件だ。過去に分類していい。今のウリディンムの契約相手を特定する材料になる。だが〈一つ目の事件〉は交ぜてはいけなかった。なぜならまだ起こっていないことだから。

これからの未来でウリディンムは人を陥れ、力をつけていく。その過程で現れる人物が新たな契約主であって、今までの事件を起こした者と一年先の契約主が同一とは限らないのだ。

だからこそザカールは依代となる器を壊して回っている。

ウリディンムの宿れる先を減らし、彼の行動範囲を狭めるために。

崖を崩した契約主はロゴス夫人だったのだろう。あの崖は本来、先頭の一団が過ぎたところで崩れるはずだった。ヴァネッサが追い、呼び止めたから先頭集団にいたアルベルトも巻き込まれた。が、本来、殿を務めたダヴィドが巻き込まれ、死ぬはずだった。

そしてその直前、ロゴス夫人はアルベルトから叱責《しっせき》を受けている。ダヴィドがヴァネッサの冷遇を告げたからだ。だからロゴス夫人はダヴィドをタチアナのために消すことにした。城の外に出ることの多い彼なら〈事故〉にも遭いやすい。夫人が疑われることはない。

城の奥向きを預かるロゴス夫人なら贄となる供物を用意することもたやすい。ウシュガルルに確かめたところ、崖を崩すくらいなら家禽《かきん》の一羽も捧げれば可能とのことだ。

『我ら高位魔物は供物の大小でなく捧げた者の〈想《おも》い〉を重要視するからな。直接相手を殺すのではなく、崖を崩す行為のみなら対価は人の命でなくともよい。崖を崩した結果、傷つくであろう者への〈憎悪〉という奴好みの感情があれば、じゅうぶん対価になっただろう』

　実際、調べてみると、あの日、ロゴス夫人は正餐《せいさん》に出すためとして羊を一頭ほふっていた。解体した料理人によると羊は死んだ状態で届けられ、その心臓は料理に使えないほどの損傷を受けていたそうだ。

　二度目の宴での件は。こちらも推測に過ぎないが、タチアナに心酔していた司祭がやったのかもしれない。敬虔《けいけん》なルーア教徒であるタチアナが虐《しいた》げられたことで義憤にかられて。異端の魔物の力を使ってまで事件を起こすようそそのかしたのはウリディンムだろうが、わざわざ聖域の護符を罠《わな》に使ったのは人の中に疑惑の種をまくため、城に張られた守護陣の状態を知るためか。ウシュガルル曰く『あれはもとから人の心に巣くう想いを煽るのが得意だ。人の仕組みを聞き出し小賢しい策を人に与えるのもな』とのことだ。

　護符を使って宴に騒ぎを起こすくらいなら払う代償はわずかでいいと持ちかけたのだろう。

　そもそも修道院は自給自足できるだけの土地を持っている。当然、家畜もいるし、生贄《いけにえ》とする供物に不自由しない。布教のための独自の情報網を持つから、誰が聖域由来の祝いの品を購入したか、代替え品を欲しがっているかも知ることができただろう。

　そして、これから先に起こる一年先の未来。

　あのときはそもそもタチアナの部屋が城内にあった。ウリディンムはそこにあった像に宿っていたのだろう。今回のことでヴァネッサも初めて知ったが、依代たる像に宿った高位魔物の気配は使い魔契約をして主の影に入った魔物と同じで察知できないのだ。誰かが抱いて運べば守護陣内を自由に移動できる。あの夜もウリディンムは利害をちらつかせ、契約を結ばせた誰かに像を抱かせ、あの宝物庫前の広間まで行かせたのだろう。

（それはやはりブラスク辺境伯ミロシュ様？）

ミロシュの願いはタチアナを手に入れること。結婚に反対する者をすべて消すため、この城と領地を先に手に入れようとしたのかもしれない。だからあのときウリディンムは『この地の魔導結界の要たる魔女、そなたの存在が我が契約主にとって邪魔らしい』と言ったのだ。

そしてロゴス夫人が直接ヴァネッサを消そうとしなかったのは、ウシュガルルたちの加護を受けたヴァネッサに「病にする」といった呪《じゅ》が効かないのと、事故に見せかけて殺せば自身に疑いが向くからだろう。そもそも森番小屋にこもったヴァネッサ相手に事故は起こしにくい。

（城を追われたことがかえって私の身を守っていたなんて）

運命とは皮肉なものだ。ヴァネッサは思った。

「あの娘の周囲には様々な想いが渦巻いていた。よくも悪くも人の想いを引き寄せる性質なのだろう。たまにいる。そこにいるだけで和を乱してしまう、そんな〈魅力〉を持つ人間が」

ザカールが言う。

「それが平時でその者が力ないただ人ならいい。騒ぎは狭い範囲ですんだ。またはその者が魅力を力強くふるえる者であれば違った結果が出ただろう。人を導き大望をなせた。が、あれは自身で動くのではなく庇護《ひご》される立場に甘んじる娘だった。そしてマルス家の血を引き、氏族長の妻でもある力ある者だった。それがこの混乱の時代に様々な禍《わざわい》を招いたのだ」

ウリディンムがタチアナに出会ったのは偶然。だが最悪の出会い方をしてしまったのだ。

「あの娘が自身の願いで契約したのは一度だけだ。が、あの悪霊は娘の傍にいれば次々と贄となる人間が夜火に集まる蛾《が》のように引き寄せられることを知ってしまった」

だからタチアナの傍にいた。そしてそれがこの国に帰ってからも続いていたら。

タチアナが故意か無意識かはわからない。

だが彼女に惹《ひ》かれ、同情し、正義感に燃えた者が代償の内容も深く理解しないまま魔物にそそのかされ、ウリディンムの分身とでもいうべき依代となる器を受け取ったのなら。そしてウリディンムがその者たちの心を操り、〈契約〉を結ばせているなら。

「これでわかっただろう。俺をいかせてくれ」

ザカールが言った。

「俺はもう死んだ身だ。いつあれが宿る神像に遭い、死が訪れようともともとだ。生ある限り死人の遺言に縛られ、生きる屍としてこの身を晒《さら》し続ける。なら、好きに動かさせてくれ。巫女殿の利害とは一致しているはずだ」

彼は魂の契約を二重に負わされているのだ。ヴァネッサは持てる知識をすべて使い、契約の穴を探した。が、無理だ。彼はがんじがらめに死の鎖に縛られている。

「だから俺に遠慮するな。邪魔になれば殺せ。ためらうな。戦士の誇りから自ら命を断つことはできないが、ある意味、死は俺にとっての解放だ。救おうなどと考える必要はない」

戦え、と、彼は言う。

「巫女殿には俺とは違い、先がある。未来とは変えられるもの。また死ぬような真似《まね》はするな」

「え」

「狂戦士は氏族の祭祀も兼ねる。巫女と同じく精霊のまとう色が見えるからな。巫女殿は一度死んでいるだろう？　そう遠くない未来で」

はっとしたような顔を夫がする。時を戻ったとだけ説明していたが彼自身、ヴァネッサの態度から不審に思うところがあったのだろう。

だが彼は前のように「なぜ話さなかった」と、ヴァネッサをすぐに責めることはなかった。

ただ、去っていくザカールを見て言った。

「……彼には彼のすることがあるのだろう。邪魔はしないほうがいい」

それから、彼はヴァネッサのほうを返り見た。

「あいつは君の推測を否定しなかったな」

ヴァネッサはうなずく。

「それがほんとうなら。この国に戻ったタチアナの傍には忠義心に燃え、魔物と契約することも厭《いと》わぬ胆力と自己犠牲の心を持つ夫人がいた」

城から出され、タチアナから引き離されたとはいえ、タチアナが「保管して」と預けた私物も彼女の元にある。アルベルトが言った。

「すぐ、ロゴス夫人の動向を確かめる」

が、遅かった。ロゴス夫人は郊外にある自身の館で事切れていた。

アルベルトがつけた見張り二名と、近くの村に住んでいたという魔導師一人を生贄として。魔導師に教えられたらしき契約陣の中で、笑みを浮かべて冷たくなっていたのだ――。

ロゴス夫人が見張りに金を与えて魔導師を連れてこさせたことは兵の同僚たちに聞いてわかった。夫人は自身と見張り兵二名、それに魔導師の命と引き換えになにを願ったのだろう。

「……やはりタチアナの復権とヴァネッサの排除だろうな」

アルベルトが苦々しい顔で言った。ヴァネッサも同意する。彼女は羊などの獣ではなく人を、しかも四人も犠牲にした。それなりの呪を使ってくるはずだ。

急遽《きゅうきょ》、アルベルトの執務室で開いた会議には、アルベルトとヴァネッサ、ダヴィド、それにドラコルル家から戻ってきたウシュガルルとウームーの二柱の高位魔物がいた。

『兵と魔導師、それにあの女の心臓にも魔物の噛《か》み痕《あと》があった。贄となった証《あかし》だ』

『通常、魔物は契約を交わすとき契約主まで犠牲にしたりしません。そこまですると人が契約に尻込《しりご》みしますから。あの夫人は自ら望んで贄になったのでしょう』

ウシュガルルとウームーが現場を見ての判断を口にする。

契約不履行でも契約主が死ぬことはある。が、その場合、胸を〈契約の腕〉でえぐられる。ロゴス夫人の遺体には自分でかききっただろう喉の傷があるだけだった。床の契約陣も、発動に犠牲を必要とする呪がおこなわれたことを物語っている。呪いは解き放たれたのだ。

『ウリディンムが今までにおこなった契約とは違いこの国の契約陣を使用したのはあの夫人の意向だろうな。奴は恣意《しい》的に呪いをゆがめることがある。そんな奴からあのタチアナとかいう娘を守り、確実にヴァネッサを葬るため、魔物との契約に詳しい者を連れてきたのだ』

『これはもう空ですが。ウリディンムは本調子ではありませんでした。まだこの地に来て一月《ひとつき》半。一年先の未来で貴女を倒したほどの力は取り戻せていなかった。が、今回の契約で完全に力を取り戻したようです』

ウームーがロゴス夫人の傍に転がっていた、狼《おおかみ》を象《かたど》る像を手に言った。

次々宿主を代えながら肥え太る寄生虫のように。ウリディンムは北にいたときとは比べものにならない力を得てどこかに潜んでいる。ロゴス夫人の手にあった像から乗り換えた、新たな契約主候補があつらえたであろう〈器〉に宿って。

ただし、とウシュガルルが言う。

『契約陣を使った正式な契約なら失敗すれば奴とて無事では済まん。命を失う。人の魂を四つも使う呪ならその規模は相当だ。やり遂げるため魔力を温存する必要がある。それに奴はこちらに我らがいることを知っている。ヴァネッサが護符を使ったからな。ならば念を入れ、追跡をふり切るために呪をおこなう直前まで奴は自由に動き回るのではなく、別の器に隠れているはずだ』

そこでウシュガルルがウリディンムの得意とする魔力行使を教えてくれた。

ウリディンムは時の枝先を歪める。人の未来は幾本もの道に分かれているそうだ。一つ選ぶと他は消え、また新たな選択の道が無数に広がる。かの魔物はそれらをつなげ、閉じた輪にし、本来の時空とは切り離された迷宮空間をつくることができるそうだ。

『ただし発動するまでに時間がかかるうえ、奴独自のねちねちした事前準備が必要だ。発動の場も限定される。だがその力を使えば城一つ消えたように別時空に隔離することもできる』

『閉じ込められた者はウリディンムの力が尽きるまで永劫《えいごう》に迷宮を彷徨《さまよ》うことになります。絶望と憎悪をたぎらせながら。それがまた迷宮を強固にする糧となる。悪趣味な力です』

それで前の生ではヴァネッサが時戻りしたのか。歪めきれなかった未来の分岐の一つが、過去の時間軸に結びついてしまったのだ。ウリディンムも予測できなかった突発事態だろう。

だが、それを聞いてほっとした。ウリディンムは時を自在に操るわけではないのだ。しかもウームーによると魔力を多く消費するため一度使えば連続発動は無理だとか。

他にも『事前準備』『場も限定される』ということから、防げなくもない呪なのだと思う。

『ただ……』と、ウシュガルルが言いよどむ。

『我らは奴が相手では参戦することができぬ。そなたに渡した護符と奴の力が反発して思わぬ方向に魔力が働いたことがあるだろう？　直接ぶつかるのは得策ではない。いや、それどころか奴の魔力を感じしだい我らは引いたほうがいいのやもしれん』

それだけ不安定で難しい呪なのか。湧いた希望がまたしぼむ。

「……つまりその呪とやらが発動するまでが勝負、ということだな」

難しい顔をして今まで無言を通していたアルベルトが口を開いた。

「一度、発動してしまえば止めることは難しい。だが呪の発動には事前準備が必要。となれば奴はヴァネッサの周囲に現れる。奴自身が来るか、傀儡《かいらい》にした契約主候補を操ってかはわからんが、そこを押さえ、奴が宿る〈器〉とやらを壊す。奴が力をふるうまえに滅ぼせばいい」

『いや、滅ぼすのはさすがに無理だ。人の力では傷一つつけられんだろう。存在の次元が違う。だが……。奴と同種の我らがつくった陣なら、内に封じることもできると思う』

同等の力を持ち、へたに近づけば反発し合う相手だからかウシュガルルが慎重に言う。

『さいわいこの地には〈沈黙の森〉がある。メラムが大量に湧き出る太古の森だ。あそこであれば奴の力と反発しない程度に我々の力を混ぜ、檻《おり》をつくることができるだろう』

基本方針はそれで決まった。

至急、ウリディンムの存在に敏感なザカールに連絡を取り、彼の〈聖堂荒し〉に協力させてもらう。同時並行でウシュガルルたちには沈黙の森に檻をつくってもらう。

「後は。私たち城の人間で、契約主候補を捕まえることか」

夫がきびきびとした口調で騎士たちに城の巡回を命じる。同時に家令やエリカに命じて城内の怪しい者を洗い出すよう指示する。

ヴァネッサ自身は安全確保のため城から出ないようにと言われた。

「警護役も兼ねて森の魔物やネズミ魔物たちを部屋に入れていい。許可する。ただし、決して一人で行動するな。自分が狙われていることを肝に銘じてもらいたい」

一日三度の食事も念を入れてご領主自身が制作し、部屋に届けると言われた。毒見されたもの以外は口にするなと。

頼もしい。いつもどおりの領主殿だ。ただ、ヴァネッサはそのいつもどおりが気になる。

(……どうして、なにも聞いてこないの？)

彼はザカールの言葉でヴァネッサの死を知った。それ以来、前にしていたような「報告連絡相談」の強要のような夫婦仲を縮める真似をしなくなった。和解前の、ロゴス夫人の言葉に惑わされてヴァネッサを誤解していたときのような、微妙な距離を取っている。

(死の報告を怠った私を怒っている、というわけでもなさそうなのだけど)

会議に先立ち、ザカール探索のため夫と森を捜査した。その際に森の魔物たちと平気でふれ合ったりと、夫が意外と偏見がなく頼りになることを知った。捜索の結界を張るため登ろうとした岩場にも、頼むまでもなくヴァネッサを片腕で抱えて軽々登ってくれた。

彼がヴァネッサとの和解を求めているのは確かだ。大真面目《おおまじめ》な顔で今も毎食、ヴァネッサの食事は彼が籠《かご》に入れて部屋まで運んでくるし、仕立屋事件の罪滅ぼしのつもりか、次々と彼がデザイン画作成から立ち会ったというドレスも衣装室に運び込んでくる。嫁いだ直後よりヴァネッサは衣装持ちになったくらいだ。

そして、死に戻りがばれた今もヴァネッサが再びウリディンムの手にかからないよう、城の皆を総動員して安全確保に動いてくれている。ヴァネッサに対して怒ったり、愛想を尽かしていればここまでしないだろう。政略夫婦の義務を越えた厚遇だと思う。

だが、食事をもっては来ても一緒には摂ろうとしなくなった。

今まで反論もできない理詰めでぐいぐい来ていただけに勝手が違う。前はぐいぐい来られすぎて困惑していたが、来なくなればなったで気が抜ける。

ヴァネッサは初めて〈向こうから圧してこない夫〉に違和感を持った。前の生では放置が当たり前だったのに、今では当たり前でなくなっている。そのことが落ち着かない。

つまり。無意識にだが、ヴァネッサは彼の不在を不安に思うようになっていたのだ。

そしてそんな落ち着かないヴァネッサに、さらなる追い打ちをかけるような事態が起こった。

ウリディンムが、ヴァネッサの抹殺日時を予告してきたのだ。

2

『これも契約だ。じわじわ苦しめて欲しいと願われたからな。恐怖にふるえる時間をやろう。この城を守る魔導師の娘よ。次の新月、その三日後の夜にそなたの命をもらいに来る』

城の周囲にいた者すべての頭に響く声で、ウリディンムはそう伝えた。

ロゴス夫人の、命を代償とした契約だ。

今から十日後の夜に、ヴァネッサを時の迷宮に葬り去ると。その際、周囲も巻き込む。それが嫌ならヴァネッサを城から出し、荒野にでもうち捨てよ、と、彼は宣言したのだ。

わざわざ予告したのはロゴス夫人の意向か。城から追われた夫人が自分がなめた屈辱を、ヴァネッサにも味わわせようとしているのだ。

一気に殺すのはおもしろくない。事前に殺す日を知らせて苦しむように。ヴァネッサが皆に追われ、再び城から出されることを願って。

「ここまで性格が悪いとは思わなかったです」

新たに家政婦になったエリカが憤っているが、ウリディンムにそそのかされたのだろう。だが火のないところに煙は立たない。火種はもともと夫人の胸にあったのだ。

そこまで恨まれていたのかと、ヴァネッサは久しぶりに落ち込んだ。

最近、皆に優しくされて心が軟弱になっていただけに再びの打撃はきつい。それに話し合い、和解しようにもすでに夫人は命を絶っている。どこに想いを向ければいいかわからない。

そもそもの諍いの原因タチアナのこともだ。彼女の北での様を知って敵とはみなせなくなっている。彼女から城の女主人の座を奪っていいのかと心がゆらぐ。罪悪感がつのってくる。

なにより気になるのがアルベルトの対応だ。

こんなやっかいごとばかり起こす妻をどう思っているだろう。

(さすがに他の安全を考えて、城から出すわよね)

領主として当然の処置だ。ヴァネッサもこの地の魔導師として受け入れなくてはならない。

が、それは嫌だと思う自分がいる。前に城から追われたとき以上の寂しさがある。

(皆に追われるくらいなら、自分で出よう。一人で戦うことになってもかまわない)

皆に受け入れてもらえるようになった。自分のせいで彼らが傷つくのを見るのは嫌だ。なにより皆にまた、あの嫌悪の目で見られるのは耐えられない。

そう思い、ヴァネッサは覚悟を決めた。その夜のことだ。一人になりたいとエリカも下げて身の回りの品を整理し始めたときだった。

扉を叩《たた》く音がした。開くと、夜明けも近い夜だというのに外出用の騎士服姿の夫がいた。

「すまない、扉の隙間《すきま》から光がもれていたので誘いに来た。今、時間はあるか？」

「え？」

「付き合ってほしい。ウリディンムが予告した夜はまだ先だろう？　君が迎撃準備で忙しいことは知っているが、まだ外出する時間くらいはあるはずだ」

ザカールの言葉以来、避けているのかと思うほど強引に圧してこなかった彼が、今では懐かしさすら感じるきびきびとした口調で「君の意見は？」と聞いた。

「道中の護衛は私がする。外套《がいとう》はあるか？　馬で出る。初夏とはいえ風は冷たい。用意がないなら私の予備をもってくるが」

ほうっておくとご領主様の外套で出かけることになりそうだ。ヴァネッサはあわてて外出の用意をする。冬用の櫃《ひつ》から外套を引っ張り出してまとい、久しぶりの魔女帽子をかぶる。が、帽子は「飛ばされる。持参しないほうがいい」と言われた。

（馬で出るって、でもどこへ？）

今はまだ夜明け前だ。困惑する間にも彼がヴァネッサの腕を取り、外へ出る。彼の愛馬である見事な黒毛の馬が待っていた。

もしやタチアナを引っ越しさせたように、ヴァネッサも待避させるつもりで迎えに来たのか。

そう考える間にも鞍に押し上げられ、彼が馬の腹を蹴《け》る。

「はっ」

鋭い掛け声に、馬が走り出す。日々、鍛えられた軍馬の脚だ。ヴァネッサはその揺れと速度に目をつむる。必死に鬣《たてがみ》にしがみつくヴァネッサをアルベルトが背後から支えた。

「大丈夫だ。私がいる」

やがて目的地に近づいたのか「決して落とさないから、目を開けてほしい」と言われた。

おそるおそる目を開ける。

そこは平原だった。

城の北方に広がる、はるかなる北の大地へとつながる辺境の荒野だ。荒々しい自然、風が吹き抜けていく。ヴァネッサは思わず身をすくめた。寒がっていると思ったのが、夫がヴァネッサの肩を抱いた。自分の外套を外し、くるんでくれる。

「どうだ、少しは慣れたか？」

言われて自分がもう馬にはしがみついていないことに気がついた。未《いま》だ駆歩《キャンター》で駆ける汗馬の艶《つや》やかな黒毛の下で力強く筋肉が律動する。彼のようだと思った。

広い草の海を駆け、周囲に人も建物も、森すらも見えなくなってから彼が馬を止めた。

「見ろ」

言われて、未だ薄暗い地平を見る。

光が生まれた。

はるかな地平線の彼方《かなた》から閃光《せんこう》が走り、少し遅れて輝く暁の光が広がっていく。なびく草原が黄金に輝いている。

「綺麗《きれい》……」

思わずつぶやいた。彼が、そうだろう？　と言った。

「君にこれを見せたかった。自慢ではないが俺はこの夜明け以上の光景を見たことがない」

彼はまた自分のことを「俺」と呼んだ。一時はヴァネッサの前でも使っていた呼称だ。だが最近は使わなくなっていたのに。

「……君を初めて見たとき、この光景を思い出した。たぶん君の瞳《ひとみ》のせいだ。暁の光と同じ金の色。いつか君とともにここで夜明けを見たいと思った」

そして、彼は話してくれた。政略結婚だった父母のこと、家族愛に恵まれなかったことからタチアナを妹のように思っていたこと、父の後を継ぎ、この地を守るために奔走したこと、そのせいで城を顧みることがなかったこと、……彼が守りたいと思っていた中にはヴァネッサも入っていたこと。彼の弱さも、タチアナへの負い目もすべて。

「今まで君にばかり報告の義務を押しつけ俺自身は怠っていた。自分の弱みを話すのは同情を誘うようで不実だと思ったからだ。が、今回のことで自覚した。夫として格好をつけている場合ではないと。君を失うかどうかの瀬戸際だとようやく気づいた。君は一人で戦うつもりだろう？」

どきりとした。

「期日になれば俺が君を城から出すと考えている。領主としての立場を優先して皆を守るため君を犠牲にすると。俺が君の魔導師としての腕だけをかい求婚したと思っているから」

そのとおりだ。なぜばれたのだろう。彼は最近、ヴァネッサのもとにはこなかったのに。

「違うのだ。私が守りたいのは君だ。城の皆もそう思っている。君には城主夫人として皆に守られる権利があるし、君を虐げてきた者たちに罪滅ぼしをさせる理由がある。なのになぜまた城を出ようとする。一人で背負おうとする」

エリカから聞いたと彼は言った。こっそり私物を整理しているようだと。聞いてみると彼は自分が来ない間もエリカに逐一、ヴァネッサの動向は報告させていたそうだ。重い。

「タチアナやロゴス夫人に悪いと思っているのか？　彼女たちを追い出した形になったと後ろめたく思っているのか？　違う。君の城主夫人としての地位は正当なものだ。タチアナが政略結婚で苦しんだのは事実だ。だが君もそうだった」

全面的に俺が悪いが、と彼は謝り、続ける。

「それでも君は立ち上がってくれた。妻としての責を果たし、皆になじもうとしてくれた。逆にタチアナは嘆くばかりだった。タチアナの夫だったイーゴリ殿はタチアナのことは大切にしてくれたと思う。だがタチアナは彼の死後、すぐにここへ戻ってきた。氏族長の妻としての立場や結んだ条約のことなど考えず。こちらに戻ってからもミロシュの手をとり幸せになる道もあった。が、彼女はそれをしなかった。それが君とタチアナの差だ。愛されることに慣れすぎて、愛を返すことを知らなかった。与えられるのが当然で、逆境に立ち向かい、その地に根を下ろそうとは考えなかった」

（それが、私との差……？）

ではなぜこのごろ彼は自分を避けていたのか。聞きたい！

「あの」

「なんだ」

いざ本人を前にすると聞きにくい。が、彼はじっと待ってくれている。胸の動悸《どうき》が激しく苦しくなってきた。まだ彼に緊張しているのだろうか。いや、怖い。それとも恥ずかしい？

自分の心を持て余しながらようやく口を開く。

「なぜ、私を避けていたのですか」

すると彼は目をそらせて言った。

「最低の夫だからだ」

「え」

「君を死なせた。なのに今さら「君とよき夫婦になりたい」などと甘い希望を胸に抱く権利はない。そう思うと君のもとへはいけなかった。だが……」

言って、じっと夫が見てくる。既視感がある。前にお披露目の宴のとき、タペストリーの攻撃からかばってくれたときもこんな風に見てきた。

「君が城を出ようとしていると聞いたら体が勝手に動いていた。絶対に止めないと、と」

彼の瞳が夜明けの光を宿して金色に輝いている。いや、違う。彼の瞳にヴァネッサの顔が映っている。金の瞳を驚きに見開いた娘の顔が。

そこで彼の顔が近づいてきた。

気がつくと、ヴァネッサは彼に口づけられていた。

結婚式のときですら口づけはなかった。だからこれは正真正銘の初めての口づけだ。混乱でいっぱいになった頭でなんとか尋ねる。

「あ、あの」

「……実は。前もこうしたかった」

え？　とヴァネッサは真顔になる。反対に彼が顔をゆがめた。

「そんな信じられないという顔をしないでくれ。お披露目の宴のときだ。確かに俺は今まで君に男が女に求める接触はしなかった。が、真実だ。あのときは君の了解も得ず行動に移すなど不適切と思い抑えた。が、すまない。今は抑えたくなかった。俺は君に惚《ほ》れている」

「……！」

「ドラコルル嬢、どうか俺の妻になってほしい。君の身も心も他の誰でもない、俺の手で守らせてくれ。君と真実の夫婦になりたいのだ。君をこの光景ごと守らせてくれ。頼む」

ヴァネッサの手を取り、彼が改めて求婚する。

彼の求婚の言葉は「私とともにマルス伯爵家領を守ってもらいたいのだ」だった。それが「君をこの光景ごと守らせてくれ」になっている。

魔導師としてのヴァネッサだけでなく、一人の女性としても求めているのだと、彼の暁光《ぎょうこう》を反射する瞳が語っていた。

「あ……」

ヴァネッサの頬《ほお》がみるみる紅潮する。彼に取られた手が、体中が熱くなる。

だが自分は死ぬ運命だ。次の新月の三日後にウリディンムがやってくる。

「お願いだ。俺の知らないところでまた一人、死んだりしないでほしい。頼ってくれ」

ヴァネッサのためらいを感じ取ったのか、彼が言いつのる。

「もちろん以前の俺は頼りにならない男だった。ロゴス夫人の言葉ばかりを信じ、君と向かい合うこともなかった。悪いのはすべて俺だ。だからこそ今、君を守りたい」

彼がぐいぐい圧して来る。

ここしばらくは彼が遠慮気味だった。だからこれは久しぶりの〈圧〉だ。今までの強引な言動がなくなって、ここのところヴァネッサは胸に穴が空いたようだった。だからだろうか。前までは戸惑い引いていた彼の生真面目なまでの強引さを心地よく感じた。受け入れたい。そう思えた。

ヴァネッサは男女のやりとりには慣れていない。貴族の男は苦手と避けていた。それでも、彼の手を取ろうと思えた。彼と和解したいと、夫婦となる努力を始めたいと思った。

（だってこの人が好きだから）

今、気づいた。いや、初めて求婚に来てくれたときからほのかな恋心は抱いていたように思う。だから自分は嫁ぐことにしたのだ。

彼となら弱い自分でも強くなれる気がして。彼を愛したいと思ったから。好意を与えたい。そして返して欲しいと期待した。

ただ、その後のあれこれで、もう傷つきたくないと殻に閉じこもっていただけで。

改めて彼を見る。暁の光に照らされた彼は眩《まぶ》しかった。見ているとどんどん彼の好ましいところが見えてくる。

彼の生真面目な顔が好きだと思う。融通の利かない困ったところも、意表を突いてくる斜め上の熱意も好きだ。新鮮な驚きに満ちていて、それでいて安心できる。

この人なら何があっても変わらない。頑固に、一度好きだと言った平民出の魔女を守り抜く。彼はこれからもただ一筋にヴァネッサを愛してくれる。その堅物な性格そのままに、重いほどの気づかいを捧げてくれるだろう。心の底から信じられた。

だから、ヴァネッサも応えた。

「私も。あなたと夫婦になりたいです」

そして城の皆や広がるこの光景を守りたい。

言うと、また彼の顔が近づいてきた。ヴァネッサは今度は自ら目を閉じ、応じる。

幸せだと思った。これから自分はもっと幸せになれると確信した。それには先ず生き延びなくてはならない。

さらなる接触を求める夫を制して、ヴァネッサは懐から一枚の手紙を出した。もらってからずっと肌身はなさず身につけている〈お守り〉だ。実家から戻ったウシュガルルから渡された手紙。父母が異郷の地に暮らす娘を案じて書いた文だ。たった一言、

〈私たちは待っているよ〉

と書かれている。

大切な娘に、いつでも頼ってきていい、子を守るのは親の仕事なのだから。でももうお前は他家に嫁いだ娘、大人だ。だからその心を尊重する。帰ってこいとは言わない。でも心配している私たちがいることを心のすみに置いてほしい。そんな二人の心を感じた。

遠いドラコルル家の懐かしい館で、父母は自分たちの想いを押しつけるのではなく、切ないまでの心で娘を想ってくれている。見るとそれが伝わって、もう大人なのに泣いてしまった大事な手紙だ。夫に見せて想いを共有したくて、でもためらい、迷い、期待し、今まで行動に移すことができなかったそれを今、ヴァネッサは見せる。

そして言った。

「ドラコルル家の父母に助力を願っていいですか」と。

親たちに婚家に来てもらうのは簡単だった。

転移が得意なウームーがいるからではない。彼らから娘の死を聞き心配していたドラコルル家の面々は、みすみす娘を死なせた夫に一言言ってやりたくてうずうずしていたからだ。

婚家に出した娘に口を出すのは遠慮しても、娘を託した相手にもの申すのは別らしい。

「お会いするのは二度目ですな、伯爵」

実に慇懃《いんぎん》無礼な態度で、父が口火を切った。

「そちらに預けた娘のことで今後をいかにお考えかうかがいたく。実は今回の招きがなくとも、娘を実家に戻していただけないか、ご相談に上がろうと思っていたところだったのです」

ウシュガルルたちから娘が婚家で虐げられていたこと、死に戻りのことを聞いた両親の顔は硬い。相手が貴族だろうが娘を返してもらう。教義上離縁が難しいというならお前が改宗しろ。とにかく一刻も早く別居だ、という意識が隠し切れていない。

対するアルベルトも妻を不当に扱った自覚があるからだろう。弁解もせず固まっている。

(あああ、父様たちは喧嘩《けんか》腰すぎ、ご領主様も緊張しすぎ)

間に挟まるヴァネッサははらはらするが、どうすればいいかわからない。

彼にともに生きたいと再求婚されて、自分の想いを自覚したのはつい先ほどのことだ。まだ心がついていかない。なので強張った笑みの下で夫を責める親に迎合もできず。かといってあの夜明けの光をともに見た朝から「同意は得られた」と堂々と接触を求めるようになった夫の膝《ひざ》になかば抱かれるようにして座りながらも今までが今までなので気恥ずかしく。

親とはいえ、他に人がいる前でも夫に寄り添い仲良しだと示せるほどには、今の夫婦という関係に打ち解けきれていない。

重苦しい空気を破ったのはヴァネッサの侍女頭を務めるエリカと、夫の秘書官のダヴィドの兄妹《きょうだい》だった。マルス伯爵家の緩衝役、いないと城が回らないとまで言われる彼らが、「先ずはお茶でも」と、温かな湯気のたつ香草茶を運んできた。そして丁重に茶菓を供する。

「急なお呼び立てでお食事がまだでしたら、と思いまして」

それはどこか見覚えのある焼き菓子のバーボフカと、籠にきっちり詰められた定規で測ったように正確に切り分けられたパンと肉、野菜だ。そのぴっちり感に覚えがある。

(これって、まさか)

ウシュガルルとウームーも気づいたのだろう。籠のパンを一口つまんで感想を口にする。

『前に森番小屋に置かれていた朝食と同じ味がする』

『イノシシ魔物のヒルディスがいらない、とくれたものと同じですね。まさか』

二柱がこちらを見る。視線が集中して、静かにアルベルトが片手を上げた。

「……私が制作した」

まさかの領主様の手作り?!　ドラコルル家の皆が驚愕《きょうがく》する。逆にアルベルトは殊勝顔だ。

「驚かせたようで申し訳ない。私の不徳で妻に不信感を持たせてしまった。そのうえ今は非常事態だ。身の安全を確保するためにも妻が口にするものはすべて私が用意している。ご両親を招いたとくべつの席と理解しているが安全対策を徹底させることを了承いただきたい」

言われてヴァネッサも気づいた。城に戻ってからのヴァネッサの食事はいつも彼が籠に入れて部屋まで運んでくる。給仕も置かないから品数は少なく、朝はサラダにスープ、パン。夜も肉か魚料理が一つにデザートとシンプルだ。まさかあれもすべて彼の手作りだったのか。

「どこかおかしいだろうか。もしや娘御の嫌いなものを入れていたか。それとも食事に不適切な素材があったか？　気づかれた点があるなら今後のため教えていただきたい」

生真面目な彼は、皆が驚く理由がわからないといった顔で妙な方向に心配している。

父母の怒りが溶けた。改めて、ぴったりくっついて座る娘夫婦を見て生温かい目になる。

「……その、いい夫をもったな、ヴァネッサ」

「そうね。貴族で、しかも男性が妻に手料理を振る舞うなんてそうそうないことよ」

「すまない、ラウラ、私もつくったことはなかったな。せいぜい薬湯くらいで」

「いいのよ、あなた。私はロタの料理が好きだし、あなたの薬湯はもっと好きよ」

母と父がそっと手を取り合う。ちなみにラウラは母の名でロタはドラコルル家の料理人だ。

ヴァネッサもロタの料理が大好きだ。彼女お得意の甘いココナッツ味のケーキ、ラファエロ・ジェズィを思い出した。くう、とお腹《なか》が鳴ってウシュガルルとウームーが笑う。

『ロタの料理を食べたくなったという顔をしているな』

『この戦いが終われば少し里帰りをしてもいいのではないですか』

「それではその時は私もともに訪問してよいだろうか。今回の助太刀の礼を言いに行かねばならないし、そこまで言われるならぜひそのロタ殿とやらから料理を習いたい」

妻が里心を起こして寂しがらないようにと大真面目に言われて、ドラコルル家の皆が微笑《ほほえ》む。やっとアルベルトへの敵意がほぐれたのだ。母などは嬉《うれ》し涙をぬぐっている。ヴァネッサもこの人の手を取ったあのときの選択は間違っていなかった、嫁いでよかったと思う。

「……あの、ありがとうございました」

今さらながらに彼に手料理の礼を言う。言いつつ思う。彼がつくってくれた初めての朝食は急な事件があって食べなかった。記念すべき初朝食なのにほんとうの意味でのお礼を言えない。

(私こそ悪妻じゃない)

妻の初めての手料理を無駄にする夫は最低と言われてもしかたがない。それと同じことを自分はした。どっちもどっちだったのだと思う。

ヴァネッサも被害者意識ばかりで夫と向き合うことを避けていた。そもそも求婚に来た彼にも緊張して自分からは口を開かなかったし、結婚式では彼が出撃すると聞いて安堵《あんど》した。夫が誤解して距離を置くのももっともだ。

「私がふがいないばかりに彼女にひどい暮らしをさせていたのは事実です」

夫が自分の膝に抱いたヴァネッサを見、それから両親を見て言う。

「その後もこちらから誘った正餐はひどい有様だった。やっと開いたお披露目の宴も台無しになった。ドレスの仕立てにいたっては彼女の魔物たちの機転がなければどうなっていたか。今度こそ挽回したい。ドラコルル家からご両親がこられた今改めてお披露目の宴をやり直す。義母君が持たせてくださったドレスは私が駄目にしてしまったが、今度こそ見劣りのないドレスを夫の私が王都で仕立てる。よけいな横やりが入らないように内輪で、この城の者とご家族だけで、延び延びになっている妻の歓迎の宴をおこないたい」

夫はドレスを仕立てると簡単に言ってくれるが、王都との往復は馬でも一月はかかる。ウームーはまだ夫を信じ切っていない。彼だけは運ばない。無理にお願いすればどこか僻地《へきち》に飛ばしたり、服だけ転移されかねない。それに今は大変な時期だ。

「あの、宴の代わりに内輪だけのお茶会を開くのはどうでしょう」

ヴァネッサは、折衷案として提案する。

「ドレスはこちらの仕立屋でご領主様に作っていただいたものがたくさんあります。それを着て、今度こそ内輪の宴を開きませんか。……すべてが終わった後に、戦勝の宴も兼ねて」

一度は未来は変えられないとあきらめていた。だが今は違う。あえて先の話をする。できないかもしれない約束をするのではなく、必ず叶えると決意を皆に告げるために。

（だってそのためにお父様たちに来てもらったのだもの）

死に戻ったときは故郷の皆を守るため、魔導師としての矜持から再戦を望んだ。周囲に人がいないのは当たり前で、相手との力の差が圧倒的でも誰かの手を借りたいとは思わなかった。

でも今はまた一人で死ぬなんて嫌だと感じる。絶対に生き残る。皆を悲しませたくない。

「立派になったわね。もう子どもじゃない。恋を知った娘の顔になったわ」

そんなヴァネッサの手を取り、母が言う。

「大事な娘を奪われたようで少し悔しいが、彼にお前を託してよかった。お前が彼を守りたいというなら、私たちは全力で協力するよ」

父もその隣から言う。それはつまりウリディンムとの戦いに助勢してくれるということだ。

ヴァネッサは「お父様……」と涙ぐむ。

「いいんだよ。親が子を守るのは当然のことだ。そして妻が夫を案じるのも当然のこと。それにアルベルト殿は私たち夫婦にとって恩人だからな」

「恩人？」

それは後ろ盾になってもらえたということ？　目顔で問うと、違うよ、と父が言った。

「お前に恋する心を、苦手心を克服したいという意志を持たせてくれた恩人だ。私がこの結婚を薦めたのはこの話が貴族からの申し出で、断り切れなかったからではないんだよ」

「え？」

「お前が幼いころに負った心の傷を知っていた。が、わしらは家族だ。なぐさめることはできても克服させることはできなかった。このままではいけない、そう思ったから受けた話だ。アルベルト殿は求婚に来られたとき頼れそうに見えた。お前を守ると誓ってくれた。その言葉に嘘《うそ》はない、真面目な青年だと思ったからお前を託したんだ」

親の愛に、じんっ、となった。ヴァネッサは改めてこの地で生きることを決意した。そんなヴァネッサに少し言葉を選びつつ母が言う。

「それで、その、あなたの幸せを守るためにも、私たちが今日《きょう》ここに来たもう一つ話し合わなくてはならないことだけど」

「ウシュガルルたちから聞いた。まだ日はある。対策を立てれば大丈夫だ」

そう、父が言ったときだった。

「そのことだが」と、夫が言う。

「あの魔物は君の傍に高位魔物がいるのは知っている。対策を立てられると予測できたはずだ。なのにあえて新月の三日後をと、指定してきた」

新月は魔の気配が濃くなる。その三日後を指定するのは新月の夜に最終準備を整えるということではないかとヴァネッサは警戒していたが、夫は渋い顔を崩さずに言う。

「ウリディンムの宣言は城にいた者すべてに届いた。客人として滞在中のジェロームにもだ」

そういえば。彼はまだずるずると滞在中だった。

「ウリディンムは日時予告の後、堂々と周囲も巻き込むと宣言した。実はそれを理由に「巻き込まれてはかなわん」と、今日彼が城を出ると言ってきたのだ。事が収まるまで少し離れた平野で野営するとな。おかしいと思わないか？　彼の性格からしてこんな突発事が起これば利用できないかと直前まで城に残り工作しそうなものだ」

それはつまり、と彼が言った。

「ウリディンムは策を弄《ろう》するのが好きなのだろう？　襲ってくるのは予告日の前ではないか。皆の油断をさそい裏をかくつもりで。そしてそのことをジェロームも知っている。裏でつながっているのではないか」

3

疑惑はあっても北の氏族を一つ率いるジェロームに直接問いただすことはできない。彼らの力は強い。明確な領地こそもたないが、その力は優に南方諸国の公国規模はある。

代わりに、急ぎ防衛の手はずを整える。

ウシュガルルとウームーは当初の計画どおりざっと城内を見回り、ウリディンムの気配がないことを確認してから沈黙の森に向かった。ウリディンムを封じる檻をつくるためだ。細かな魔導式の調整と中和をおこなうため、ドラコルル家の面々もついていった。大雑把なウシュガルルたちの力を直前まで気づかれないようにするには父母の助けがいるのだ。

ヴァネッサもいきたかったが、アルベルトに止められた。

「君は城からは出さない」

先ずそれが大前提だとアルベルトが言う。

「予告日が守られるかわからなくなった今外に出るのは危険だ。それに君が城に張った守護陣は潜入した魔の気配を察知するのだろう？　あの宴の襲撃もその精度を確かめるためとすれば、また、なんらかの術式で隠した魔力をよこすのではないか。君にはここにいて警戒してもらわなくてはならない」

「でもそれでは私を殺せないことはあのとき知ったはずです」

自動発動の無差別攻撃ではどうしても取りこぼしができる。今度こそ本人が来る。

なにしろ今回はロゴス夫人の希望で正式な契約を結んでいる。ヴァネッサを確実に排除できなければ契約不履行でウリディンムが〈契約の腕〉に魂核をえぐられる。そうなればさすがの彼も痛手をくう。滅ぼされるか、百年単位で眠りにつくことになるだろう。

「……今まで詳しくは言えませんでしたが。前の生で彼が現れたのは城の守護陣の奥深く、宝物庫前の広間でした。つまりそこまで完全に気配を殺して移動したんです。なにか器に宿って、誰かの手で運ばれて」

ヴァネッサは城の見取り図を前に一年先のウリディンムの侵入経路を話す。

「ただし今のウリディンムはウシュガルルたちの存在は知っていても私の死に戻りには気づいていないはずです。ウリディンムはウシュガルルたちやザカールさんと違って死に戻る前の私と会っていませんから。魂の色が変わったことに気づかないはずです」

そもそも死に戻りに気づいていれば守護陣の効力を測るようなタペストリーは贈らない。

「なので今回も同じ経路で侵入すると思うのです。避ける理由がありませんから。それで城の皆に頼んで怪しい者を探ってもらいました。でも見つからなくて」

犯罪行為ではあるが、皆の私物はネズミ魔物たちに調べてもらった。ふだん使われていない城の隅々もだ。ウリディンムが器に使いそうな祭具はなかった。

彼ら高位魔物は形がどうであれ、人の想いがこもったものを依代に選ぶ傾向がある。だからこそザカールが宗派を超え〈聖堂荒し〉をしているのだ。

「ウリディンムは外から来ると思います。当日かどうかはわかりませんが新しい器に宿って」

だから、これから予告日までは城を出入りする者の持ち物の検査を徹底してもらいたい。そう言うと、アルベルトが少し考えながら言った。

「……君はミロシュを疑っていたな。ダヴィド、彼の訪問予定が近々なかったか」

「ブラスク辺境伯殿ですか……？　ええ、新月の四日前、今から二日後に訪問予定がありました。あの宴の際にタチアナ様との時間をもちたいとの要望に応じて決まった訪問です」

アルベルトの言葉に急いでダヴィドが領主の予定表を見る。

「ウリディンムの予告は当然、辺境伯殿もご存じでしょう。我らと同じく各領に密偵を配置しているでしょうから。なのできっと取り止めにするだろうと確認の使者までは出していませんでしたが。今のところ日程変更の要請はありませんね」

「それだ」

アルベルトが言った。

「奴は辺境伯との肩書きのわりに線が細い。王都の奢侈《しゃし》に染まった宮廷人寄りの男だ。自分が巻き込まれるかもしれない危険があれば当然避けようとする。なのにまだ予定を変えない。当日にわざわざ本人が来るなら、それなりの〈目的〉があるはずだ」

一度は妹同然のタチアナを託してもいいと考えた男が相手だ。アルベルトは渋い顔をした。それでも「奴が来るなら、丁重に迎え入れろ」と命じた。ただし、見張れ、と。

そうして。ブラスク辺境伯ミロシュが城を訪問したのはそれから二日後のことだった。予定の変更はせず、宴の席で取り決めた約束通りの時刻だ。

先触れの騎士を先頭に、美々しい一団がやってくる。

ミロシュは騎乗ではなく馬車だ。王都つくりらしき豪奢《ごうしゃ》な馬車は辺境伯の権勢を見せつけるためか。

「お招きに応じて来ましたよ、マルス伯爵。大変なことになっているようですな」

ミロシュがしれっとした顔で出迎えたアルベルトに挨拶《あいさつ》する。

「一助になればと騎士たちも連れて来ました。私は一日前に予定どおりここを出ますが彼らは残します。私の誠意です。どうかお使い下さい」

タチアナがジェロームを恐れ修道院に身を隠したことくらい承知しているだろうに、おくびにも出さない。先にアルベルトから結婚許可を引き出し外堀を埋める考えかもしれないが、怪しい。

ブラスク辺境伯ミロシュ・ドウシャンは二十五歳。金髪に青い目の、血筋と育ちのよさが端々からうかがえる洒落《しゃれ》た男だ。体格のよい騎士の間にいると華奢《きゃしゃ》にさえ見える。本人も自覚があるのだろう。「荒事は配下の仕事」と、城館に入る際に儀礼上預けた腰の細剣以外はなにも武器を身につけていない。

(これは無防備というより、自分は驚異となるものはもっていないというアピールでは?)

城主夫人として夫とともに一行を出迎えたヴァネッサは、彼の全身をくまなく走査する。

魔導師としての目が、彼が魔導式を組み込んだ護符を身につけていることを知らせてくる。あくまで護身用の、貴族の嗜《たしな》みと言えなくもない範囲だが時折ヴァネッサの知らない気配が混じるのは、ルーア教の司祭から金に飽かせて手に入れた護符が混じるからか。

(宴のタペストリーを用意したのはタチアナ様の司祭ではと疑ったけど、この人の可能性もあるわ)

前に挨拶したときは〈再会〉に動揺して気づかなかったが、これだけの護符を身にしていれば多少の攻撃なら中和できる。

彼は、城館の中には護衛の騎士を二人だけ連れて入った。残りは外で待機を命じられる。が、さすがに身分ある騎士たちを野天で待たせるわけにはいかない。ミロシュはこの後、数日滞在予定できている。ウリディンムの予告日の前日に城を出る予定だが、宿泊のための荷物をもった従者たちもいる。

「供の方々は先に客棟のほうへ案内してよろしいですか？」

家令が断り、荷物をもつ従者たちを誘導する。騎士たちはミロシュから離れられないというので城館内の別室と前庭の二カ所に別れて控えてもらうことにした。

アルベルトが先導して、ミロシュを城館の奥へと案内する。ヴァネッサはさりげなくその後ろについた。執事に変装したウシュガルルとウームーも一緒だ。

そうして客間につく寸前の、階段室の踊り場でのことだった。ミロシュの姿が先導のアルベルトの視界から隠れた、そのとき。ミロシュがすっと動いた。はめていた腕輪を一つ取り、傍らの花台の陰に置く。

すかさずヴァネッサは前に出た。腕輪を確保し、城の騎士たちにミロシュの拘束を頼む。

「他にもなにかあるかも、探して」

ウリディンムは器から器へ移ることができる。騎士がミロシュの身体検査をおこなう。だが、

「……違う」

彼が花台に置いた腕輪からも、他に身につけたそれらしき装飾品からもウリディンムの気配はしない。一度は宿っていたのかもしれないが、今は〈空〉だ。

確認のためウームーにも見てもらったが、やはりウリディンムはいないと言われた。

「確たる証もなく辺境伯の身分にある私を拘束したな。こちらは城の防備を固める手助けをするためわざわざ来たというのに」

ミロシュが、ふん、と意地の悪い表情を浮かべる。そして騎士に囚《とら》われたままの腕を見る。

「無礼な。これは正当防衛だ。先陣を切ったのはそちらだぞ」

アルベルトがあわてて取り繕おうとしたが無駄だった。ミロシュが合図し、付き従っていた騎士の一人が傍らの窓から空へと光球を放つ。外との連絡用に懐に忍ばせていた魔道具だ。すかさずもう一人が動く。光球に皆が目を奪われた隙《すき》をつき肉薄する。

ミロシュを奪い返し、騎士がアルベルトに剣を向けた。階下の控えの間からもこちらに駆けつけようとするミロシュの騎士と城の騎士たちが争う声と音が聞こえてくる。

(はめられた!)

ヴァネッサは悟った。ミロシュはやはりウリディンムと組んでいたのだ。ジェロームと同じくこの機に乗じて城を奪おうとしている。マルス家と戦端を開くなら停戦条約を破棄すればいいだけのジェロームとは違い、ミロシュは同国人だ。王の許可なく動けば王都へ召喚される。なので〈戦端を開くに値する正当な理由〉をこじつけるため、猜疑心《さいぎしん》に満ちた状態になっているこの城に乗り込み、誤解させる行動をとったのだ。

それだけではない。あわてたように城の見張り台から知らせが来た。

「修道院からのろしが上がりました。野営していたジェローム殿の一団が動き出したそうです。修道院の門を破ろうとしていると。救援要請です！」

呼応するようにジェロームが動いたのだ。こちらの狙いはタチアナ本人か。彼女さえ抑えればマルス家の後見人として力をふるえる。

北の民の氏族は大小合わせて六十ほど。中でもエゴール氏族は最大規模を誇る。南方の国々に当てはめるなら、エゴールだけで一つの公国ていどの戦力がある。今回、ジェロームが連れてきたのは彼の親衛隊ともいうべき騎馬の一団のみ。が、精鋭揃《ぞろ》いだ。しかも城内に待機していた母たちが駆けてくる。

「ヴァネッサ、森のほうから魔力の高まりを感じるわ」

「ウリディンムだ。あれが発動すれば城にも被害が出るぞ。我らの力で無効にできるかわからんが、ドラコルル家の魔導師はあちらに向かったほうがいい」

沈黙の森は広い。ふだん誰も立ち入らない。それをいいことにウリディンムが溜《た》めた魔力を配置し、城に向かって放つ攻撃魔導の仕掛けをつくっていたらしい。

（ザカールさんが「あの魔物は沈黙の森に本体となる器をいくつか隠したらしい」と言ってくれていたのに……！）

戦力が分散するがしかたがない。ドラコルル家の面々にはそちらに向かってもらう。

それを聞いたミロシュがすかさず配下に命じる。

「宝物庫を押さえよ、我々はあそこにある印章を奪う。修道院には聖騎士たちがいる。ジェロームも手こずるし、制圧してもタチアナ嬢の命を奪うことはない。先に印章を押さえ、それからタチアナ嬢を奪い返す。後はウリディンムがやってくれる。〈周囲を巻き込んで〉な」

ミロシュが言ってヴァネッサはようやく気づいた。そうだ。ヴァネッサを消すためにウリディンムが目の前に現れる必要はないのだ。ヴァネッサが確実にそこにいると確認できたら、外へは出られないようにして丸ごと時空迷宮とやらに閉じ込めればいい。

つまり、城ごと消す、だ。

確認役はミロシュ、先ほどの光球はウリディンムへの合図も兼ねていたのだろう。宝物庫にある印章を持ち出せれば、城にはタチアナもいない。ミロシュたちが待避した後、防衛に残ったヴァネッサごと丸ごと消しても問題はない。更地になったこの地は捨て、自身の城を執務の中心にすればいいだけだ。近隣領主の盟主であるミロシュには、分け前目当てだろうが他領主も従う。相続人であるタチアナさえ無事なら合法的にこの地を継げるのだ。

表向き、ウリディンムと契約したのはロゴス夫人になっているから。

すべてが終わり臣下として王に報告する際は悪いのはすべてマルス家、彼らの内紛を収めるためにタチアナの要請を受けて動いた、そう落としどころをつくるつもりなのだろう。ウリディンムとも利害は一致する。もしかしたらすべてが終わった後、ドラコルル家とウシュガルルたちのように、ウリディンムを祀る約束でもしているのかもしれない。それならば己の魂といった犠牲を払わずとも共存できる。

そしてそれを察知したジェロームが先にタチアナを奪おうと動いた。

「つまり奴らの中ではすでに城主夫妻は亡き者となっているか」

夫が言う。あまりの戦力差にヴァネッサはめまいがした。だが〈今〉は〈前〉とは違う。夫も城の皆もヴァネッサの隣にいる。城や森の魔物たちも果敢にも額にはちまきをして参戦してくれる。絶望はしない。

「城の防衛はまかせろ。君は魔導師としてウリディンムを追ってくれ」

「はい！」

アルベルトの言葉にうなずき返す。後手に回ったことを悔いている暇は無い。自分の相手はあくまでウリディンム。彼さえ撃退できれば勝機はある。アルベルトを信じる。

ウリディンムはもう城内に入り込んでいるはずだ。いくらヴァネッサ本人の前に出る必要はなくとも、この城を丸ごと閉じ込める迷宮を発動するにはなるべく近いところ、できれば中にいたほうがいい。そのほうが無駄なく魔力を注げる。

それにただの陽動と印章を奪うためだけにミロシュ自身が来るのはリスクが大きすぎる。ミロシュには役割がある。それはきっとウリディンムをこの城に入れることだ。

（なら、たどるのは辺境伯ミロシュの足跡よ。彼はどこから城に入った？）

さすがにこんな重要なことを人まかせにはしないはずだ。

彼がこの城に入ってからの行動を懸命に思い出す。彼を守る護衛の騎士二人は甲冑《かっちゅう》をまとい、分厚い外套もつけた、いわば騎士の正装姿だった。細身のミロシュは陰にいることが多かった。なにかしたとしたら彼らの陰に隠れた瞬間か？

（違う。最初から怪しいと思っていたもの。城の騎士たちも私も念入りに見張ってた）

彼は怪しいそぶりを見せなかった。それは断言できる。

なら、発想の転換だ。彼がした怪しくないそぶりの中で〈なにか〉ができたのはいつ？

「そうよ、城に入るとき、剣を預けた！」

玄関ホールでアルベルトへの信頼の証として仰々しく剣を預けた。あれだ！

ヴァネッサはいそいでホールに向かう。剣は待機していた家令が預かったはずだ。だが。

「申し訳ありません、誰かが持ち出したようで」

殴られ、失神していた家令を抱き起こすと彼は真《ま》っ青《さお》になって言った。城内にまだロゴス夫人側の人間がいるのか。いや、ミロシュが飼っている密偵かもしれない。

器の中に宿ったままではヴァネッサの守護陣に反応しない。

ウリディンムは念を入れて剣に宿ったまま、人に運ばせているらしい。城内には人が多い。その気配が錯綜《さくそう》する。ウシュガルルとウームーに探してもらっても無理だ。

『どうする、巫女の娘よ』

『貴女が城内を探し回ったところで、気配を感じて奴は移動してしまうだけですよ』

相手の気配はわからなくとも、こちらは察知されてしまう。ウシュガルルたちが一緒にいるからだ。彼らの膨大な魔力は闇《やみ》の中に輝く篝火《かがりび》だ。

しかたがない。とにかくウリディンムがどこにいるか探り当てないと先がない。

「……あなたたちはお母様たちを手伝ってくれる？　私を一人にして」

『だがっ』

「お願い」

そうして、ヴァネッサは一人になった。

少しでも人の気配を減らすため、城にいた者は皆、家令に命じて待避させて。アルベルトがつけてくれた護衛の騎士も遠ざけて。

城内で戦闘がおこなわれているのに、静かだ。自分の周囲だけ誰もいない。コツン、とヴァネッサの足音だけが空虚な城に響いている。

（既視感がある……）

ふと思った。ああ、そうだ。〈あのとき〉と同じだ。ヴァネッサがウリディンムと戦い、命を落とした一年先の未来と。

だが今は前とは違い、傍にいなくとも味方はいる。今日に備えた。

だから今の自分は、〈孤高の魔女〉ではない。

ヴァネッサはきゅっと唇を噛み、足を踏み出す。だが彼女は失念していた。今日に備えた、それはウリディンムも同じなのだということを。

ヴァネッサのもとからウシュガルルたちの気配が消えるのを待っていたかのように、城の周囲に埋められた像が輝き出す。ウリディンムがこの地に来て復活のための力を溜めた器。ロゴス夫人から〈願い〉を聞いた彼が、夫人に指示して埋めさせた無数の像。それらを使い、ヴァネッサを葬るための結界を城の周囲に張り巡らせ始めたのだ……。

◇◆◇　◇◆◇　◇◆◇

その様子は沈黙の森におびき出された形になったドラコルル家の面々にも伝わった。

ヴァネッサの母、ラウラが悲鳴のような声を上げる。

「ヴァネッサがっ」

「ウシュガルル、ウームー、ここはいい、いってくれ」

だが二柱の魔物は動かない。眉をひそめ、苦しげな顔をするだけだ。

『……残念ながら我らはもはや動けん。奴の魔力が放たれてしまった』

『我々がいる前提で策を立てられましたね。城に、ウリディンムの張った結界に近づけば力が反発して予測もつかない方向に作用するでしょう。かえってヴァネッサが危険です』

「……ヴァネッサが言っていた死に戻りのような現象が起こるかもしれないということか」

なにもできないのか。皆の顔が絶望にゆがんだそのときだった。

場違いなまでののんきな明るい声がかけられた。

「そこの君たち、することがなくて暇してるならちょっとこのおじさんをあの連中のところまで運んでくれないかな？」

そこには白馬に跨がったアレクサンデルがいた。

王都でウシュガルルたちと面識をもった、この国の第二王子だ。転移の術を使った魔導師らしき青年と、もう一人、騎馬の頑健な男を従えてそこにいる。

「君たちには借りがあるからね。それにあの若夫婦にはこの地を守ってもらわないと。だから父を説得して〈彼〉をつれてきたんだ。君たちが僕らを無事、とあるところに送って攻撃から守ってくれるなら、君の主の娘の立場を有利にする一助ができるんだけどな。どう？」

君たちにできるかな、と王子が挑発する。

わずかな時間しかともに過ごしていないのに、さすがは人の上に立つ王家の血筋だ。高位魔物の扱い方がわかっている。さっそくウシュガルルが挑発に乗った。

『ふっ、誰に言っている。それくらい朝菓子前だ』

『今は屑猫《くずねこ》の手でもほしいときです。乗ってあげましょう』

簡単にされた説明に納得したウームーも話に乗り、王子と魔導師の青年と、〈彼〉と呼ばれた壮年の男を転移させる。

そこはエゴール氏族の新しい長、ジェロームが攻める修道院前の平原だった。ウシュガルルはそのまま中空高く舞い上がると、哄笑《こうしょう》とともに雷を響かせる。

『愚かな人間どもよ、こちらを見るがいい！』

その背後では雲が渦を巻き、風を起こしている。天候をも操る力を持つ神々しい精霊の出現に、自然を崇拝する北の男たちは動きを止めた。

「せ、精霊王だ……」

「遠い東の伝説の雷の神だ……」

戦闘を中断させ、注目を集めたうえで、〈彼〉が馬を進めた。平原の隅々まで響き渡るような深い、よく通る声で呼びかける。

「静まれ、我が氏族の戦士たちよ！　我が名はイグナツィ。虜囚《りょしゅう》の身より戻ってきた」

はっとしたようにジェローム麾下《きか》の男たちがイグナツィを見る。

前氏族長イーゴリが息子ジェロームを排してまで自らの後継にと望んだ男。氏族の戦士たちを率いた人望高いイグナツィ。王国との戦いで他を無事撤退させるため身を張って殿を務め、そのために王国の虜《とりこ》となり王都に幽閉されていた男がそこにいた。

一目で身分が高いとわかるこの国の青年と魔導師に付き添われて。

察したのだろう。ジェロームが急いで配下の男たちを叱咤《しった》する。

「馬鹿者《ばか》どもがっ、お前たちの長は誰だ、攻撃の手を休めるなっ」

イグナツィに向かって矢を放たせる。が、ウシュガルルとウームーが彼を守っている。

『こんなものが我に効くかっ』

再び激しい轟音《ごうおん》と共に雷光が放たれ、矢をすべて打ち落とす。

ウシュガルルがその身に雷を纏わせ『消し炭にして欲しいのは次は誰だ？』とにらみをきかせた。イグナツィが呼びかける。

「思い出せ。なぜ俺たちは立ち上がった？　そして今、お前たちはなんのために戦っている？そこに戦士の誇りはあるのか?!」

皆が完全に剣を下ろした。ジェロームが叱咤しても聞かない。

「我らは前氏族長イーゴリ殿の隊だ。あなたのではない」

彼らとて争いを求めていたわけではない。王国の耕地が広がり、生きる地を奪われた。だから争っていただけだ。

「この国の王は我らの言葉に応じた。我らが戦をしかけることを控える代わりに、国境周辺に共有地をつくると約束した。冬の寒さが厳しい年には滞在できる場をつくると。馬や毛皮と食料を交換する、交易の場を整備すると。我らを尊重する代わりこの国の民も尊重してくれと」

その言葉に皆は剣を鞘に収めた。他氏族も説得するというイグナツィに従うと、胸に手を当て誓う。数年ごとに移動する彼らに領地の概念はない。冬の寒さが厳しい年に南下できる地を求めていただけなのだ。

そうして。ジェローム配下の男たちは王子が連れてきた戦士イグナツィの説得に応じた。

皆にはジェロームのような血を流してまで南の地を欲する野心はない。

前氏族長の遺言に従いイグナツィを新たな氏族長として迎えると意思表示をしたのだ。

◇◆◇　◇◆◇　◇◆◇

そのころヴァネッサは一人、城内を彷徨っていた。

翻弄《ほんろう》されている。ウシュガルルたちを離し、一人になったのにウリディンムに近づけない。

(そ、うか。私はまだ護符をもっているから)

死に戻りを知ったウシュガルルとウームーがこれでもかとつくってくれた、二柱の力が宿った護符。滴形の水晶に姿を変えたそれを、ヴァネッサは首飾りや耳飾りの装飾品として身につけている。その気配を察知されてしまうのだ。さすがにこれを離すわけにはいかない。

これはヴァネッサの最大の武器、切り札なのだから。逆に言うともうこれしかない。

それがわかっているのか。捕《と》えた獲物を弄《もてあそ》ぶように、すでに勝利を確信したウリディンムはヴァネッサの抵抗をおもしろがって見ている。嘲笑《あざわら》う気配を城のそこかしこから感じる。

ヴァネッサのいらだちともどかしさが頂点に達した、そのときだ。

「俺につかまれ、巫女」

ザカールだ。ウルディンムの魔力が発動した今、どこから城に入ったのか、彼がアルベルトを連れてヴァネッサの前に現れた。

「俺は奴の贄、気配を悟られずに近づける唯一の人間だ。巫女殿ならば俺の気配の中に身を隠す技くらいもっているだろう？」

前に森で彼を待ち伏せたときに、ヴァネッサが気配を森の魔物たちの影にかくしていたことを言っている。だがなぜ夫も一緒にいるのか。

「ミロシュの一団は押さえた。ダヴィドが後始末をしている。もう俺は必要ない」

聞くと、「君だけ行かせられるか」と彼が言った。嬉しかった。やはり一人であることが不安だったのだろう。ザカールが目を閉じ、ウリディンムの気配を感じながら言った。

「どうやら奴は地下にいるようだな」

「地下？　そちらの方向なら酒蔵があるな。よし、こちらだ。抜け道がある！」

そこからはアルベルトを先頭に皆で城の中を駆けた。急がなくては。ヴァネッサの気配が消えたことでウリディンムは遊びをやめる。ロゴス夫人との契約である「じわじわと苦しめる」方向から、確実に仕留めるほうへと方針を変える。

「ここだっ」

アルベルトが重い酒蔵の扉を開け放った。

それとほぼ同時だった。

ウリディンムの気配が弾《はじ》けるように酒蔵の内部から湧き上がる。

魔力をふるうため、器を出たのだ。今までどうして気づけなかったのだろうと思う圧だった。前の生で対峙《たいじ》したときよりも大きい。密度が濃すぎる力に、ヴァネッサの息がつまる。

あえぎながら見た広い酒蔵の隅には、ウリディンムの器を運ぶのに使われたのか、小柄な少年が一人、ミロシュの剣を抱いて気を失っていた。

見覚えがある。前にタペストリーの罠《わな》に描かれた紋様のことでルーア教由来のものか尋ねた聖騎士見習いの少年だ。

そしてその体の下に、淡く発光する魔導陣があった。

城の者に気づかれないように少年を操り描かせたのか。ウリディンムは酒蔵の床一面に描かれた陣に力を注ぎ始めている。ヴァネッサの魔導師としての勘が、これが時の迷宮を作り出す陣だと言っている。ウシュガルルはウリディンムの時空迷宮が事前準備のいる特殊なものだと言っていた。息をするように自然に魔力を使う高位魔物でも、この呪だけは魔力を注ぎ込むための陣を必要とするらしい。

「させるかっ」

アルベルトが剣を構え、飛び出した。中央に立つウリディンムではなく、手近の床に描かれた魔導陣めがけて剣をふり下ろす。

円を描いて描かれた魔導陣はその線が途切れれば効力を失う。そのことをタペストリーの件で知ったからだろう。陣から放たれる抵抗をものともせず、その一角を切り崩す。が、ザカールから離れたことでその存在をウリディンムに気づかれた。

『くそっ、どこから入ったっ』

邪魔をするかっと、ウリディンムが魔力を叩きつけた。ヴァネッサは守護の陣を送ろうとした。間に合わない。代わりにザカールが動いた。ウリディンムに剣ごとぶつかる。

『う、贄の分際でっ』

ザカールの攻撃はウリディンムが放とうとしていた魔力を相殺する。が、ザカールも無事ではすまない。

彼の半身が、消えていた。ごそりとえぐれたように左肩から脇腹《わきばら》にかけてがなくなっている。

「ザカールさんっ」

「来るなっ。それよりもこの陣を壊せ」

ザカールがヴァネッサを止める。

「これでようやく俺の魂は解放され故郷に戻ることができる。……ありがとう。感謝する。我が〈ローディツィア〉よ」

それが最後の言葉だった。床に描かれた線が光を放ち、ザカールの姿が塵《ちり》となって消える。

陣の光はザカールを呑み込んだだけでは止まらない。すでにウリディンムの魔力が陣に注がれている。床を埋め尽くし、酒蔵の壁を越え、地中を走り、広がる。城の外に設置された彼の力を込めた器に次々繋がり、強固な円を形作っていく。

これらが円を描き、城を内に閉じ込めた球を形作ったとき、ヴァネッサとこの城は迷宮に取り込まれる。

ザカールの弔いだ。ヴァネッサは涙を呑み込み、首飾りにつけた護符に手をやった。

「させるものですかっ」

印をこめて放つ。ウリディンムの隙をつき、アルベルトが崩してくれた一角めがけてさらなる分断の刃をふるう。力と力がぶつかり合い、空間が歪む。魔力が反発するのをヴァネッサは感じた。

（あのときと同じだ）

死に戻りが起こったときと同じ時の歪み、それがヴァネッサを呑み込もうと襲いかかる。

「ヴァネッサっ」

もう駄目だ。そう思った瞬間、アルベルトがヴァネッサを引き寄せるのを感じた。一人ではいかせないとばかりに彼がヴァネッサを胸深くに抱き、包み込む。

二人はそのまま時の迷宮に取り込まれた。

初めて見るからこれがそうだとは言い切れない。が、たぶんそうだろう。暗い夜空のような空間に、無数の白い光の溝が走り、そのところどころが洞《うろ》のようになって中が見える。

きっとこれはウルディンムが歪めた過去と未来だ。出口を求めて漂いつつ、視界に入るそれを見ていると自分が死んだ未来があった。息をのむ。

「あれは……」

ヴァネッサが戦っている。見覚えがある。これはあの一年先の死の場面だ。ヴァネッサが四肢を引きちぎられる様がはっきりと見えた。アルベルトにもそれが見えたのだろう。はっと息をのみ身を乗り出す。とたんに場面が変わった。そこには同じ時刻のものらしきアルベルトの姿があった。ミロシュの居城で酒杯を手に他の客人たちと談笑している。傍らには着飾ったタチアナの姿があった。察したらしきアルベルトがうめいた。

「……あれはもしや一年先の俺か。君を見捨てた」

彼の手が洞の縁をつかむ。ぎりりと歯を噛みしめる音がした。

「殺す、いや、殺しては君を救いにいけない。だが殴ってやらねば気がすまん！」

まだこの時間軸での未来を変え、ヴァネッサを救えると希望を抱いているのか。魔導を知らない者の無謀さでアルベルトが乱入した。驚いた顔をする自分を自分で殴りつける。

「貴様、自分の妻を放って何をしている、ヴァネッサの危機だぞ?!」

いきなり現れた自分に殴り飛ばされたアルベルトが頬を押さえ、呆然《ぼうぜん》としている。ヴァネッサはあわてて時の洞からアルベルトを引きずり出した。

「ああ、もう、なにが起こるかわからない空間ですから妙な真似はしないでください」

が、未来に干渉する大技を使ってしまった夫は、この場にとどまる力を失ったようだ。ヴァネッサの繋いだ手をもぎ離すように、時の渦の向こうに体を持っていかれる。あわててとどめようとして、思った。この迷宮はヴァネッサを閉じ込める目的でつくられている。つまりアルベルトへの拘束は弱い。

（なら、方向さえ過たなければ逆に外に出られるかもしれない）

彼が陣を分断したこと、ヴァネッサが護符を使ったことで完璧《かんぺき》に閉じたように見える迷宮にほころびが生じているのかもしれない。現に陣は城ごとのみ込まず、中央近くにいたヴァネッサとアルベルトだけを呑み込んだ。

つまり外には城がまだある。皆も健在なのだ。

「お願いです、先に出て待っていてください」

ヴァネッサは残った左耳の護符を彼の手に握らせる。彼は拒んだが無理やり押しつける。

「これは対になっています。向こうから私を呼んでください」

言って、なけなしの力をふり絞る。もとの時間軸に戻れるように、時の流れをもと来たほうへと彼を突き放す。その反動で、ヴァネッサはまた別の時の洞の中に落ち込んだ。

（さっきの場面の後だ）

すぐにわかった。登場した夫の片頬が腫れていた。自分《アルベルト》に殴られ、半信半疑で城に戻った夫がヴァネッサの遺骸《いがい》を抱いて後悔の涙を流している。

その慟哭《どうこく》にヴァネッサの胸が痛くなる。前の生でも彼に愛されていたのだとわかった。ロゴス夫人の妨害さえなければよき夫婦になれていたのだと、心が軽くなった。だがやはり苦しい。夫の嘆きが切なすぎる。

（さっき、ご領主様が乱入した気持ちがわかった）

あの時間に踏み込んで、彼を抱いて慰めたくてたまらない。このままでは彼は己の命を絶ちかねない。

そんなヴァネッサの胸の痛みに呼応するように、誘惑の声がする。

『悲しいなら見なければいい。ここにはすべての時がある。望めば好む時間のみを見ていることができる。永劫に。ここには痛みも飢えも、死の苦しみもないのだから』

それは迷宮に仕込まれたウリディンムの声だろうか。閉じ込めた者を逃さず、魂までも取り込むための。ヴァネッサは反発した。声から遠ざかろうとする。

が、出口を探して違う渦へと飛び込めば、また違う時に戻される。今度は彼がタチアナを連れて戻ったすぐの場面だった。今の、死に戻りした後の彼と和解した時間ではなく、まだロゴス夫人と反目して、夫の信頼も得られず苦しんでいた前の生の場面だ。

（いやっ、見たくないっ）

思わず目をつむったヴァネッサの心を煽るように、また声がした。

『そうだ、あんなところに戻らないほうがいい。また虐げられるだけだぞ』

声がいたぶってくる。こちらの絶望を誘ってくる。

『先ほどの時間に戻れたとしても人とは変わるもの。お前を不幸に落としたあのタチアナという娘はまだ生きているのだろう？　男たちを惑わしているのだろう？　戻ってどうする。人の立場などいつ反転するかわからん。また一人で死にたいのか？』

その通りだと思う。もうあんな苦しみを味わうのは嫌だ。そんな心を見透かした声がする。

「あなたはもうじゅうぶん苦しんだじゃない。ここにいようよ」

それはこの迷宮の声ではなく、ヴァネッサ自身の声だったかもしれない。まだ心の底に残っている恐れの気持ち。

（でも……）

ごめんなさい。ヴァネッサは自分に語りかける。だって悲しむ夫の未来を見てしまった。死んだヴァネッサを抱えてともに戦わなかった自分を責めていた。

（私はまだ死ねない。こんなところに囚われてなんかいられない）

だって彼が待ってる。自分が戻らなければ彼が悲しむ。

（あの人にあんな顔をさせられない）

強くそう思う。彼の知らないところでもう死んだりしない。正式に契約を交わしたわけではなくても、あの約束は自分の中では有効だ。絶対に守らなくてはならない。ふと、魔物との契約は結婚と似ていると思った。式での婚姻証明書への署名は法的根拠はあっても、互いの心まではは結んでくれない。

心さえ堅固に結ばれていればわざわざ契約する必要などない。ドラコルル家の祖がウシュガルルたちと結んだように、なんの拘束力を持たなくとも絆《きずな》を結べる。

そして自分はそんな、決して誓いを破りたくないと思う人に出会えた。

(帰らな、きゃ……)

片手で一つだけ残った耳の護符を握り、もう片方の手を伸ばす。同じ波動をもつもの同士は共鳴し、惹かれ合う。迷ったときの道標となる。

この先に必ずもう一つの耳飾りを持ったアルベルトがいてくれると信じて。この護符に力を込めてくれたウシュガルルとウームーがいることを願って宙を蹴る。思い切り、上へと跳躍する。

(導いて!)

伸ばした手に誰かの手がふれた。力強く握り返してくる。

「ヴァネッサ!」

声とともにヴァネッサは自分が時の渦から引き上げられるのを感じた。

目の前に泣き出しそうな顔をしたアルベルトがいた。

その背後、窓の外に広がるのは緑の丘だ。ミロシュ配下の騎士を捕らえ、草地の上で武装解除しているダヴィドの姿が見える。体の下には強固な石の感触、城も健在だ。

（戻って、これた……！）

ほっとしたとき、ウリディンムの声がした。

『お前まで、なぜ戻った』

迷宮を発動させたことで力を使い果たしたのか、先に外に出たアルベルトを始末しようと近づいたウリディンムがいた。ヴァネッサまでが戻った驚きに隙ができている。ヴァネッサはとっさに自分が握っていた道標の護符を投げつけた。

『うおっ』

再度の反発を避けようと、ウリディンムが窓をすり抜け外に出る。好機だ。このまま沈黙の森につくられた〈檻〉まで彼を押し出せば。

ヴァネッサの胸に希望が生まれる。が、目標とする森までは遠い。そのときだ。城の上空に浮かぶウリディンムを、互いの力が抵触するぎりぎりにまで近づいたウームーが視認した。

『私に任せてください、招き寄せますっ』

ウームーは空間を操る。視界に入ったすべての空間に断層をつくることができる。

ウームーがウリディンムと森の間にある空間を削り取る。

次の瞬間、ウリディンムの体は〈檻〉の上にあった。だが届かない。まだ距離がある。

「ウームー、私もお願いっ」

ヴァネッサは彼に見えるよう城の窓から身を翻した。すかさずウームーがヴァネッサを転移する。ヴァネッサは次の瞬間、濃い精気の漂う森に立っていた。周りを見る。なんとかウリディンムを封じる檻の力を城に向けられないかと試みる父母の姿もある。そしてこちらめがけて飛んでくるウシュガルルとウームーの姿と、突進してくるイノシシ魔物の姿。

「ヒルディス！」

ヒルディスの後ろには森の魔物たちがいる。少しでもヴァネッサに加勢しようときてくれた。

ウシュガルルとウームーが抱きついてくる。

『戻ったのだな、戻ったのだな、ほんとうに我が巫女の娘ヴァネッサだな?!』

『……心配させないでください。私たちを復讐《ふくしゅう》の破壊神にする気ですか』

ひとしきり彼らにもみくちゃにされてから、ヴァネッサはウリディンムを見た。すでに力を使い果たし、ヴァネッサに迷宮から脱されたことでさらなる打撃を被ったのだろう。彼は宙に浮かぶのがせいいっぱいといった有様で、人の姿をとっていた。

『な、ぜ……だ』

ウリディンムが言った。その目はヴァネッサではなく、過去に自分と同じく、遠い東の地で神と崇められた同胞のウシュガルルとウームーを見ていた。

『なぜお前たちばかりっ。この西の地に流れ着いたのは同じなのに、なぜお前たちばかりが巫女を得、なぜ私だけがこんな目に遭うっ』

どこかで聞いた言葉だと思った。ああ、そうだ。タチアナの言葉と同じだ。

そして思った。彼ら神とも言われた高位魔物が好む人の想い。それはその魔物が持つ性質から来ているのではないかと。

「あなたと、ウシュガルルを同じにしないで……！」

ヴァネッサはよろめきながら立ち上がった。ぐっと脚に力を込めて言う。

「ウシュガルルもウームーも、私たち一族を助けてくれた。慈しんでくれた。だから私たちもその想いに応えなければと思った。大事な人たちを守ってくれる彼らを守りたいと思った」

ウリディンムをにらみつける。

「人の不和ばかり願ったあなたとは違うっ」

ウシュガルルたちにもらった護符はもうない。使ってしまった。それにウリディンムに飛ばされた時の迷宮を出るため、自分の魔力も使い果たした。それでも見逃せない。ここで逃せばこの魔物はまた力をつけて戻ってくる。筋違いな逆恨みからウシュガルルたちを襲う。彼らを悲しませるためだけに自分たちドラコルル家の人間を苦しめようとするだろう。それを察した。

だから許せない。この〈悪霊〉に二度と人を惑わせないよう、封じたいと願う。

だから、乞う。力を貸してくれる味方たちに。今回は一人ではないから。

「お父様、お母様、ウリディンムに〈守護〉の陣を！」

「……?!　わかった！」

ヴァネッサの意図をとっさに悟った父母がウリディンムめがけて守護の陣を投げかける。

『な、なんだ』

周囲を覆った守護の結界に、ウリディンムがとまどった声を出す。それを横目にヴァネッサは巨大なイノシシ魔物に飛び乗った。そしてウームーに願う。自分たちをウリディンムのいる空より高くまで転移してくれるよう。

「ウームー、ヒルディス、お願い」

『ぶふふうっっ』

ヴァネッサを乗せ、空高く舞い上がったヒルディスが空中で身をひねる。そしてその重さと魔力のすべてを持って、はるかな高みからウリディンムにぶち当たる。

『のあああああ』

父母に張ってもらった守護陣はウリディンムを守るためのものではない。彼を包み、それに体当たりするヒルディスとヴァネッサ自身の身を守るためのものだ。

「堕《お》ちなさい、地の底へ！」

ヴァネッサもなけなしの力を込める。ウリディンムを閉じ込めた守護陣にぶち当たる衝撃が来る。それに耐え、さらなる力を込める。

『ぎゃああああ』

地響きを立ててウリディンムが地表に叩きつけられる。

すかさず父母が守護陣を解除した。ウシュガルルとウームーが築いた檻が口を開ける。とっさに身を守ろうとウリディンムが発した力が暴発し、地の底に歪んだ時の迷宮をつくる。マグマのように魔力が吹き出し、また吸い込まれていく。

『お、覚えていろ、貴様ら、必ず俺と同じ地の底に堕としてやるっ』

それが、最後の言葉となった。ウリディンムという供物を受け取った大地が口を閉じる。

満足げに、腹を膨らませた地母神が眠りにつく。

森はいつもの和やかな空気を取り戻した。風が緑の枝先をゆらし、小鳥たちが戻ってくる。

終わったのだ。

「……この地は禁足地としよう」

城から馬を飛ばし、皆を迎えに来てくれたアルベルトがヴァネッサに寄り添いつつ言った。

「我がマルス家の血筋が続く限り、伝え聞かせ、人の出入りは禁じる。かの魔物に力を与えずにすむように」

そして、彼はヴァネッサの手を取った。その存在を確かめるように頬に手を添える。

「ほんとうに、君なんだな」

ヴァネッサの顔に手を添え、じっと見る。彼の手がふるえている。自分の命の危機の時にもふるえたりしなかった人なのに、こんなにもヴァネッサを失うことを恐れている。

「また俺の知らないところで死んで戻ってきたわけではないな？　大丈夫だな？」

はい、と、ヴァネッサは彼が納得するまでうなずく。
そうして彼女は目を閉じたのだった。
この後ほどこされる、彼の口づけにそなえて。

終章　死が二人を別《わか》つとも　—これが私の旦那《だんな》様—

「おめでとう、おめでとうございます、ご領主様、奥方様！」

「奥方様、お綺麗《きれい》ですわ。もちろんご領主様も素敵ですよ、どうかお幸せに！」

秋の澄んだ大気に、祝福の声と娘たちが投げかけた花が舞う。

今日《きょう》はアルベルトとヴァネッサの結婚式だ。書類上はすでに夫婦な二人だが一度目の式は途中から新郎が不在、省略された。その後のお披露目の宴《うたげ》もウリディンムの罠《わな》で台無しになった。なので改めて式からやり直すことにしたのだ。

今回はウームーに連れられてドラコルル家の面々も参列している。以前の式では身分差婚を禁じる貴族法の問題があり、ヴァネッサが貴族の養女格として嫁いだことでドラコルル家の面々は婚家を訪れることすら遠慮した。

が、今回は形式張ったものではなく、貴族法にも縛られない内輪の宴だ。

ダヴィドやエリカ、それに森の魔物たち。親しい者だけを招いて、前とは違い皆が祝福してくれる嬉《うれ》しい式だ。形だけだから教義の心配はしなくていいと夫が言って、なんと式を執りおこなうのは聖職者の仮装をしたウームーだ。彼は王都で王国風衣装を仕立ててから、お洒落《しゃれ》に目覚めた。以来、のりのりで様々な衣装を試している。今のところ執事服が一番らしい。

他《ほか》にも新婦側席にはイノシシ魔物のヒルディスや森の魔物、ネズミ魔物たちが座っている。

重苦しい城の広間ではなく、外の草原で開かれたお披露目の宴では、ヴァネッサを介して希少な森の食材を届けてくれる森の魔物たちと仲良くなった料理長のニコルが腕をふるい、実家の料理人ロタも南方料理をふるまう。野外に持ち出された長卓にせっせと料理の皿を運ぶのはお城で働くのが大好きになったネズミ魔物たちだ。大勢で頭上に皿を掲げ、運んでくれる。今では彼らは料理の手伝いにドレスの仕立てにと城の皆に重宝がられて、追われることなく城の一員となっている。

あれから。ウリディンムを沈黙の森に封じてから。

領地のっとりを仕掛けられたとはいえ、マルス家は隣領に住まう格上の辺境伯を敵に回してしまった。立場が悪くなり困っていたところに颯爽《さっそう》と現れたのが王子アレクサンデルだ。彼は父王に働きかけ、ドウシャン家のブラスク辺境伯領をマルス家の領地に併合、ブラスク辺境伯位を廃し、新たにマルス辺境伯の称号を作り、アルベルトが名乗ることを許したのだ。

「ここは難しい土地だからね。異教徒とも柔軟に接し、平民出の魔女を妻に迎えるくらいの腹の据わった男じゃないと治められない。それは父上も兄上も納得済みだよ。だから安心して、王国の先兵としてこれからもこの地を守って欲しい。奥方ともどもね」

この地は確かに難しい地だ。北の最大氏族エゴールを盟主としているとはいえ、統制の取れていない大小六十あまりの氏族から成る異民族が住まう地と国境を接している。王家が緩衝地帯を設けると約したとはいえ、納得していない氏族もあるだろう。だからこそ、王子は幽閉の身から解き放った戦士イグナツィへの支援をこれからも続けるそうだ。イグナツィも自身の命の続く限りの平和と、百年続く停戦の約束を北の民を代表しておこなってくれた。

「これで平和が戻る。あの馬鹿《ばか》息子を氏族長にしとくよりよかっただろう？」

王子が片目をつむってみせる。もちろん百年あれば人は変わる。前氏族長亡き後に起こった混乱のように。いつまで和平がもつかはわからない。だが今のところは平和になったのだ。

魔物ウリディンムとの契約当事者の中で一人生き残ったタチアナは。

暗躍したのが彼女に心酔した者たちだったとはいえ、タチアナ自身も彼らの動きを黙認していたのだ。無実とは言いきれない。将来を考えてもマルス家の継承権を持つ彼女は危険だ。扱いに困っているとルーア教の修道院長が彼女を修道女として預かろうと言い出した。

「ルーア教の修道女は生涯、独身です。修道士も純潔の誓いを立てた者ばかり。きっと彼女も心の平安を得られるでしょう」

新たに聖域より派遣された修道士長はタチアナに心酔していた司祭とは違い、厳格で知られた人物だった。彼であればタチアナのことも預けられると、夫は王の許しを得てタチアナの両親が残したタチアナ名義の土地を寄進、修道院に付随した尼僧院を新たに建てることにした。修道院を守る名目で聖騎士も派遣され、国境の守りに協力してくれるそうだ。

これからのタチアナは死ぬまで塀の中で過ごすことになるだろう。どうして私ばかりと嘆きながら、人を怨《うら》みながら。生涯、嘆き続けるのだろう。

もちろん彼女のことを思うとヴァネッサは心が重くなる。自分だけ幸せになっていいのかと負い目を感じる。だがタチアナの本質は少しも変わっていない。それはさすがのヴァネッサにもわかった。タチアナが修道院から出ればまたこの地に騒乱を招くだろう。

ならば悪女になろうと思った。彼女の未来を踏み石に、堂々と幸せになろうと思った。

アルベルトの隣は譲れない。

そのうえで、夫はヴァネッサの手を取って言った。聖堂での誓いの言葉が終わった後、まだ列席者がいるというのに祭壇の前から去らず、自分の言葉で愛を誓いたいのだと願って。「我がマルス家の血筋が続く限り、伝え聞かせ、人の出入りは禁じる。かの魔物に力を与えずにすむように」との、沈黙の森を禁足地にしたときの言葉をヴァネッサに思い出させて。少し照れたように目をそらせながら、ヴァネッサの手を取って。

「……ということで。俺の家族は君だけになった。マルス家の血脈をつなげるためには、君の助けがいるのだが」

鈍いヴァネッサでもわかる。これは愛を乞《こ》う言葉だ。君と俺《おれ》の子が欲しいと、真面目《まじめ》な領主である彼がもっとも原始的な言葉で自身の欲望を語っている。

かああ、とヴァネッサの頬《ほお》に朱がのぼった。

こんな人前で言うことかと思う。微笑《ほほえ》ましそうに見る父母や城の皆、ウシュガルルたち魔物のにやにや笑った顔が恥ずかしい。

だが。真面目な彼がずっと胸にためていたものを、やっと解き放ってくれたのだということもまた、彼という人を知るようになったヴァネッサにはわかって。

「はい……」

返事をした。

一度、死に戻ったヴァネッサの感覚では一年と少しの間。

アルベルトの感覚では求婚のためドラコルル家を訪れ、彼女を見初めてから約一年の間。ずっと先送りにしていた夫婦の愛の儀式が叶《かな》ったのだ。二人は真の意味で結ばれた。

そうして始まった新婚生活では。二人の間に奇妙な日課ができた。

朝、ヴァネッサが目を覚ますと、同じ寝台に横たわっていた夫も起き出し、ヴァネッサの顔をのぞき込みながら大真面目に聞いてくるのだ。

「今日は何月何日だ」

「七月二十一日です」

「では、昨夜決めた夫婦の符号は？」

「丘の上に羊が三頭、下にも二頭」

「よし、確かに昨日《きのう》の一日後の君だな」

それでやっと夫が安心したように息をつく。つまり。

「もう二度と自分の目の届かないところで踏ん張らないで欲しい。死んだりしないで欲しい」

そうヴァネッサに約束させただけでは不安なのか、彼は毎朝、ヴァネッサが昨日の続きの彼女かどうか、また死に戻ったりしていないかを確認してくるのだ。そして。

「よかった……」

と安堵《あんど》の息とともに抱きしめる。真面目だということは知っていたが、箍《たが》の外れた夫は想定外の心配性だった。だがヴァネッサを抱きしめる彼の眉《まゆ》をひそめた表情が切なげで、ヴァネッサはそれだけの不安を彼に与えたことがすまない気持ちでいっぱいになって、いつまでもといてくれない彼の拘束から抜け出そうという気が起こらなくなる。

結局、エリカのわざとらしい咳払《せきばら》いと、じょじょに大きくなるダヴィドの扉を叩《たた》く音でようやく彼は名残惜しげにヴァネッサを離してくれるのだ。

（……調子が狂う。気を許してまた前と同じになったらどうしよう、あんな寂しい思いをするのは怖いと思ったから、正式な夫婦になっても適切な距離感を取ろうと思ったのに）

そんな臆病《おくびょう》なところも残っているヴァネッサだが、こんな夫を前にすると態度を改めてくれと言い出すことができない。それどころか朝、目を開ける前にそっと手探りで夫が隣にいるか探してしまうあたり、ヴァネッサももう引き返せない深度で夫に惚《ほ》れているのだろう。

彼はもともと貴族なのにドラコルル家まで結婚の申し込みに来てくれた誠実な人だ。怖くて顔をまともに合わせられなかった初対面でも「きっとこの人となら」と結婚に希望を持ったのはヴァネッサもなのだ。二人で暮らして惚れ込まないほうがおかしい。

そんな甘々、熱々な新婚夫妻を、毎日、見守りに来てくれるのはウシュガルルとウームーのドラコルル家の魔物たちだ。

『まだ我らはそなたが我が巫女《みこ》の娘にふさわしいと認めてはおらんぞ』

『結婚したからといって最低限の礼儀は守ってもらいませんと』

城の者たちでは諫《いさ》めきれない甘すぎるご領主様の態度を、夫婦の寝室だろうがおかまいなしに乱入したウシュガルルとウームーが、偉そうな上から目線で叱《しか》りつける。その隙《すき》にヴァネッサは寝台から抜け出し、身支度を整えてから朝食の用意をする。

忙しい彼とはともに過ごせる時間が少ない。夜の正餐《せいさん》ですら夫が遅刻することがある。彼が妻との時間をつくろうと無理をしないように、ヴァネッサから申し出て、彼とは朝食の時間だけは絶対にともにすること、食事をつくるのも交代でおこなうようにしたのだ。

陽《ひ》のよく当たる庭に面した一階に小さな専用厨房《ちゅうぼう》を作ってもらったので、そこでパンを焼き、スープを温める。床には小さなネズミや森の魔物たちが、窓の外にはイノシシ魔物のヒルディスがいる。皆、ヴァネッサがつくった朝食の味見をさせてくれるのを待っている。

幸せだと思った。

部屋の外には若夫婦を正常な状態に戻そう連盟を組んだ使用人たちが応援しようと待っていてくれる。どんどん城の雰囲気が明るくなる。夫も「君のおかげだ。もっと早くこうしていれば」と後悔半分、幸せ半分、嬉しげな顔をしている。それと、と彼は教えてくれたことがある。「あいつ《ザカール》が最後に言った〈ローディツィア〉とは、運命の女神という意味だ、己の命運を変える敬愛すべき女性。……言いたくなかったが、言わないのも公平ではない」

苦虫を噛《か》みつぶした顔で言う彼が、可愛《かわい》く思えた。

ザカールは氏族間の争いで魂の従者に堕《お》とされた。だがそれは冬の厳しさから起こった争いのせいだ。彼も亡き老氏族長イーゴリも戦《いくさ》のない世界を願っていた。だからその願いを実現するのが生き残った者の務めだと思う。停戦のため北に嫁がされ、運命を歪《ゆが》められたタチアナのような悲劇を起こさないためにも、この地の平和を守らなくてはと思う。

ヴァネッサは竈《かまど》から焼き上がったばかりのパンを取り出した。鼻先をすり寄せて甘えながらねだる魔物たちにそれぞれちぎって渡し、窓の外にいるヒルディスにも投げてやる。

その頃《ころ》には夫も身支度を済ませて、ウシュガルルたちと一緒に朝食の間で待っている。

ヴァネッサは満足げな笑みを顔に浮かべると愛する旦那様に供する食事の入った籠《かご》を手に、彼の隣にある自分の席へと向かったのだった。

この幸せな日々がこれからも続いていくことを、この世のすべてに感謝しながら——。

あとがき

一迅社文庫アイリス読者の皆様はじめまして、もしくはこんにちは。またお会いできて嬉しい著者の藍川竜樹です。このたびはこの本を手にお取りくださりありがとうございます。おかげさまで孤高シリーズも5巻目となりました。これもひとえにお読みくださる読者の皆様、機会を与え支えてくださる関係者の皆様、店頭に並べ戦ってくださる書店の皆様のおかげです。ありがとうございます。

(注・こちらはシリーズと言いましても世界観が同じで登場人物のみが変わっていく、ドラコルル家クロニクルとも言うべき読み切りスピンオフ連作となっております。とくにこのお話は時間軸で言いますとシリーズ中、最古にあたります。前巻よりさらに時間が遡りまして、本文中にありますとおり『始祖王シュタールの建国から三十年が経ち、王の死とともに国内外の均衡が乱れ、国境線や各貴族家の領地の境が不安定になった、混乱の時代のことだった』のお話です。王亡き後の混迷期。ルーア教の影もまだ薄く、魔導貴族なんて概念は誕生していない時代のことです。ですので、これが

シリーズ初めてという方でも問題なく読めると思います。ご安心を）

と、いうことで今回はややバトル多めのお話となっております。主人公ヴァネッサも誤解されやすいドラコルル家の因子をもつとはいえ、雄々しいです。ネタバレになりますが巨大イノシシに跨がり戦います。強い子です。それでいてドラコルル家の血筋らしくもろいところもある、シリーズ初の大人っぽい外観のヒロインです。

イラスト担当のくまの先生のラフ画を見た時は息を飲みました。大人っぽいのに可憐で、艶っぽくて、黒いドレスが似合っていて。こんな可愛い子を大事にしないマルス家の皆は馬鹿だと思いました。皆、ヒロインに土下座して改心するべきです。

そして今回の悪役（？）、ヒロインが嫁いだマルス伯爵家は。シリーズを通してお読みくださる読者様には聞き覚えのある家名かと思います。そうです。あのマルス辺境伯家です。シリーズ二巻にてドラコルル家の長男が後を継ぎますが、あれは遠い血縁があったからこその措置だったのです。なんと。今明かされる真実です。

聞き覚えがあるといえばもう一つ。今回出てきた高位魔物のウリディンム。一巻に登場した魔物です。この時間軸で彼はウシュガルルたちに遺恨をもつのです。王家の人間がドラコルル家を頼りになる魔導師一族だと記憶に留めはじめるのもここから。今回出てきた第二王子はこの後、度々、ヒーローを勧誘しにマルス家を訪れ、ヴァネッサを心配して入り浸りになっているウシュガルルたちと仲良くなるのです。そして彼らを通してドラコルル家の面々とも。そしてそして四巻ヒーローが養い子として王太子ともどもドラコルル家に預けられることに……と、ドラコルル家の変遷を追うにはいろいろ重要な要素がつまった今作です。お楽しみいただけると幸いです。

……と、今回、妙に字がびっしりなあとがきになりましたが、そろそろ紙面が尽きて参りましたので〆の言葉とさせていただきたいと思います。

今回は担当様はじめ関係者の方々に多大なるご迷惑をおかけしました。タイトなスケジュールにしたうえに年末年始が重なり、直し箇所も多くて担当様には頭が上がりません。送られてくるメールの日時表示に申し訳のなさでいっぱいでした。そんな中、丁寧に対応くださいましたくまの先生、関係者の皆様、ほんとうにありがとうございます。今作が形になりましたのは皆様のおかげです。心から感謝いたします。

そして読者の皆様。この本を手に取りページを開いて、お伽噺のような森やお城で魔物たちが輪になって踊る世界に少しでもトリップしていただけたら嬉しいです。

ここまでおつきあいくださりありがとうございました。感謝の心でいっぱいです。また皆様にお会いできる日が来ることを魔物たちともども切に願っております。

藍川竜樹。

孤高《ここう》の悪女《あくじょ》は堅物《かたぶつ》旦那様《だんなさま》に甘《あま》やかされたい
—悪妻《あくさい》ですがあなたのことが大好《だいす》きです—

2024年 3 月 1 日　初版発行

著　者■藍川竜樹

発行者■野内雅宏

発行所■株式会社一迅社
〒160-0022
東京都新宿区新宿3-1-13
京王新宿追分ビル5F
電話03-5312-7432（編集）
電話03-5312-6150（販売）

発売元：株式会社講談社
（講談社・一迅社）

印刷所・製本■大日本印刷株式会社

ＤＴＰ■株式会社三協美術

装　幀■小沼早苗（Gibbon）

ISBN978-4-7580-9617-1

●この作品はフィクションです。実際の人物・団体・事件などには関係ありません。

この本を読んでのご意見
ご感想などをお寄せください。

おたよりの宛て先

〒160-0022
東京都新宿区新宿3-1-13
京王新宿追分ビル5F
株式会社一迅社　ノベル編集部
藍川竜樹《あいかわたつき》 先生・くまの柚子《ゆずこ》 先生

一迅社文庫アイリス

伯爵様との偽装結婚は魔物の赤ちゃんのお世話付き⁉

『孤高の花姫は麗しの伯爵様と離縁したい
―魔物の子育て要員として娶られました―』

「決めました。この子たちの母になります」
巡礼聖技団の歌姫リリベットは、突然訪ねてきた男爵の叔父から魔導貴族の伯爵レネとの結婚を命じられる。とある理由からリリベットの力が必要なだけの偽装結婚だというのだが……。小さな魔物たちのお世話でぼろぼろの彼との結婚生活は問題ばかり――だけど、私、期間限定の嫁としてがんばります！　魔物使いの歌姫と訳あり伯爵（＆ちびっこ魔物たち）の契約結婚ラブコメディ！

著者・藍川竜樹
イラスト：くまの柚子